《中俄文学互译出版项目·俄罗斯文库》由中国国家新闻出版广电总局和俄罗斯出版与大众传媒署批准，中国文字著作权协会和俄罗斯翻译学院负责组织实施。

一只燕子不成春

盖尔曼·萨都拉耶夫作品集

［俄罗斯］盖尔曼·萨都拉耶夫 / 著

富澜　冯玉芝 / 译

中国青年出版社

目录

序 | 萨都拉耶夫和他的创作　　____　冯玉芝　　_____　001

一只燕子不成春　　_____　富　澜／译　_____　015

突袭沙利　　_____　冯玉芝／译 _____　103

序

萨都拉耶夫和他的创作

在俄罗斯当代文学中，有一颗耀眼的新星。他年轻，然而思想深邃；他没有笔名，但总是用第一人称来进行历史写作；他写作史不长，却早已经遍获俄国文学大奖。他就是备受瞩目的作家、政论家、律师盖尔曼·乌马拉里耶维奇·萨都拉耶夫（Герман Умаралиевич Садулаев）。

盖尔曼·乌马拉里耶维奇·萨都拉耶夫于 1973 年 2 月 18 日生于车臣—印古什共和国的沙利村。沙利位于车臣平原南部，孙扎河的支流贾尔卡河畔，距阿尔贡火车站 18 公里，其西北 36 公里为车臣首府格罗兹尼。沙利为公路交通枢纽。沙利兴起于 14 世纪末，至 19 世纪已成为大车臣最重要和最大的中心村落之一，人口达 9000 人。鉴于其中心地位，沙利成为军队集结地。1990 年沙利建市，成为车臣共和国沙利区的行政中心，1996 年人口为24000 人。盖尔曼·萨都拉耶夫的很多作品以沙利为背景而展开。

　　盖尔曼的父亲乌马拉里·阿里耶维奇是车臣人，母亲维拉·巴甫洛夫娜是捷列克河边的哥萨克。他在格罗兹尼读完了中学。1989 年离开家乡，到当时的列宁格勒上大学，本来想读新闻系，以便回家乡的报社当记者，据说是在最后一刻改变了主意，考入列宁格勒大学法律系，攻读法学，此后一直生活和工作在这个城市。他的第一部作品中篇小说《一只燕子不成春》在 2004—2005 年间的几个月里写成。最初，作者自己将其上传到网上，也向出版机构寄送过稿件，只有伊利亚·科尔米里采夫（超文化出版社社长）允诺，只要作者再写几部小说，就出版他的书。2006年，这家出版社出版了他的《我是一个车臣人！》一书，其中包括 9 部短篇和中篇，都是以作者的个人生活为基本素材的车臣战争故事，在读者和评论家中引起了强烈的反响。作者称它是"一部务实的作品"。2008 年，他的长篇小说《记事板》入围俄国布克奖。2009 年 6 月，盖尔曼·萨都拉耶夫发表长篇小说《AD》，轰动一时，登上最畅销小说排行榜，成为"月度小说"。2010 年，长篇小说《突袭沙利》入围俄国布克奖并获得《旗》杂志颁布的文学奖；同年，获得俄国"大书"（"Большая книга"）奖。至今，作者已经出版 7 部长篇小说，其他作品，如《去他妈的广播》（2006）、《伊里》（2006）、《暴风雪，或世界尽头》（2008）、《游击队员与伪警察》（2009）、《上帝之鞭》（2010）、《向右转，齐步走！》（2011）、《狼跃》（2012），以及小说集《黑暗之镜》，与萨夫洛诺夫、诺维科夫、切普林等其他 16 位作家合写的长篇小说《十六幅画》等。盖尔曼·萨都拉耶夫还是一位活跃的社会活动家，他的每一次电视访谈都会引起巨大的社会轰动和各类议题的激烈讨论。批评家们盛赞他的才华，称其为"俄国最后一位现实主义作家"、"不听命"的写作者，将其写作的真实性媲美于沙拉莫夫的科雷马的集中营主题创作，即毫无虚构的作品。

从第一部作品《一只燕子不成春》起，盖尔曼·萨都拉耶夫开始了车臣人诗意的独白。背井离乡的车臣人和与故乡难以割舍的血肉深情，在导弹的轰鸣声中，在生死边缘的挣扎中，被细致地摹写出来。生活经验、对事实的陈述、战争回忆，代替了小说的闲笔。1991 年以来的两次车臣战争成为创作的浓厚的底色。作者写道："……说不定我也能成功地创作出真正的有情节的长篇小说、中篇小说。……这以后再说。而眼前，眼前是一股一股地冒着血。这不是那种匀速平稳地流动着的深紫色的静脉血，这是鲜红的动脉血，从被箭射穿的喉咙里汩汩地涌出，喷散成血滴，那是很难擦掉的，你们知道吗？"作家把战争中的个人生活片断与官方信息和媒体新闻截然分开，严厉抨击为了"民主价值观"而置人民（包括车臣人民）的生死于不顾的战争策动者。在第二部中篇《天为何不塌》中，盖尔曼·萨都拉耶夫以梦境叙事讲述了一个死亡之城的永远的战争印记，对普通人的悲剧性死亡予以极大的关注。中篇小说《坦克何时醒来》以回忆的方式，叙述俄罗斯人和车臣人童年的友谊和战争的羁绊。对于俄罗斯人和车臣人情感的细致摹写的类似的作品还有短篇《胜利日》等。这种个性化的战争文学写作在当代俄罗斯文学中犹如一股清新之风，在官方观点和商业化写作景观中独树一帜。而就体裁而论，纪事小说（хроника）是俄国文学文本中最古老的而且独特的写作形式，它包括社会、政治、族群、家族史事的多样叙述作品。个人所经历的人类历史上的重大事件都会成为小说的叙事线索和原则。它与历史小说的区别就在于叙事的个人化。

盖尔曼·萨都拉耶夫严肃思考 20 世纪战争与军事冲突中的人道主义课题。可以说，那些被迫在阿富汗、第聂伯河沿岸、阿布哈兹、车臣等地区浴血战斗的普通人的所思所想正是当代文学的缺项。盖尔曼·萨都拉耶夫作为车臣人，看待俄罗斯与车臣之间的战争眼光与其他人迥异。他是"从内部"，从车臣人的角度评判发生在故土上的军事行动，即车臣老百姓的视角。无论是积极的还是消极的战争参与者，都无法幸免于战争的血腥和残酷。这个视角与俄国文学中伟大的卫国战争题材有所不同：历史的全景从未获得作家的青睐。战争的牺牲品——土生土长的战争亲历者的生活被破坏，他们在战争中的血泪情仇超越了哲学的追问，他们破碎的生活，离散的家园使得"战线在哪儿""谁是敌人""和谁作战""为什么打仗"变得毫无意义。俄国士兵所思所虑亦是同理。批评家 B．布斯托瓦雅在评论文章中写道："对于新战争中的人物来说，他们的事业不再是必须流血捍卫自己的家乡（因为他们远离家乡，在陌生的空间作战）。军队也不再是一个令人骄傲的团体（组织头脑不清醒，任何的成功都伴随着非理性的牺牲，上层的计划不再令人信服）。不允许追求荣誉和功勋……这样一来，新的战争给它的参加者能带来什么呢？只剩一种不太名誉的方式：工作，'就这么一种职业而已'，不再保卫家乡，就是间或完成一些战斗任务，不盼望结局，不追求结果，不总结形势变化。也是，每天都从冲突中获取大量报酬，又如何希望职业性的战争结束呢？"在创作中，盖尔曼·萨都拉耶夫把现代战争中的上层人物的"利益观"层层拨开，许多当代事件都毫无掩饰，形成了独一无二的"萨都拉耶夫式"的评判立场，即"看待历史没有任何别的观点，除了生活在那个时代的人的观点。于是我明白了，是这样的。如果他，那个时代的普通人，丧失了家庭和房屋，如果他被拷打并被打死，那么这就已经是全部的历史。而能否克服封建割据，是否进行了进步的改革——这对上帝来说不重要。谁想出了'历史的必然性'，谁就早已远离了上帝"。这一立场彻底揭露了两次车臣战争中虚假的英雄主义神话及其发生并膨胀的社会历史病因。

许多鲜明的思想观点见诸盖尔曼·萨都拉耶夫的创作。许多作品，包括政论都卓越地传达了多样性的文化——车臣文化特点、俄罗斯文化要义等。很多批评家都注意到，除了情感性叙事、抒情性独白之外，作者的视域极其宽广。《狼跃》的副标题——"从哈扎尔汗至今的车臣政治史特写"。作者揭示了俄罗斯"类"车臣的十几个"另册"民族的历史地位形成的过程和逻辑。由于这类题材的"论战"性质，1991 年以来的俄罗斯历史文化课题被重新讨论和梳理，对历史文化的回溯，不可避免地带来了文化批判和反省的"寻根"之举。《上帝之鞭》和《伊里》都是表达寻求人性和灵魂力量的作品。而历史的波涛和文化境遇促使作家在阐释战争、宗教、极端主义、个人生活的时候，能够始终秉持"复调"的包容性写作，从语言手段的复杂运用层面入手，将当代人并不熟知的近现代历史细节完整地、艺术地凸现出来。由于第一人称和作者的"裸露式"（我，名叫盖尔曼·乌马拉里耶维奇……）出场，他对俄罗斯和欧洲政治经济、社会文化问题的扫描更具有场景性、深邃性和引人入胜的阅读性。这是对文学上的"泡沫文化"的清除，捍卫了文学对真理的追求。

《突袭沙利》发表于 2010 年的《旗》杂志第一期。这是盖尔曼·萨都拉耶夫致力于写作"车臣人的吠陀经，车臣人的摩西五经"的又一力作。他认为，长篇小说《突袭沙利》的写作十分困难，但也非常珍贵，写作持续了 3 年，自己走访了大量两次车臣战争的亲历者，采访了那个时期的有影响的人士，查阅了新闻、纪录片、文献等，不一而足。所有的一切事件都才过去不久，资料的来源却又互相矛盾。一切都混淆在一起，真相的寻求只能是主人公"我"作为亲历者在历史中游走。可以说，小说的体裁因此变得独特——具有半写实的纪录片性质。小说通过主人公塔尔梅兰·马卡玛多夫和他的亲友的命运，对第二次车臣战争中的一次军事行动进行了细致然而令人心情沉重的个人化解读。政论评判和艺术描写紧紧地结合在一起。"我"对医生、侦查员、律师讲述的自己和族人战前战后的生活，自己亲历的"新战争"中的政治事件，独立的车臣伊奇凯利亚共和国和统一的俄罗斯之间的政治、军事和宗教纠葛，汇成一部当代局部战争阴云笼罩下的普通人的血泪史。暴力带来的恐惧和无序，都在身心受创的"主人公"

口语化的叙述中，化为一代人伤痛的记忆史。

　　幻觉、梦呓、意识流变是《突袭沙利》中时常出现的片断。这个感觉世界正是对无理性荒谬世界的对抗。小说的开篇和结尾都是对梦境的建构。这是一个触目皆惊的独特小说构图。因为当"我"叙述时，战争不是一个抽象的概念，而是与我和我的生活不仅相对而且如影随形的一个"实体形象"。塔尔梅兰·马卡玛多夫在列宁格勒学习法律，因第一次车臣战争爆发，无法在俄罗斯找到工作，第二次车臣战争爆发前，回到车臣，经亲友介绍到安全局工作并被迫受洗；结婚的对象是一位带着孩子的"战争寡妇"列伊拉，她因为改嫁，受到族人和村里人的侮辱。后来，列伊拉被坏人掠走，关在地下室，15天之后被找到，已经奄奄一息；在此之前，塔尔梅兰和叔叔，即他的上级，还愤怒地讨论在格罗兹尼出现的公开行刑的野蛮和不文明。这件事情一发生，他们动员整个安全局的力量，找出了劫持列伊拉的人，公开进行了行刑——由列伊拉开枪！但是，当晚，列伊拉就在自家厨房饮弹自尽。塔尔梅兰的父母为躲避战乱，流离失所。塔尔梅兰从此以后就像是行尸走肉，在剧烈变动的形势下，把世代的美德——笃信、劳作、友爱，抛在一边，随波逐流，带着武器，在与莫斯科媾和和永远进行圣战的派别之间，在巴萨耶夫、杜达耶夫和马斯哈多夫之流的反复登场中，不经审判就杀死嫌犯，为争夺油井和其他部门的人大打出手，收取保护费，在国家强力部门的无休止改组中升职和被废黜，在第二次车臣战争爆发后，带领一支后备队，潜藏在沙利附近；为吸引俄军主力，掩护马斯哈多夫的主力部队从格罗兹尼出逃进山，公开"突袭"进入沙利，并听命组织群众集会，结果集会地点被俄国野战集群发射的战术导弹击中，四百多名无辜群众被炸死。塔尔梅兰·马卡玛多夫带领剩余"逃亡战士"进山。受到围剿后，他使用战友的护照，仓皇出逃至俄罗斯的大城市，伪装为商人，为"游击队"和"抵抗运动"募集资金和筹款；在莫斯科轴承厂文化宫发生劫持人质案后，心灰意冷。在一次到车臣城市古杰尔梅斯"汇报工作"的间隙，偶然获知了马斯哈多夫的藏身之地。"我们听到太多的要战斗到最后一个车臣人的战争。我们经常被号召要战斗到最后一个车臣人。我明白这一天终于到了：阿斯兰·马斯哈多夫就是那个最后的车臣人……为了停止战争，我应该出卖马斯哈多夫。为了结束毫无意义的流血屠杀。为了无辜的年轻人不再去'为祖国而死'，去完成恐怖行动，杀死和他们一样无辜的'为祖国而战'小伙子们。……我的背叛——这是我的心灵的丰功伟绩。是退位诏书！"塔尔梅兰将这一情报秘密经过中间人出卖给俄罗斯情报部门，直接导致马斯哈多夫被围困并被击毙于地下室。他本人则畅想飞往巴黎……

一个法学院的毕业生沦为"武装分子"的过程具有悲剧的意味。然而，在盖尔曼·萨都拉耶夫的笔下，历史的悲剧是不断地叠加重演的过程。车臣政治的紊乱，经济的萧条，宗教派别的争权夺利，所谓自己人的不同阵营的厮杀，在历史上早已经是司空见惯的案例。作者不仅回顾了车臣人在近现代的被迫迁徙的动荡生活，还重彩描写了宗教史上著名的昆塔—哈吉·基什耶夫的故事："他的传道对现代人来说是不同寻常和令人惊奇的。在那个时代，所有的伊玛目和教长都号召人民拿起武器，参加圣战直至全胜，而昆塔却使人们相信应该停止无意义的与沙皇军队的对抗。他说，卷入结果可想而知的战争等于自杀，而自杀对至高无上的神无益。他请求放下武器：手持武器的人是有罪的，因为他不寄希望于神的仁慈，不把自己托付给神之手。"作家将这个重写的形象与托尔斯泰笔下的卡拉塔耶夫相媲美："他告诫要使用非暴力和向善。告诫要珍视每一个生物，甚至植物。沙皇当局十分不解。一方面，他的布道是和平的和不危险的；另一方面，布道者周围聚集的听他讲道的上千人又让俄国当局害怕。昆塔—哈吉被捕了，并被永久流放到诺夫哥罗德省的偏僻的小镇子。昆塔懂阿拉伯语和土耳其语，精通先知的学说，但一个俄语词也不会。他无法在俄国的城市安顿好生活，经常不能说明白，他需要什么。……很快，昆塔就因贫病交加，饥饿潦倒，死在了寒冷的俄罗斯。他才34岁。"

正直，毫无暴力倾向，热爱和平，这是真正的车臣人，"他是第一个真正的车臣民族主义者。他不想让车臣人民为一种思想体系牺牲，为任何的思想体系，包括伊斯兰教在全世界胜利的思想而牺牲。但是，为了民族肉体和文化的存留他准备战斗到最后"。《突袭沙利》中的民族文化特性十分浓重，而最为难能可贵的是作家对这种特质的历史形成、演化予以了形象性的比对性的揭示，比如，小说以诙谐的笔触讲述了"我的曾祖父别济是一位传奇式的人物"的完整的故事——战争混子（肩章和勋章都是捡来的）、江湖术士（给马治病和给人治病，在别济这里没什么大的区别。都是他的患者）、装神弄鬼的牛皮大王（他制造神圣的避邪物、专治妇女不孕不育）以及最后"不兜圈子地直奔天堂"（严格的守斋之后，在开斋日吃多了，吃了整整一个小羊羔，就死于肠梗阻）……这种形象的"复写"也是小说体现历史文化的重要结构内容。

盖尔曼·萨都拉耶夫直视历史的勇气十分惊人。他的创作一度被认为是对现实中尖锐的热点问题的"文学论战"。诚然，作家没有参加过任何一次战争，不是车臣任何社会集团的一分子，没有像 20 世纪 80 年代的"阿富汗一代"军旅作家那样写出"亲历的"历史。但是，作家却以最具主观的笔触选取了"普通人"客观的立场。关于现代战争，他写道："在村子周围挖战壕，布上机枪排，烧制反坦克绕刺铁丝鹿砦，自卫性防御——没有任何意义。阵地战的时代过去了。第二次世界大战是最后一次战线变化有决定意义的战争，曲线向前推进，蚕食后方基地，深入敌后，以此确定了胜利者和赢家。地球上火苗越来越高的第三次世界大战是另一种样子的：大规模杀伤性武器，对关键目标势均力敌的高精确打击，代替连续不断推进的战线的，是在世界任何一处都能做战术展开的移动部队。……这是自杀，而不是战斗。第一次车臣战争的任何一场交战都变成了车臣部队毫无意义的自杀行为。它诱使俄罗斯常规部队用上全部武器：火炮、榴弹、火箭和炸弹。在如此这般的痛击之后，任何一个坚固的阵地都变成了战壕中的阵亡将士公墓。如果防御的界限是居民点，那么连同它一起被消灭的还有平民。"关于伊奇凯利亚的独立犹如闹剧："当和平完全到来的时候，我们就不再自豪，我们感到羞愧。为我们参加了

战争而感到羞愧。或者甚至很简单——就在家门口的不远处参
战。……我们的情报和强力系统被经常的改革、重编、联合、重组、
更名和其他的官僚主义和传染病弄得动荡不安，日常工作变得更
复杂了。我们还未来得及习惯自己的称谓、袖标和证件，就又赶
上新的改革了。""但我还是得不到合理的解释。甚至翻阅自己
严格地按时间先后顺序所写的笔记时，在浏览发黄的报纸剪报时，
我看不到合理性和合法性。这不是火车头和车厢的一节牵引另一
节的编组的历史。这更像是其他别的东西。……就是在地上滚雪球，
把雪压实的同时，也把粘在上面的枯枝败叶和去年的草屑、小石
子和垃圾都推卷进雪球了。就是这样——不是连接，而是众多事
件的黏附。黏附，黏附，再黏附。达到一个临界质量。然后——
就是断头崖，崩塌，就像高山上发生的冰川消融或者泥石流爆发。"
在对历史细节的把握方面，盖尔曼·萨都拉耶夫远离了"失真的
新闻"。无论是借人物之口，还是插入联想格式的评论，小说都
严厉地抨击"战争新闻""电视上的战争秀"之致力于"营销战争"，
制造政治和宗教阵营的对立以及对特定群体或者族群缺乏文化尊
重和理解的"污名化"推波助澜、煽风点火的当代恶行。这是对
普通人发动的蒙蔽战争，即双重战争。

　　任何真正的文学作品，都应该是抒发感情但归结于理性的
诗学文本。自传式的可信的主人公作为叙事中心，链接了具有悲
伤基调的历史回望和对战争的批判式思考。塔尔梅兰·马卡玛多
夫在去机场路上的出租车上，听司机"侃大山"，先是眉飞色舞
说飞机的故事，然后低声说自己如何在战争期间参加"收尸队"，

埋葬无主尸首（包括俄军士兵）的情况，等到乘客问起傻子楼（弱智人士收容所）在战争中的遭遇时，司机的"眼睛暗淡下来……沉默了好几公里"……这，已经不是一般的编年史记录，而是触及了战争的病理学。但是，这个文本的对话的对象——读者，更能体会到"真相叙事"审美背后的基本人性的当代失落。"第一人称"和主观视点的运用，是盖尔曼·萨都拉耶夫相信读者的判断力的尝试。所有的战争都是对人性的暴力，被抛到生死边缘的普通人的命运是作者创作激情的出发点。甚至，在《突袭沙利》中，只有不同阵营的迷惘者和受害者，没有一以贯之的敌人、对手、胜利者，例如被绑架的俄军少将、中了埋伏的雷日科夫中校、战争后乘民航飞机被击落的特罗舍夫将军（他在回忆录中称，是自己下令向平民发射导弹），等等。战场冲突完全让位于战后反思，这也是作家创作的基本风格特点。

　　盖尔曼·萨都拉耶夫的作者形象问题是其创作学上最值得关注的突出现象。他被誉为"新现实主义"作家不是偶然的。2000年以来，俄罗斯战争文学出现了新的社会伦理思考的倾向，新的（局部）战争文本对多元文化的关注，引起了传统文学主题和战争描写的反思性的蜕变。批评界越来越重视以盖尔曼·萨都拉耶夫为代表的新一代作家群体［米·阿列克谢耶夫《我的斯大林格勒》（2003）、符·博格莫洛夫《我的生活，或者是你梦到了我》（2009）、谢·阿努福利耶夫和巴·佩佩尔施泰因《种姓神遗之爱》（2002）、亚·屠格涅夫《睡觉并且相信。封锁故事》（2007）、博亚尔绍夫《坦克手，或者"白虎"》（2008）］的小说创作的历史文化语境、文化价值失落引起的"创伤叙事"的经验以及对神话信仰的溯源意识。系列作品主题惊人的一致、作者形象和主人公形象及其叙述声音一致合流，这些都充分说明，作家在纪实性的"我传"中所要传达的思想感情、理智意识并非某个人物所独有，而是作者对以普通人为代表的人类精神世界和人类新的尊崇，是对人类所期冀的共同文化空间的道德观和世界观的形象化演绎。

冯玉芝

2015 年 1 月于南京

断片式中篇小说

一只燕子不成春

富澜／译

ОДНА ЛАСТОЧКА ЕЩЁ НЕ ДЕЛАЕТ ВЕСНЫ

1

也许我可以就这样生活下去。早晨醒来关掉手机里的闹钟，刷牙，刮脸，在澡盆里放满水，然后就躺在热水里泡上半个小时，洗去一夜的睡意。白天，徒步或乘车出去，阅读各种文案，运动面部肌肉和使用声带去做"工作"所要做的一切，并以此获得报酬。晚上看看书。可以一直这样生活下去。似乎此外再没有别的事情。似乎从来也没有过别的事情。

如果梦只不过是梦，可以消融在每天早晨的热水里。

如果记忆也只不过是梦，可以消融在每天的忙碌中。

如果思想，想的是梦，是过往，而梦是不存在的，过往也不过和梦一样。

如果心脏……

如果心脏不停止跳动。

不过心脏有一天总会停止跳动的。

所以我要向你说出我的爱、我的恐惧、我的孤独、我的痛苦和甜蜜、我对你的歉意，妈妈。

你能宽恕我吗？你可记得，我在你的草地上散步，我在你的溪流边休憩，我围绕着你的树木嬉戏；你让小猫在我的怀抱里酣睡，你让燕子在我的耳边歌唱，你让星星对着我闪出蓝光。我是你最小的孩子，你爱我，我知道你爱我胜过爱别的孩子。也许是因为我如此羸弱，如此怯懦。做母亲的总是爱她最疼爱的孩子。别的孩子健壮有力、自由自在，而我总是来到你面前，把头依偎在你的花草上，你则轻轻地抚爱我。于是话语变成诗歌，我为你朗诵，为你歌唱，在那高高的草丛中、浓密的林木间。于是你对我微笑，是的，但你从不笑出声来。你用柳树的枝条围住我，隔开别的孩子；让谁也看不见，让谁也不能说我的孩子孱弱无能，他是我的全部心灵。

我也那么爱你，比谁都爱得更深。每当深夜里，当你因疼痛而呻吟、哭泣，我便陪你坐在咱家的旧沙发上，用手去揉你长满筋疙瘩的腿，还有那个可怕的字眼"血栓"，我用我眼睛射出的火焰去烧灼它，我用我的泪水去溶化它。可是白天我又会在课堂上瞌睡，被叫到黑板前一言不发，我对老师的提问一句也答不出，只能拿起本子坐回座位。我没法说：我母亲病重；我母亲已经接连三夜疼痛不止。

可后来我终于离开了你。就像有一只巨大的蜘蛛，沿着细细的蛛丝爬来，我怕，我怕，妈妈！我闭上眼睛。突然，蜘蛛没有了。

原来是我的梦魇，而我却要逃跑，要闭上眼睛，于是蜘蛛真的不会再有了。

2

我早就想逃跑。因为我知道你一定会死，你会缓慢地、痛苦地死去。我受不了这个。我心中充满恐惧，恐惧，妈妈！

你曾像新绿的春草一样鲜嫩，你曾像野菊花和蒲公英一样艳丽，你也曾像金秋的田野一样壮美。可我摸到了你皮肤下面的筋疙瘩，我想象你身体里的血液就像我喝的葡萄汁一样甘甜，用医生的话说就是，糖度太高。还有那血栓，我看到它就像是深埋在地下，慢慢地在主动脉里移动，越来越趋向你柔嫩的心脏。

当掘土机在咱家房屋后的田地边，用挖斗掘开你可爱的躯体，我跳下坑底，用脸颊贴近你湿热的、散发着香气的肌肤。它搏动着，呼吸着，它忍受着深深的痛楚，预感的痛楚。

预感涌满了我的头脑，在从家到学校的漫漫路途中我心里默数着那些军人的队列，看到那些作战地图，一幕幕地闪过夺取你那每一座仍然安静和平的房屋的战斗。这不全是我的想象，这是你的想象，妈妈，你在我的头脑中这样想的。我感到恐惧。

在我成年日的那天，我第一次试图逃跑。我从彼得堡回来，与我的男女同学们聚会。大人们走了之后，我们开喝香甜烧嘴的伏特加。因为不习惯，酒精很快使我失去明确的意识，我就像中了魔咒似的站起身来走出家门。我看见大路尽头的远山，天气晴朗，我清楚地看到远处的青山。我便向着那里走去。有人抓住我，往回拉我。我挣扎着，叫喊着：我要去，我要上山里去，我们大家都该上山里去，不然就晚了，过会儿就来不及了！可是没人听我的，但我知道：所剩的时间真的不多了。

后来我没有了力气，瘫软下来，由着别人把我安顿睡下。一小时后醒来，差点儿让呕吐物憋死。我挣扎着说：不要害怕！我全都记得，我知道我们该做什么。游牧人的骑兵队伍来到，千军万马，铁蹄扬起的尘土，遮天蔽日。我们将在平原上迎战，我们会全部战死。我们将保卫你，妈妈！被斩断的蕨菜的苦汁就是你哭祭我们每个人的泪水。随后，当我们真的剩下不多几个人的时候，你会对我们说：去吧，到山里去。把我留在这里，不必为我担忧。我装作死人，或者不，我装作活人，把我的没有血肉的形貌留在这里，而我自己趁着夜色，溜过巡逻兵们的火堆，溜过首领的篷帐悄悄地去追寻你们，我会在山里找到你们。一当你们从山间小溪的水面上看到我的面影，听到少女的笑声，你们就会理解，你们并没有抛弃你们的母亲，你们的母亲也没有离开你们，她始终和你们在一起。

我们真的这样做了。我走进深山，在山坡上用石块垒起一座碉堡，在旁边的一小块高地上我挖出一个小穴，等我死了就住在那里边。妈妈来到这里，在峡谷边窄窄的栈道上，她用丰腴的土地当作火热的面颊温柔地贴近我。土地上长着绿油油的小麦和黑麦，整整齐齐，像女性丰满的胸，每到秋天就胀满起来，我便扑向她的乳头，接受她给我的滋养。

在去维捷诺的路上，过了塞尔任尤尔特后，在长满山毛榉林的叫作黑山的地方，曾经是少先队的营地。我在那里度过一个夏天。每天早晨集合，做操，吃早餐。傍晚，在一小片铺了柏油的场地上跳舞。夜里，我们从营房里跑出来，攀过高高的栅栏，跑到黑山里去。我们知道有一处采石场，出产滑石。我们要用它来做碉堡。

车臣人人人都得会建筑碉堡。我们用白色的滑石雕刻我们的小碉堡，做成下大上小的塔形，截去塔尖，顶上刻出细密的雉堞。从食堂里偷偷拿出铝勺来给石头抛光，然后放在阳光下晾晒。夏令营结束时人人都带回家一个小碉堡。男人必须会建筑碉堡，因为说不定哪一天我们要跑进山里，就得修起碉堡，才能活下去。

我的小碉堡放在书房里。有一天二姐打扫书架上的尘土，碰到了它，掉在地上摔碎了。二姐以为闯了祸，赶紧把碎片收拢起来，用胶水粘成原状，为了遮盖裂痕，她把整个碉堡用指甲油涂成红色。结果我的小碉堡成了血红色的。

14 年之后二姐被从里海中的潜艇发射的地对地导弹的爆炸波掀倒在村中的广场上。我紧急飞回纳兹兰，跑到医院病房，抱起二姐直接上了飞机。我们飞往彼得堡，后来医生用了一年半的时间才把她的身体收拾起来重新弄好。

3

三百年过去，游牧人彼此打得七零八落，在草原上分散开来，马蹄踏起的尘雾终于落下。这时我回来了。我还记得，木犁怎样划开你那在铁蹄蹂躏下变得僵硬干瘪的胸膛。它变得贫瘠、干枯。我扑倒在土地上，与你抱头痛哭，妈妈。然后我们举行了应做的礼仪。在夏天捕捉毒蛇，把它们挂在树上；我们捣毁鸦巢；我们在干涸的河床上往复地耕翻泥土。我们遥望着青山。于是你又回到我们身边，妈妈。第二年春天，你羞怯地裸露出肩膀，让肥沃的黑土层翻出来，我们又有了丰硕的收获。

不要害怕，当死亡来临时我们就去山里，在那里建起我们的碉堡。

4

但我没有到山里去。我坐上火车回到那个北方的城市。所以我没有在你身边，你没有什么东西可以掩护你的身体，弹片撕开你柔嫩的皮肉，天空迷住了你的眼睛。我本应该立刻护住你的身体，替你挡住哪怕一块弹片，用我的血洗净你的伤口，用脸贴在你身上，吸去你的疼痛。可是我没有在你身边。

你奔往防空洞，眼睛几乎什么都看不见，腿疼得抬不起来，幸亏有你的女伴和邻居俄罗斯人女护士搀扶着你。她名叫杜霞，是全区人人都喜爱的女护士，人人都熟悉她那样子，因为她生下来便是跛脚。飞行员故意朝你们用机枪扫了一梭子，只是为了取乐。你哭着坐在道边，因为你那长满筋疙瘩的无力的腿已经不能让你快跑，杜霞阿姨也坐下来跟你一起哭泣。飞行员打完弹药飞走了。你扬起雪白的手臂，举向天空，用几乎完全迷住了的眼睛望着天空喊出："你这该死的！"

你没有"毒刺"导弹、高射炮、"地对空"火箭、防空雷达。你只有对着天空发出的诅咒和一群无能为力的安琪儿去对付那个驾驶轰炸机的空军飞行员。但乌云布满天空，连续三天阴雨。那个飞行员被人用自动步枪一个单发击中，人们在地里发现他被降落伞吊绳缠绕着动弹不得，就割断了他的喉咙。

但是我，我仍旧没有在你身边。

当沉重的坦克履带在你身上碾过，当疼痛的发作昼夜不停，当你流尽了血液，大地上只剩下被真空弹毁掉的残垣断壁，当你在咱家尽里面的房间痛苦呻吟，当你已不再设法修补墙上的弹痕，不再补装碎掉的玻璃，这时候我却没有在你身边。

我怕回来时再见到你。我怕直视你的眼睛。但我真的回来了，才明白了我不该害怕看到你责备的目光。当我回来了，并且看到你的眼睛的时候，那里并没有责备的目光，眼睛已经失明了。房子也失明了，张着空洞洞的窗口。

但是你却把我的手抓在你的手里说："你好啊，孩子！你回来就好。"

5

做车臣人真难。你是车臣人，你就得像接待贵宾那样接待你的仇敌，给他吃，让他住。你得舍生忘死地保卫姑娘的名誉。你得面对你的死敌，把匕首插进他的胸膛刺死他，因为你是决不可以从背后朝他开枪的。你的朋友有难时，你得把仅有的一块面包让给他。你开车看见老人步行从旁走过时，你得停住，从车里下来，向老人致敬。即使当你的敌人成千上万，你绝无胜算的时候，你也绝不能逃跑，你必须接受战斗。不论发生什么，你都不能哭泣。纵使亲爱的女人离去，纵使你一贫如洗，纵使你的同伴在你怀抱中流血，你也不能哭泣，既然你是一个车臣人，既然你是一个男子汉。在你一生中只有一次，唯一的一次可以哭泣，那就是当母亲死去的时候。

战争刚开始时，住在诺沃罗西斯克的大姐就给父母买下一处房子，让他们搬过去住。但两位老人不愿意，他们一直以为这个仗不会打多久，认为这是一个失误，是一场误会，很快就会过去，不愿意离开老家。他们来到大姐家住了一阵，看电视上说战事已经结束，他们就信以为真。尽管大姐一再挽留，他们还是回到家里。这样反复了好几次，两位老人最后终于决定留在那里，把家搬了过去，沙利村只剩下我另一个姐姐扎列玛。扎列玛已经出嫁，坚决不同意离开。

在熬过了多年艰难的日子，挺过了可怕的战争之后，父母在新罗西斯克度过了他们一生中最幸福的 3 年时光。在此以前始终有许多的情况使他们不能好好地待在一起。起先是因为父亲的工作，为公事上应酬而酗酒，接待客人，同亲戚们发生争端。后来蹲了监狱，接着又是战争。这时一切都已过去。妈妈已经失明，得了重病，哪还有什么幸福？不过幸福倒也是有的。父亲整天待在母亲身边，聊天说笑，再没有什么地方急着要去。每天傍晚，他挽起她的手，两人在庭院里散步，久久地，尤其在夏天，南方花草的芳香，温暖的气候，令人陶醉。邻居们都以羡慕的眼光看着他们，看着这一对共同度过三十多年时光的相亲相爱的老人。

扎列玛被击伤以后，妈妈的状况急剧恶化。这枚火箭把死亡拉近了好几年，从我父母真正幸福的生活中夺去了好几年。

一年以后扎列玛的状况大有好转，几乎完全治好了，可是妈妈却……大姐打来电话，我们当天就飞离了彼得堡。当我们到达家里的时候，妈妈还活着，或许……我不知道。不知她是否听到了我们的到来，是否知道我们回到了她身边，是否觉出是我握住她的手？妈妈整夜处于昏迷状态。清早，她安详地去了。

房间里的镜子都遮挡起来，所以我看不见自己的样子。是大姐看了我一阵，对我说：你两鬓已经有了白头发。一夜之间我已两鬓斑白。

我流下了泪水。男儿有泪不轻弹，可是这时我哭出了我全部的泪，为了整个的一生，为了过去的和将来的一切。

早晨我走到外面，面对世界。心里感到一丝铮铮作响的空洞。我不再有任何恐惧。在这个早晨我不再害怕。不会有什么更糟的事情了。该发生的都已发生。不会再有眼泪。我不会再哭泣了。

6

现在我不再害怕死亡。因为，死亡不再是与你分离，而是与你相聚，妈妈。

我乞求你的宽恕。我亲吻你的手、你的花、你的草，我抚摸你的头发，拥抱你的土地。为了我没有充分说出的爱，为了我没有充分展示的温情，为了我那么多年不在你的身边，请你宽恕我，妈妈！你能宽恕我吗？你那淡淡的、青青的、只在晴朗天气才能看到的远山，你那葱葱郁郁的、时时可以看见的近山，会宽恕我吗？你那繁花似锦的果园、金灿灿的田野、小路边的红玫瑰、丁香和刺槐，会宽恕我吗？你那春风和秋雨，你那云朵和星辰，会宽恕我吗？

你那归来的燕子，会宽恕我吗？

7

我向你们讲讲燕子。

在高加索春天来得很早。2月，积雪消融，3月，丁香花就开了。紫色的又叫紫丁香，另外还有白色的。我记得三八节的时候丁香就开花了，我们到学校去给女老师祝贺节日，每人都抱着一簇丁香花。丁香树栽在路边，栽在中央广场，栽在各家的庭院里——到处都有丁香。

丁香可以预测学季的分数。每个花穗大多有三四朵小花，有时也能碰到5朵花的。我们拨弄着树枝，寻找预示好成绩的花穗。

到了4月，果园的花陆续开放，苹果树开花了，梨树和樱桃开花了，枣树也开出娇嫩的粉红色的小花。5月里，最早的甜樱桃就要熟了。但只有当燕子飞来的时候，你才终于知道：明天夏天就要到了。

燕子每年飞来的时间是不一样的。我不知道有谁给它们发布准确的天气预报，但它们总是在夏天开始之前的一天飞来。树木就没人给它们预报天气。它们总是匆忙地开花，有时候遇上晚霜冻，盛开的花朵就会凋落在冰冷的土地上。而只有燕子总能在恰当的时候飞来。

我们常常盼望着，仰视着天空，每个人都想第一个看到燕子飞来。终于有一天，某个幸运儿兴奋地跑回家，好像发生了什么奇迹，喊着：我看见了燕子，燕子飞来啦。

这就仿佛我们不敢相信、我们不能完全确信，燕子一定会飞来。它们去年飞来过，前年飞来过，大前年飞来过，但也许今年不再飞来，那我们怎么办？没有燕子飞来，我们将怎样过下去？

我不知道，它们每年飞到哪里去，这大概需要去问鸟类学家，不过或许最好去问孩子们，因为每个孩子都知道秋天来临的时候燕子飞往哪里，它们当然是飞到温暖的童话国度，飞到那个夏天在那里过冬的地方。然后再飞回来，用它们精巧的翅膀划开温暖的大气，把夏天送回来。不过不，夏天明天才到，所以燕子可能是先锋或前哨，它们最先飞来，然后用莫尔斯电码，叽叽或者吱吱，告知夏天：这里一切都好，可以前来。于是夏天便走来，占据我们的村庄，但这是一支解放的队伍，大地用正在成熟的果子和绿草鲜花迎接它的到来。

也许燕子们是在叙利亚过冬，这是鸟类学家们的说法，可是鸟类学家们是否知道它们为什么要飞来呢？只有短短 4 个月的时间，从遥远的温暖国度飞来，匆匆忙忙地生育一批后代，然后又飞走，它们干吗不停留在那永远的夏天里，干吗要做这种季候性的迁徙呢？其实它们只不过是回家，这里面除了爱的逻辑没有其他理由，所以我们每年都在想：燕子何时飞来？说不定它们也许不来了？

如果世界上没有了爱，如果故乡只不过是你觉得温暖舒适的地方，那它们就不会飞来了。那就是说，我们也不需要非得住在这里，每个人都去寻找他自己觉得温暖舒适的地方就是了。

8

但它们还是飞来了，而且还不仅如此。燕子们飞来的第一天就成群结队地在人们的房屋周围，在静静等待着它们的街巷上空盘旋。它们在挑选筑巢的地点。当某个人家的屋檐下已经开始有燕子呢呢喃喃的时候，邻居们便会暗暗羡慕不已。于是人们又会想：难道今年燕子们会不来我家房门上方筑巢育雏吗？难道我家的房子有什么魔咒吗？

当人们清早走出家门，终于释然地看到，它们来了，已经在那里忙碌着衔泥筑巢了。那就是说，一切平安，我的房子没有问题，我的家人平平安安。要是有两对燕子分别在房子的两边筑巢，那就更是喜上加喜：我家儿子今年能娶回一个好媳妇，给我生下一对胖孙子。

燕子是吉祥的象征，是神圣的鸟，捕杀燕子是极大的罪孽。谁也不会捕杀燕子。我们小时候都是些凶狠顽皮的孩子，我们用弹弓打麻雀来练习瞄准的本领，我们还下夹子诱捕鸽子。有时候把鸽子随便杀死，有时候在野地里生起篝火烤鸽子肉吃。可我们从来不捕杀燕子。这大概是因为从很小的时候就听大人们说不能干这种事，或许不，我不记得大人们讲过这个，但我们就是从来不拿弹弓打燕子。

连猫也是这样。我家的猫可以说是遗传性高度混杂的古老物种的出色代表，它生下的小猫有的黑得像炭一样，有的鲜亮得像黄玉一般，也有的是芦苇样的颜色。这已经是普什卡的第四代。我管它叫普什卡四世。它的远祖送到我祖母手上时是一只像一团绒毛样的小东西，人们都以为是一只公猫，就给取了个名叫普硕克（意思就是一团绒毛）。可是普硕克长成了一只母猫，人们不愿意给它另取名字，就改叫成普什卡。这就是普什卡一世。后来接着有了二世、三世、四世。猫家族只论母系，因为从周围那些蠢蠢欲动的公猫中间你根本没法找出谁是新生小猫的父亲。

普什卡不单是个好猎手，而且是个尽职尽责的守卫者。它擅长逮老鼠，但从来不吃。它把逮老鼠当成它的职责，当成人们赋予它的使命。有一天晚上，全家坐在一起看电视的时候，父亲说起园子里闹黄鼬，把南瓜根都咬断了，猫就蹲在旁边用心听着。第二天早晨房门前摊着9只被咬死的黄鼬，一族罪犯全被消灭在此。猫蹲在一边等着主人的褒奖和鼓励。它一只也没有吃。

我家这猫更喜欢吃的是鸟肉。

在一个晴朗的夏日，妈妈在院子里做着家务，普什卡在旁边太阳下打瞌睡。几只雏燕刚刚出巢学飞。这时这猫习惯性地把身体蜷缩得像一个弹簧，紧盯着小燕子们笨拙地扑腾。妈妈拿起扫帚，突然向着猫厉声断喝：你想都甭想！妈妈就是这样说的。

我家的猫本来就从不捕捉燕子，自那以后更是连看都不看它们，当小燕子们在院子里扑扑棱棱飞时，猫故意地把视线转向别处，仿佛是在表白：我对你们这些燕子根本不感兴趣。

9

燕子显然也是会死的。许多燕子会在迁徙过程中丧生。但在一个夏季飞来再飞走的两代燕子中，只要有一只存活下来，那么它就会凭记忆返回它出生的那座房屋，在那里修整旧巢或是筑造新巢。

可是我们从来没有看见过死燕子。对我们来说燕子是不死的。今春飞来的这只燕子也就是去年来过的那一只，也就是年年飞来的那一只。

燕子是我们先人的灵魂。我的妈妈永远不会死去，她会变成一只燕子，从遥远的国度跨越高山大海飞回我的身边，她会成为一个天使从天空中注视着我，但是很近、很近的空中，不高过我家的房檐。要是很远的话，从九霄云外，天使还能看到什么呢？

当小孩子夭亡时，他们会立刻变成燕子。

10

我已经长到很大的时候才知道我有 3 个姐姐。最大的大姐，妈妈给她取名叫达涅奇卡，还在襁褓中就夭折了。当时母亲跟着父亲住在上沙利的老房子里，跟父亲的几个兄弟同住。我们沙利村沿着一条河建成，所以分成上沙利和下沙利。

大姐被埋葬在公墓，没有举行葬礼。小孩子死了不需要举行葬礼。小孩子是纯洁无瑕的，没有罪孽，不需要请神父做祷告，立刻就会变成小天使。如果他们非常爱我们，他们就不会高高飞去，飞到九霄云外。他们就会变成燕子，依旧和我们住在一起。

大姐死后第二年，爸爸妈妈搬进了下沙利的新房子。这是自己独门独户的，免去了与人口众多的亲属住在一起的不便。房子漂亮、宽敞。但房子里如果还没有爱，那就只不过是空洞的四面墙而已。

所以妈妈忧心忡忡地期待着新房子里的第一个春天。终于各个邻家的檐下都有燕子在筑巢了，当然都是那些去年来过的燕子，它们记得自己的家，而我们这座新房子却无精打采地呆立着。婆婆本来对父亲娶了个俄罗斯媳妇就不太高兴……第一个孩子又夭折了。妈妈只有悄悄地哭泣，几乎每晚，在背后的一个房间里，独自一人把头扎在枕头上哭泣。她不敢对夫家人有任何怨言。说不定人家是对的，一个挑剔的俄国女孩嫁给了一个帅气的小伙儿——文娱活动的积极分子，又是先进拖拉机手，后来成了党委书记，再后来又成了国营农场主席，挺美满的一桩婚事，最后却成了不结果实的谎花?

可是就在这头一个春天，就有燕子飞来了。妈妈拿着抹布走出来，擦去新油漆的门框上落下的鸟粪，看着那一对燕子忙碌地筑巢，于是眼睛里又涌出了泪水，但这已是鲜亮晶莹的幸福的眼泪了。

从这天起，妈妈挺直了胸膛，语声也变得坚定自信了。夫家的所有人都对妈妈正眼相看，没人再敢说一句难听的话了。她是合法的妻子，母亲，一家的女主人。她家檐下有燕子来筑巢了。

在新家里接连降生了两个聪明伶俐的女儿，第三个是个儿子。妈妈不再经常去公共墓地看那偏僻角落里小小的坟丘。只是有时候望着辛勤哺育雏鸟的燕子，不禁低低地唤出一声："达涅奇卡……"

11

冬天战争打响了。计划用所谓新年闪击战，用坦克兵团突击攻占格罗兹尼，但是彻底失败了。格罗兹尼街头，许多坦克起了火，坦克里的士兵也陷于烈火中。无线电波里渗透着血腥，喷溅着垂死者的脏腑，用像 A 调音叉那样尖细的、像初生婴儿那样拼命的声音呼叫：这里要求增援，这里要求增援，增援，增援!

增援没有到来。开始了一场真正的、缓慢持久的战争。又一批部队从北方开进伊奇凯利亚[1]。当第一批坦克和装甲运兵车经过一些村庄时，妇女们还用鲜花迎接他们。但鲜花被抛在污泥中，碾压在车轮和履带之下。接着是轰炸和扫荡。妇女们还是出来迎接部队，纷纷把自己的头巾抛在战车前面。

按照车臣人的习俗，即使是两个不共戴天的仇敌持刀相向时，只要女人解开包着头发的头巾抛在两人中间，争斗也就立即停止。可是有谁知道车臣人的习俗？头巾落入污泥，落在车轮和履带之下。

妇女们只好走回家去。这时孩子们走出来了。十二三岁的男孩子们往坦克和装甲车上甩手榴弹，抛燃烧瓶。特别瞄准排头的一辆和排尾的一辆。他们还能从掩体里向整个车队开火。

针对如此顽强的抵抗，联邦军队则报以血腥的炮轰，用大炮、迫击炮和火箭炮扫向村落。房屋一座接一座地倒塌，把人活活埋在下面。

12

到了春天结果怎样呢？

春天燕子照旧飞来。它们穿着晚礼服喜气洋洋地飞来。成群结队地盘旋在熟悉的街道上空，寻找着各自的旧巢。

你们从来没有听见过燕子高声鸣叫吧？你以为它们是不会大

---

1 车臣伊奇凯利亚共和国（1991—2000），苏联解体后，在俄联邦原车臣-印古什自治共和国领土上建立的未被联合国承认的国家。2000年春，在第二次车臣战争中被俄联邦军队消灭。

叫的吧？燕子总是呢呢喃喃、叽叽喳喳，唱着细声细气的高音曲调，它们怎么会大声鸣叫呢？

可是在那个春天，这些成群结队的燕子发疯般地在房屋的废墟上空疾速盘旋，拖着凄凉悲哀的长音高声鸣叫。

鸟类学家会说这是不可能的。然而这些燕子发现它们去年夏天离开的地方已变成一片废墟，它们便不再在家乡停留。

在村落上空盘旋一阵之后，它们便飞了回去，回到那温暖的童话国度，夏天在那里过冬的那个地方。

因为在我们这里已经没有了爱，只剩下了死亡。

13

我向你们讲讲山的故事。

我们住在平川上已有 300 年，不过山始终就在我们身边，清早伸手可及，傍晚伸手可及，只有在夏日，当炎热使空气开始抖动的时候，山才显得遥远朦胧。不过在那样的天气，连水塔也会显得很远，可我打赌 10 分钟就能跑到它跟前。

山从南面护卫着我们，随时等候着我们，所以我们住在平川，并不像黄鼬那样藏到地下，也不像燕子那样飞向天空，我们住在一条浑浊小河的两岸的缓坡上。因为，如果有灾难发生，我们总能躲进山里去。在山里，我们每个家族都有一处自家的山头，山顶上有一座碉堡，高高地威严地矗立在那里，里面墙上有内宽外窄的射孔，便于射手向外射击。碉堡旁则是住人的窑洞，里面保留着我们的先人，我们并不把他们埋入土中，而是放置在洞里的石板上，他们时时都在我们身边，傍晚我们到他们面前诉说我们的心事，倾听他们无声的指教。如果敌人到来，全族的每个战士都算数，他们也会站到射孔前，战斗中每个战士都不是多余的人。如果有灾难发生，我们便躲进山里去。

而灾难总是从北面来的。

14

北面是大草原。草原上住着游牧民，彪悍的人们住在草原上。他们人数众多，成千上万。他们在草原上骑着快马风暴般地奔跑。每当风暴从北方吹来，就会把树木连根拔起，把房顶掀跑，把庄稼压倒在地。

狂风吹来尘暴，沙尘像乌云似地随着狂风到来，箭也像乌云般地飞来。我们住在平川，肩靠着肩，护卫者大山。但沙尘迷住我们的眼睛，箭雨让我们血流满面，于是我们纷纷倒下，存活的人退进山里。

那些大喊大叫的游牧民能把我们的土地当回事？那既不是妻子，更不是母亲，只不过是随便被套马索套住的姑娘。于是他们尖声喊叫，放声大笑，细细的眼睛里露出疯狂，连马也嘶鸣起来。他们抓住一个姑娘的头发把她拉进帐篷，扒掉她的衣服，强奸了她。他们像马用后腿站立起来那样张牙舞爪地扑上来，脸上露出预感到满足的得意，进入她的身体，发疯般地蹂躏。可是他们触及的地方是干涩的，使他们疼痛而不是得到快乐。于是点亮灯光观看：躺在那里的不是什么姑娘，而是一个泥俑，用黏土合着马粪做成的偶人，头上的头发是一团干草。姑娘去了哪里？她是怎么骗过了他们的？

游牧民们激怒之下放火点燃了树林和村庄，火焰喷射器可以射,700米甚至800米远，而且还有迫击炮、远射炮、"雹阵"和"飓风"等火力系统，里海还会有潜艇浮出海面，发射"地对地"导弹。

经历300年后他们退入了大草原，然后改换了马匹和人员，重又回来。

15

……………

16

在更往北，比大草原更往北的地方，则是雪国。雪国里的人身穿兽皮，手持的不是游牧民那种弯曲的马刀，而是笔直的长剑。那个国度里有许多城市和乡村，出产许多的蜂蜜和油脂，那里的姑娘如同朝霞般美丽，给人幸福和富足，因为他们的头发简直就像小麦一样。

但从大草原来的那些彪悍的人们攻占他们的村庄，烧毁他们的家园，夺取他们的城镇，掳走他们的姑娘，就像黑夜窃走阳光。

他们把阳光般鲜亮的姑娘出卖到海外,换得滚滚的金币,他们踏毁禾苗,他们把一切收获攫为己有,他们宰杀牲畜,疯狂地吃肉,放肆地纵酒。

雪国开始痛苦地呻吟,为思念他们的阳光而哭泣。

但是,雪国中那些勇敢的人们拉起队伍向大草原进军。而当有一次他们的公爵连同妻子儿女被游牧民俘虏时,来自南方的一名少年帮助他们逃脱并把他们隐藏在山中。因为我们是兄弟,我们一起起来抵御和制服大草原:一个从北方,一个从南方。

17

我还要向你们说说我们的山。

山有不同的颜色。有黑色的山,还有青色的山,山顶上积着白雪,天空中飘着棉絮般的白云。从我们沙利向南,大路通到塞任尤尔特,过了塞任尤尔特便是黑山。其实这还不算是山,只能说是山前的丘陵,几条长满树木的大山丘。黑山是古老的山,过去曾经是山石嶙峋的,但经过岁月的磨砺,风雨和穿过山间的河流把山峦变成了丘陵。山毛榉林覆盖了山顶和山坡。每当夏季,林木长出繁茂的树叶,整个山坡呈现出一片碧绿的颜色。秋季的树叶则像是燃烧着的黄金、青铜和紫铜。而当树叶落尽、枝条赤裸的时候,远远望去树林又现出黑黢黢的颜色,结果山就变成了黑山。

再往前,过了塞任尤尔特,便是维捷诺。从那里开始,山就成了青山,完全是巉岩峭壁,这是年轻的山,著名的高加索山脉。

从沙利往南看，看到的永远是黑色的山。远山常常包围在从地平线升起的云霭中。在晴朗的日子，看上去就像是奇迹、梦境、幻景。一片青山突现在眼前，充满神奇和诱惑。我们长时间地欣赏这美景，一切都看得清清楚楚：山顶和峰峦、平直的雪线、盘绕在山间的河流。

这时我便能听到来自我内心的歌唱：去吧，到那里去，到山里去。在那山峦间有你祖先的一个山头，上面有石筑的碉堡，旁边是人们栖息的洞穴。那里天空离人更近，周围一片宁静，只有山间溪流的淙淙声，在那里你能超越这段时光——人们重又发狂的铁器时代。那流水的音乐还将久久地在我心中鸣响。

18

我发现我常常把天地的方向弄混。我总是觉得山在北边。我回想太阳升起的方向：我面对群山时太阳从左首升起，向右首落下。那就是说，山是在南边。因为，如果面朝北，东方就是右首。从小学里就是这样教给我们的。地理课上也是这样教的，我对地图很熟悉：高加索山脉，北边是我们住的地方，南面是外高加索。我的学习成绩从来都是优秀的，我这些都记得。

可我为什么老是觉得那些山是在我们北面呢？

也许是因为，山顶上永远是积雪，夏天也不融化。而雪当然代表寒冷、严冬、北方。那时冰雪永不消融的地方，是夏天里仍然过着寒冬的地方。

或者也许是因为，印度河流域北面便是喜马拉雅山，那是几千年以前我曾去过的地方，然后死去，才来到了铁器时代。

19

牛车的轮子吱吱地响着。这是一种整木的车轮，没有轮辋，没有轮毂，没有辐条，就是直接从大树上截下的一个圆盘。车上坐着女人和孩子。男人们骑着马跟在车旁。领头的男人做了个手势：停车。天快黑了，我们就在这里过夜。牛车在小河边围成一圈，中间生起篝火。

这个人名叫厄尔，因为他手持一把长矛，而在他们这族人的语言里，长矛就叫厄尔。他们来自遥远的远方，他们的路途延续了好几百年。当年曾经有过众多的部落，聚集着无数的人，浅色头发的、火红头发的、褐色头发的、黑色头发的——黑得就像做大木船填缝的那种黑焦油，总之，各色各样的人。他们从温暖的海边出发，向着日出的方向走了许久许久。他们经历了过去为争夺土地的无数次战争，因为土地变得越来越稀少。现在他们又在新的地方遇上新的战争。在路途中，在战争中，人们不断地死亡。他们用集体的火葬仪式火化遗体，在草原上堆起高高的土冢。来到远离故土的新地方，这里有宽阔的大河，北面有高山，他们征服了当地的部落，一种深色皮肤的人。但战争并未终止，部落之间继续互相争斗，杀死一代又一代的人。于是有的人开始向日落的方向走去。这样他们就将转一个大圈，完成一个轮回。

　　太阳升起时，厄尔醒来，他走向河边去洗一个澡。本族的祭司坐在高高的河岸上，目不转睛地望着远方。天气晴朗，云雾消散，地平线上现出昨天没有看见的远山，青青的山峦，山顶上覆盖着皑皑的白雪。

　　祭司见厄尔走来，用手指着远山说：那里就是阿斯加尔德，众神之城。厄尔点点头，走下河边，用手捧水洗了洗脸。河面上有燕子掠过。燕子就住在附近，在岸边悬崖上的岩隙间筑巢。

　　厄尔走进河水中。水流湍急。厄尔洗浴了一番，上了岸向牛车走去。女人和孩子们都已醒来。孩子们在周围跑跳嬉闹，女人们开始做饭。厄尔看见他的牛车旁有一对燕子飞来飞去，原来是在把车上的干草啄起送回到巢里。

　　祭司也看到了这情景。他走过来说，这是好兆头。我们可以留在这里，不必再往前走了。河里可以取水，不远处就是森林，粗大的树木可以用来盖房子，那边稍远处，旷野中间有一个光秃秃的山丘，我们可以在山顶上燃起圣火，举行祭礼。

　　这一切都在我的记忆里。我记得那些牛车和那些疲惫不堪的人们。我记得他们的牛群和马群。我记得他们怎样在黎明前的熹微中在高丘上点燃火，往火焰上浇油，然后讽诵咒语。我至今仍不时在梦中想起这些情景。我闭上眼睛，就能清楚地看见这些情景。只是我好像是从上方，不是很高，不是从天际，而是像从燕子飞翔的春天大地那样的高度，鸟瞰着这些情景。

20

战争结束了，战争早已结束。报纸上、电视上都说过了。车臣开始恢复和平的生活。譬如，从电视上看到学校重又开学了，9月1号是开学日，所有的学校都开始了和平的一课。不再有任何战争。愁眉苦脸的将军们宣布，犯罪团伙已被消灭，分裂分子已经无力进行有组织的反抗。只有一些残余的匪徒隐藏在森林和深山中，但他们也将很快被消灭。

当春天到来，森林披上新绿，春天过去接着到了夏天，这时愁眉苦脸的将军们又说，匪徒们利用"青纱帐"作掩护，若不是因为有"青纱帐"，我们早已把他们消灭。我以前从未听说过还能有这种说法，春天到来时森林覆盖上婴儿皮肤般鲜嫩的绿色树叶，这就叫作"青纱帐"。

而当秋天来临，秋天过后又是冬天，愁眉苦脸的将军们又说了：山中有雨，能见度很差，随后山坡结冰，道路湿滑，机械化部队无法出动，残匪利用这种情况攻占和掠夺村落，然后逃回山中。

一整年间，不是运兵车在公路上遭遇爆炸，就是公务人员受到枪击，甚至在格罗兹尼市内制造恐怖事件。车臣实现了和平，在车臣早已确立了稳定，那种稳定即使在俄罗斯也梦想不到。在这里连护法机关的职务都是终身制的，就是干完你生命的最后两个星期。

战争已经结束，也许很快就要裁减驻在车臣的兵员定额。但炮兵不减。而且为了证明"战绩"，就要打炮。

有时士兵不愿开炮，因为每一发重炮都震得人头疼耳聋。据说，他们就把炮弹运进小树林埋在地下。过一个星期，把埋藏弹药的地点告知步兵里面的朋友。于是就发起一次特别行动，在电视上报道：再次查获一处武装人员藏匿军火的秘密地点，缴获大批爆炸物，防止了一次恐怖行动。步兵也取得了"战绩"。

不过一部分预计发射的炮弹还是要发射的。每天夜里，驻扎在沙利的炮兵都要朝山里打炮。理论上炮火按测定目标，按侦察数据发射。但他们不可能每夜都有相应的数据。所以他们就只是朝着山里开炮，仿佛山就是在同他们作战。

每天夜里重型炮弹呼啸着掠过民居房舍上空向山里方向飞去，在远远的某个地方轰隆隆地爆炸。山受到震动，发出呻吟，但山很大很大，需要打很多很多炮弹才能把山打死。

只有那时才会有真正的胜利。只有当山死了，当山被削成平地，那时就没有了这高傲的山峦，就只剩下驯顺的平川，或者说，空旷的草原。

不再有高山，将只有无边无际的大草原。

21

据说，驴子一旦享受过荫凉，就不肯再在阳光烤炙下干活了。我们都不再回车臣去。我们是莫斯科的、彼得堡的、鄂木斯克的、雅罗斯拉夫尔的、沃洛涅什的、萨拉托夫的、阿斯特拉罕的、彼尔姆的以及天知道还有些什么地方的车臣人。总之是俄罗斯的车臣人。我们习惯了这里的生活。哪怕遭受着监视，找不到工作，在警察局报不上户口，而后又因为没有户口而被警察局收光一切财物，我们还是留在这里。这绝不只是那些走了好运、在俄罗斯发了财、成就了事业的人如此。这也包括了那些寄居在出租房里、为每天糊口之资而奔波劳碌的人。

我们变得娇气、羸弱，不再能生活在远山的严厉注视之下。我们不再能遵守伊斯兰法律，不再以生命对自己的每一句话负责，不再仔细掂量自己的每一个行为，心里明白地知道：它的后果将要由我们的子女承担，所有一切都将为人们知晓，即使百年以后，我们的后代仍将因他们先祖的不当行为而遭受谴责。应当保持贞洁，克制欲念，只同自己的妻子亲近。在自由的俄罗斯，车臣男人奉行完全不同的规则：一个男人只有一个女人是他的母亲，所有其余的女人都是他的妻子。

他们弄来坦克和装甲车，他们有大炮和导弹，他们有各式各样的飞机：歼击机、强击机、轰炸机。但俄罗斯人最可怕的武器是女人……只有俄罗斯女人能够瓦解、消灭车臣民族。

你看，她们就在那里，时时吸引着人的、可以带给你幸福的姑娘们，头发像小麦颜色的姑娘们。在俄罗斯，这里有夜总会、的厅、酒吧，有酒精饮料和毒品。而且随时有新来的姑娘。我们可以挽起她的手走进咖啡馆或走到大街上，但并不一定在这之后就要和她结婚，我们把她带回家，但只过一夜，第二天早上她会打一辆出租车径自离去，没有二话。我们心中总是想着她们，想着这些小麦颜色头发的姑娘们。现在她们就在这里，可幸福在哪里呢？

没有幸福，金发的俄罗斯女人并没有给我们带来幸福。我们自己在她们身旁却失去了男子气。

22

也有一些车臣人，娶的是本族女人，说的是本族的话，每年带领孩子去车臣两次，而且在准备出行时一定要说是"回一趟家"。他们不把现在居住的房子叫作家，尽管这是他们自有的住房，买下的或是私有化时分得的。但这样的人越来越少了。新一代人喜欢跟俄罗斯姑娘交朋友，经常去的厅，不准备回农村去。

还有我们这样的，我们早已失落了根，还是在战争开始以前。如今我们四处游荡，"像被风撕裂的云，在哪里也没有栖息之地"。

我们在那里成了外乡人，而在这里我们永远成不了自己人。

我们甚至已经不记得，已经早就忘记了，我们是车臣人，可是别人却在提醒着我们。俄罗斯正竭尽全力使车臣人成为一个真正的民族，一个统一的、自成一体的民族，对每一个偶然跌出巢外的小鸟，它都要用力硬塞回去。

如果我们忘记了，别人会拿我们自己的护照指给我们看。我的苏联时期的旧护照上民族一项下写着车臣人。为的是让我不要忘记。在新的、俄罗斯护照上，没有民族这一项。但这丝毫没有改变。第一页上就写明，出生地：车臣共和国。这根本不是那么回事。我出生的时候根本就没有什么车臣共和国。我是出生于车臣－印古什苏维埃社会主义自治共和国，那时苏联的一个地区，和所有其他地区一样，都归苏共州委领导。当时学校里教给我们的是，我们是苏联人民这一统一的伟大民族的一部分。我们也确信是这样。我们到我们伟大祖国的大城市莫斯科和列宁格勒上大学，然后就留在那里。可现在教给我们的，却说我们是车臣人。这个伟大的国家突然成了别人的。

23

当第一次车臣战争临近那个让俄罗斯失尽脸面的结局时，我正住在彼得堡。我根本没有户口，而且我也不太在意这件事。因为我长着一张欧洲人的面孔，街上的警察从没有拦住过我。这些倒霉的警察，从来没有人给他们提供一点有关车臣人人种学特征的基本知识。在搜寻恐怖分子时他们常常抓住一些长着高加索人面孔的人。你如果真想同什么人打仗，起码你总得认识他吧。车臣人多半并不长着高加索人的面相。

请热爱本族的同胞原谅我，一些有学问的或不太有学问的车臣人，出于可以理解的、值得尊重的理由，常常断言车臣人是世界上最古老的人种之一，说车臣人自来就是高加索的原始人种。我并不想就车臣人的起源进行争论，因为这种争论没有任何意义。

根本不存在车臣人的起源这个概念，因为根本不存在什么车臣人种，至少直到不久以前还没有过。曾经有过苏美尔人，他们生活在巴比伦王国时代；有过呼里特部族，他们曾建立乌拉杜国。部分呼里特人在高加索山前地带定居下来，可能融入更早定居于此的部族。他们确立了未来车臣人的基本文化和通用语言，这种语言无疑最接近于古呼里特语。但语言还并不就等于民族。

随后，在几千年间，一批又一批新来的部族累加起来。其中最早的部族之一可能是民族大迁徙时代的雅利安人。当时人们从北方的黑海沿岸地区大规模地向东方迁徙，直到印度。有人在东去的途中在北高加索停留下来，或许也有人是在返回的路上停留在此地。

这是我从古代印度史诗故事里查到的车臣人起源的最独特版本。那里的说法是，刹帝利即武士种姓，人数繁衍过多，他们不停息地征战把大地变成荒漠。大地女神普密化作牛的模样来到大神毗湿奴面前，寻求他的庇护。毗湿奴化身为一婆罗门即祭司，暂时放下祭司应做的法事，开始作战并九度消灭刹帝利。被神的意志打败的好战种姓余部离开印度，为了逃避天谴而藏身于埃及和高加索山中，埃及的古代王国即是由他们建立的。

24

关于车臣人起源于雅利安人的推测让车臣人付出了沉重的代价。1944年全族被迁至哈萨克斯坦。我没有找到官方的正式肯定，但车臣人都确信，斯大林之所以迫害整个车臣族人并不是因为据信车臣人准备热烈欢迎希特勒，也不是因为有土匪在山中反抗苏维埃政权（班德拉分子[1]的人数要更多得多，但没人会设想把整个乌克兰迁徙到别处），而是因为纳粹德国的学者研究出一种理论，说车臣人是雅利安人，德国人攻占俄罗斯以后他们将享有和德国人一样的地位。

我不想知道事情是不是这样，但这样的理论完全有可能被纳粹宣传机器当作一个计谋，在苏联内部给自己制造同盟军，不过关于车臣人起源于雅利安人的理论也好，起源于高加索、呼里特、突厥或者闪米特人的理论，既是有道理的又是不合道理的。

因为不存在任何的起源。尽管上述那些部族都曾存在过。雅利安人之后还有许多种人定居在高加索山里。佩切涅格人哪里去了？波洛维茨人哪里去了？许多部族在从历史舞台上退出后仍然保存下来，融合为一个各族的聚合体，旁人可以把他们叫作索桑人或是祖祖克人或是别的什么。车臣人的自称并不说明任何问题，譬如"诺奇"族名翻译出来就是"人"的意思。

可萨汗国覆灭以后，若干可萨家族也定居于山区，甚至还向车臣部落传播过犹太教。这个过程并没有停止。从农奴制俄国逃跑出来的斯拉夫人，吸收了山地的自由风气，也变成了车臣人。

在高加索山区出现了又一个巴比伦。只不过，在苏美尔的巴比伦，许多不同语言的人要建一座通天塔，而在高加索则是说着同一种语言的各族人各自建造各自的塔。至于天空，天空本来就

1　斯捷潘·班德拉是德军占领乌克兰期间在纳粹扶持下建立傀儡政府的乌克兰独立分子。——译者注

很近，近到你登上山顶便可用手去捕捉云彩。

许多民族是由多种族的人群组成的，这并不妨碍他们成为民族。但这需要一个融合。但在车臣，不管研究史书的人怎么说，这种融合始终未能充分实现。每个部族都保住了自己。这正是车臣存在着氏族集团的原因，在俄国虽然对此有很多研究，但毕竟不够理解。

当然，氏族集团内也有血缘的融合。由于氏族源自单一始祖，所以族内通婚是禁止的。这一规则至今还是有效的。氏族引入血缘融合，而且是有意识地这样做，以防止氏族的退化。不过只按母系进行。每个车臣人至少可以说出 7 代父系祖先，有人甚至能说出 20 代。但是几乎没有人记得曾祖母以上的母系祖先。几千年来，车臣人娶阿瓦尔女人、奥赛梯女人、印古什女人、格鲁吉亚女人、俄罗斯女人，更不必说不同氏族的女人。但自己的氏族是按父系传承。几千年间进行了一种固化父系基因型的独特选择。

这与犹太人固化母系基因型的情况相似，只是取向相反而已。

25

每一氏族保存着对本氏族历史起源的记忆，氏族间始终没有融合。大家都记得古诺伊氏族源自俄罗斯人；人数可能最多的贝诺伊氏族则源自呼里特人；源自可萨人的氏族至今被称为山地犹太人、塔特人；我的氏族艾尔斯诺伊（也拼做阿尔森诺伊），是印欧移民的后代。因此艾尔斯诺伊族人都是淡褐色头发、高个子、浅色眼睛的，更像是波罗的海国家的人或者德国人，而并没有"高加索民族的面相"。

这些倒霉的警察，你们要想截住车臣人，就不要找黑头发的。车臣人还有另外的特征可以辨认，我不必对你们详细描述。我只讲一件事情。有一次我父亲到彼得堡来，他遇到了过去熟识的一个俄罗斯女人。在这之前她没有见过我。他们坐在那里一边等我，一边聊着车臣人的事情。那位女士说她至今仍能根据步态和举止从人群中辨认出车臣人。她看了看街上走着的人群，用手指着其中一个说：这个肯定是车臣人。我父亲微微一笑回答说：可不是，他就是我儿子。

那位女士说，车臣人总是摆着那么一副架势，仿佛今天全世界都是属于他的，可明天还是要被人打死。

26

警察并不知道这些细枝末节，因此我也就可以没有户口，而且大摇大摆地从警察岗位前走来走去。可是后来我们单位在一家正规工厂里租用办公室，这就需要办出入证，可是没有户口人家不给办。我只好求助于我租住房子的房东，这人很好，立刻写了一份申请。

我和房东一起被通知到为外国人办理居住登记的机关，我一进门就提出，这是不合法律的，我是俄国公民，怎么要按特别的规定办理户口呢？我清楚地记得那位坐在办公桌后的少校警官的样子。他一下子站起来恶狠狠地说：现在在打仗，你们都是敌人。

原来是这样。我们是车臣人，所以我们就是俄国的敌人。如果我们忘记了这一点，那么会有人随时提醒我们。

警察当着我的面对我的房东反复说明把房子租给我会有什么后果。肯定会经常进行搜查，检查个人证件，而如果本地区发生什么爆炸，就会把他当作同谋犯，因为我自然要被认定为罪犯。

当天房东终究没有放弃替我办户口的打算。可是一个月后，他还是连连抱歉地、很不好意思地让我搬出他的房子。

车臣人所遭遇的这种情况，列夫·古米廖夫可能称之为"激情的过热"。这种过热既带来了车臣人的英雄主义、他们的积极主动精神、他们的繁衍再生，也包含着狂热的宿命论、自我牺牲。被压抑的自我保护本能。最糟的情况是，激情的过热导致全民族的灭亡。

我不知道，这是由太阳活动引起的，或者是历史情况，首先是俄国的政策造成的。截至最近为止，车臣人只是多种不同部族的集合体，从来没能彻底达成统一，建立自己的国家和构成单一的民族。如果"战至最后一个车臣人"不会告终，如果车臣人能保存下来并形成一个民族，为此他们应该感谢俄国，是俄国而不是什么太阳异常活动燃起他们的激情，使他们肩并肩站在一起，并对每一个人说：雅利安人、呼里特人、可萨人——都是车臣人。俄国人是我们最后的指望。他们不容许我们变得柔弱，他们迫使我们成为车臣人，成为男子汉，因为每一个车臣人都是战士，每一个车臣人都是敌人。

所以我们只能：要么战胜，要么死亡。

27

高大的建筑像是矗立在狭窄的河流般的彼得堡市街道之上的悬崖。悬崖中有细小的洞穴，人们就住在其中，还弄来家具和各种生活设备。像是栖息在河边的燕子。人们本身就是燕子。或许是因为，这里所有的人早已死去，只是忘记把这事告诉他们。

真的燕子这里根本没有。真的燕子决不会飞到这里来。有时我想：我们怎能在这里建筑房屋、安置住所？这种地方是绝不会有燕子飞来的。

我是个疯子，你们难道还没明白？只有疯子才会时时想到燕子。有时我想我就是一只燕子。或许是因为我早已死了。

还有山。谁也不会老是想着那些山。

16 年间我住过 12 个城市。结过两次婚，可是直至今日我只是一只离了群的孤燕，那么轻易地离了群，当时整群也在空中迷了路。我有了一个女儿，我给她取了我母亲的名字——薇拉，意思是信念。可我已经没有了信念。我越来越少有机会看到她，往往只能是从照片上。我又开始彻夜难眠，心因忧伤和痛苦而抽紧，因为我几乎看不见我的女儿怎样成长。你们会理解这一点，即便是疯人，毕竟也只是人嘛。

一次又一次，为什么一切都注定不能实现？

也许是那遥远的山里，一颗流弹击中了我们家族的碉堡。如果我找不到这个地方，不能把那些古老的石块收拢起来重新砌好，我们整个家族就注定要分离和流浪。即使用那种白色滑石，也要把碉堡重建起来！

28

我给你们讲讲疯子的故事。

战争前夕在车臣出现了许多疯子。也许是对战争的预感造成的，也许是大地自然地产生出这样一些人，就像树木在被砍断的地方流出琥珀色的树脂包住新鲜的伤口，只不过那时树还并没有被砍断。要么也许是大地母亲要通过他们的嘴向我们说话，派来了她最疼爱的孩子，可是谁会听信呢？

在我们村里有一个叫伊布拉什卡的。他的大名叫伊布拉吉姆，我妈妈管他叫伊布拉什卡，傻子伊布拉什卡，其他人也跟着这样叫他了。伊布拉什卡是一个农村里极普通的傻子。他非常强壮，又能受苦，相貌还相当漂亮。整天干活：担水，劈柴，修补畜栏，一个人养着几头奶牛，每天自己挤奶。他可以说是他母亲最好的儿子，他非常疼爱他的母亲，家里家外的重活决不让母亲伸手。有人甚至张罗着给他娶个媳妇，可是新娘子来了3天就跑回娘家去了。据说是伊布拉什卡干起那事来力大无穷，让那女孩简直受不了。新娘走后，伊布拉什卡忧郁了一个星期，然后就忘了这回事，又干起家里、院里、喂牛等等的事。总之，这只是一个普通的弱智。不大会说话，总是沉默不语，衣服总是不合体。还有一个怪毛病。

一般疯人总是有些古怪的毛病，所以人们才说他们是疯子嘛。伊布拉什卡的怪毛病是：害怕飞机。

只要天空中一出现那银色的大鸟，或是远远传来喷气发动机的轰隆声，伊布拉什卡立刻吓得手忙脚乱，赶快找地方躲避，并且扑倒在地上，就像婴儿扑在母亲温暖的怀抱里。连嗒嗒嗒地在低空给农田洒药的农用飞机伊布拉什卡都怕得不得了。

我们可不怕飞机。我们喜欢看飞机飞来，手搭凉棚高兴地注视着那些铁鸟在云端飞过。我们尤其爱看那些在碧蓝的天空留下一道长长的白色飞行云的战机。其实，我们什么都不怕。

就智力发育程度来说，伊布拉什卡一辈子都始终是个孩子，所以我们这些孩子常常跟他耍闹。但有时——那是多么幼稚无聊的冷酷！——我们竟想出种种办法戏弄他。用丑恶下流的话咒骂他，用烂泥或石块甩他。伊布拉什卡往往都忍受着，但也有失去耐性的时候。这时他满脸通红地追打戏弄他的孩子们。这些愚蠢的、不懂事的孩子们！要是我们中间的哪一个被他抓住，他很可能不经意地轻易就把这调皮鬼的脖子拧断，把脑袋拧下来。不过我们有一个百试不爽的对付他的法子。当伊布拉什卡追上来的时候，有人高声一喊：伊布拉什卡，瞧，飞机！其他孩子跟着发出呼呼呼呼的声音。伊布拉什卡就一下子扑倒在地上，有时直接扑倒在坚硬的柏油路面上，两手捂着头，长时间地趴在那里，惹得我们哈哈大笑。

可怜的傻子伊布拉什卡！他该怕的不是飞机。开始轰炸以后，他每次都很有耐性地躲在防空洞里。如果天上没有飞机，他就毫不畏惧地走出来。除了飞机，他什么都不怕。有一次他从防空洞里出来，去给孩子们担水，正好这时遇上军队清乡，他被士兵用自动步枪射杀。

战争过后，许多活下来的人一听到平常的飞机声，在机场附近听到客机起降，就会情不自禁地把头缩进肩膀。还有的人控制不住自己，扑倒在地上，用手抱着头。

29

在沙利村中心，据我的记忆，还有一个疯女人冬卡。我不知道她究竟住在哪里，但几乎每天都可以看到她在村子的中心，在百货商店旁或在集市上。

冬卡是分配到车臣来的俄罗斯女教师。在她还是一个很年轻的姑娘的时候，被一个沙利男人强奸了。强奸犯为逃避警察躲进了山区，冬卡却怀上了孩子。据说，那时她就已经有些不正常了，经常抚摸着渐渐大起来的肚子说："用不着把什么人抓来关进监狱。这人就在我这里，最黑昏的牢房里。"那个沙利男人终于还是被抓到并判了刑。是苏联的法院判的，然后发到什么地方去服刑。要是本族的法庭来判他，他就哪儿也不必去了。但是冬卡是俄罗斯人，是外来的，在此地没有族人，连一个最远房的亲戚也没有，没人来割断那罪犯的脖子。

等到分娩的日子，冬卡生下了一个死胎。她一直不愿意把这个男孩的尸体交给医生，直到她睡着了，人们才把尸体拿走，埋在公墓的边上。从那时起，冬卡就彻底疯了。

她不知从哪里找来一个破旧的童车，把一个断了胳膊的布娃娃放在车上，此后就每天在村中心的大街上游荡，披头散发，衣衫褴褛。所有沙利人都觉得对冬卡负有罪责，因为她是在这里遭人强奸的，同时又为那个强奸者仍然活着而感到羞耻，因为按山里人的法，他等于是没有受到惩罚。冬卡没有被送进精神病院，连她作为教师而分到的住房也没有收回。每天有路人给她一些食物和金钱，大人不准孩子们耍弄这个可怜人，女人们在街上碰见她总要找几句话跟她说说。特别是有孩子的女人更喜欢跟冬卡说话。她们会说一些：你好吗，冬卡？你上哪儿啊？冬卡就回答说，我这不带着小孩散散步嘛。同时，立刻会对同她搭话的女人的孩子夸赞一番：瞧你的小男孩长得多高了！一眼就能看出，是个聪明的孩子！将来能当个大官！而这个女孩，这个女孩有多漂亮！将来找一个全沙利乡最好的女婿，过上甜甜蜜蜜、富富裕裕的日子！有孩子的女人们喜欢跟冬卡拉话。每一个当母亲的当然喜欢听别人夸她的孩子。而这个没有丝毫坏心眼的人说出的话简直就是上天的祝福啊。

接着冬卡就要诉说：可我这个孩子总也不往大里长，我给他吃，给他喝——冬卡拿起婴儿奶瓶给人们看，她时不时拿这个奶瓶凑在那个破布娃娃的塑料脑袋上——可他就是不长！你们知道为什么？因为他是个死孩子呀……

于是这些做了母亲的女人们便尽力安慰冬卡，说：没关系，冬卡，你这个小孩也能长大的，他现在还太小啊！你昨天才生下他，你哪能指望他今天就会走、会说话呢？

冬卡就这样活着，从犯了疯病到战争开始，足足有 30 年。她头发已经变白，脸上布满皱纹，可那个小孩还是没有长大，但女人们依旧不断安慰她，她也相信她是昨天刚刚生下这个孩子的，于是露出幸福的笑容。

不过，怀孕的女人却害怕遇到冬卡。有时冬卡遇见挺着大肚子的孕妇，她便走到跟前，把手放在孕妇的肚子上说：你这个孩子也会一生下来就是死的吗？这话会使得孕妇立刻毛骨悚然，惶惶不安地走回家去，长时间地不停祷告，家人则赶紧把毛拉请到家里驱除邪祟。

轰炸开始后不久，冬卡便死了。被弹片严重毁坏的衰老的尸体被葬在公墓里，跟穆斯林的坟墓在一起。

两次战争过后，车臣医务人员发现，由于精神压力和身体伤害，使越来越多的孕妇即使没有流产，怀足了月，分娩时却生下了死婴。

30

不仅在沙利有疯人。在另一个区中心，乌鲁斯马尔坦，有一个傻子丹吉。丹吉身材高大，一头火红的头发，像一团阳光。人们真的就把他叫作阳光丹吉。丹吉独自一人，没有结婚，没有儿女。他在国营农场当守夜人，白天如果没有人家办丧事，他就只是睡觉。葬礼成了他的真正的工作。车臣人死了要举行葬礼。死者的亲人和本村的长者都要参加。遗体当天就要下葬，下葬后在死者家院子里摆开筵席。男人们坐在一边，女人们坐在另一边。要用炖羊肉招待所有前来的人，按苏甫派的规矩开筵。

乌鲁斯马尔坦的所有葬礼、每次丧事的筵席，丹吉全都到场，一次不落。他的日子过得很简朴，平日只吃玉米饼，就点牛奶或酸奶。而在葬礼上总能吃到很多的肉。丹吉喜欢参加葬礼。哀祷时阳光丹吉和别的男人一样，规矩有礼，有人进来便起身致意，跟旁边的人说一些应景的客套话。到筵席一开始，他第一个进入亢奋状态，几小时地坐在那里，嘴里叨念着什么，摇晃着脑袋，时不时喊一声："真主保佑！"

战争开始后丹吉不再干活，整天在村里游荡，脸上挂着傻笑。不论见着谁，丹吉都会说："办丧事的很快就多起来，夜里得把觉睡好，才能精精神神地参加葬礼。"干活完全没必要了，因为丹吉每天都能敞开吃肉了。

可是有一天丹吉穿上了他最好的衣服，从村里走出去。以前他从未出去过，所以人们问他：你上哪儿啊，丹吉？上萨玛什基，丹吉说。我在萨玛什基有许多事呢，现在那儿起了上百座坟，可要摆酒筵哩，一辈子都没见过的大酒筵啊。

乌鲁斯马尔坦的人心想，这场战争让可怜的丹吉彻底疯了。乌鲁斯马尔坦的俄国人岗哨放过了丹吉，随他去吧，一个疯子。瞧吧，路上碰上地雷他就该老实了。乌鲁斯马尔坦离萨玛什基25公里，丹吉徒步前往，一路上逢人便说：我上萨玛什基去，那里大摆筵席，因为有上百人要埋葬，这样大场面丹吉怎能不去？随后人们还要给我丹吉办葬礼，你们可一定要来呀。阳光丹吉就是这样邀请了人们参加他自己的葬礼的。

俄国人打进了萨玛什基。他们见人就杀，不分男女老幼。朝每幢房子里掷手榴弹……一天之间萨玛什基的公墓里新添了二百多座坟。

可惜丹吉没能赶上酒筵。萨玛什基村口的俄国人岗哨拦住了他。当兵的说丹吉是武装分子，假装成疯人。他们拷打丹吉，丹吉就大喊"真主保佑！"丹吉陷入了亢奋状态，就像在丧礼的酒筵上似的。当兵的越发恼怒起来，他们把丹吉折磨至死，把尸体抛在大路上。乌鲁斯马尔坦的人去把丹吉的尸体收回来埋葬。许多人都来参加葬礼，有几千人。因为大家都已经知道要给丹吉办葬礼，这是他自己说的。

31

农村的日子以日出日落为准。城市的生活是以小时计，看时钟，看地铁站的电子显示屏，听手机里不同旋律的闹铃，听汽车里无线电的新闻广播。可农村呢，只看日出日落。

当太阳像一头火红的金牛慢慢爬上天空这辽阔无际的蓝色牧场，咀嚼着大团大团的白云，准备用奶汁般的雨水滋育大地这个绿色的牛犊，这时村里那些主妇们正叮叮当当地拎着搪瓷桶到牛棚里挤早晨的第一遍奶。奶汁带着泡沫，发着响声击打在桶底上。挤完奶，打开大门，主妇们用手掌拍打着奶牛，让它们走到街上去。各家的奶牛们排成不太整齐的队伍，自动沿着熟悉的路线走向牧场。牛倌在队伍前面不慌不忙地走着，他的报酬是每户出不多的钱，以及管够的牛奶、酸奶油和奶渣。

村边没有专门的牧场。土地或是盖了房子，或是种上树林，要么开作农田种上庄稼。奶牛们只能在道路边，在国营农场的大田边，还有这里一大片空地，在乡村的规划图上标作足球场的地方，寻些草吃。村中心另有一个真正的足球场，那里经常举行全区的球赛，平时是少体校的孩子们在那里训练。村外的这块地方，靠着桑树林和巴赛河边，只有我们这些孩子们才在这里踢足球，不过奶牛不碍我们的事。

傍晚，太阳西斜的时候，牛倌把牛群聚拢起来，领着它们返回村里。这时毛色不一的奶牛队伍就会占满街道和人行道，形成农村里唯一可能发生的交通堵塞，汽车司机只能耐心等待奶牛们不慌不忙地走过。奶牛队伍从大街上分散到各条街道、小街、胡同里去。空气中响起高低不同的牛叫声，弥漫着牛群踏起的尘烟，衬托出一束束西斜的阳光。牛蹄踏起的尘土就像圣河的水和天上的甘霖，荡涤着人的罪过。也许正是因此，人们才站在房前，迎接奶牛们的归来。

每头奶牛都知道自己家的路。假如女主人没有出来迎接它，它就会不满意地哞哞叫。这时院门打开，往往是一个光脚的小男孩推开沉重的木栅栏。这一刻，天上的云朵映出火红的落日余晖。

每家院子里都有一头、两头甚至好几头奶牛。人们可以到集市上去购买奶制品，但是如果家里没有奶牛，那让姑娘们有什么事可做，又怎样考查新媳妇是不是游手好闲的懒婆娘呢？

　　集市上可以买到鲜奶制成的酸奶油，用小型离心器搅出的那种，比商店里卖的奶油更稠，味道更新鲜，就像十二月的初雪；还有农家自制的奶渣坨儿，用纱布包着卖。但是在集市却没有卖牛奶的。哪能卖牛奶！每家院子里都有奶牛，万一谁家奶牛还没下牛犊，邻居马上会装满三升容量的那种玻璃瓶给你送过来，必要的话还会送来满满一搪瓷桶。没人会想去卖空气或者水。

　　我家院里有两头奶牛，一头红色的，取名叫霞光；一头花色的，取名叫燕子。这两头牛刚来我家时还是小牛犊，后来长成了漂亮的新娘子。我的两个姐姐每天在大门前等霞光和燕子回来，把它们赶进专门为它们搭建的牛栏里去。

　　姐姐们都到大城市去上学以后，我们就把奶牛卖了。因为妈妈有病，一个人照管不了那么多的活物。我家除了奶牛还养了几十只鸡、一群严肃高贵的鹅、中国鸭子、火鸡，铁丝笼里还养着一些兔子和河狸鼠。霞光已经下了牛犊，我们连牛犊一起把它卖到村另一头的人家。还没有配过种的燕子被旁边一条街的人买走。燕子有一个来月时间经常跑到我家门前哞哞叫。不过，自从在新家里生下了牛犊以后就认了新主人。霞光也时不时穿过整个村子跑到我们家来。我们放它进来，喂它些料，饮饮水，第二天主人家就来把它牵回去。母牛把它第一次产犊的地方当作自己的家，一辈子都不会忘。

32

区农工局收到从上边发下来的收获庄稼和使用农药的计划。农药问题是一个恶性循环。随同播种材料有许多非法的外来物种侵入到我们的土地上：譬如科罗拉多花甲虫，飞蝗，还有其他害虫。为了保护庄稼，就往上面喷洒杀虫剂。鸟类本是这些害虫的天敌，足以控制害虫的数量，但是鸟儿吃了中毒的甲虫以后，大批死去。于是农药就要喷得越来越多。

有一年，就是苏联解体和它那些农工部门撤销之前的那年，忽然下来一条指示要求特别加强作物的田间管理。本地的农艺师们在会上摇着头试图争辩什么，但决定还是不能取消。动用农用飞机喷洒农药。尽管那些飞机飞得很低，但是稍有一点风就会使农药不能"准确投中"到田地上。有毒物质沾满农田旁、道路边以至我们踢足球的那片草场上的青草。完全不知情的奶牛照样吃这些草，于是一头接一头地倒在地上痛苦地死去，眼里满含着抱怨瞪着低空飞翔的燕子和喷洒死亡的农用飞机。

起初人们不再放奶牛出去放牧，但是又不能每天都把它们圈在院子里，而且也没东西可喂。于是就开始了……

血，浓稠的、近乎黑色的血，洒满了地面。我清楚地记得，我们这些小孩子们在国营农场的牛栏旁边玩耍，我清楚地记得，杀牛的血流成一片血洼，上面嗡嗡地飞舞着一团团的小飞虫。

集市上酸奶油和奶渣少了，连奶也没有了，牛肉却大量上市了。价钱跌到没法再低，但还是卖不出去。开头两个星期还有人买。人们高兴买到便宜货。每家院子里都支起大锅，炖大块的牛肉，像游牧人那样。放开肚子吃牛肉，吃到天昏地暗，吃到翻肠倒肚。然后就不再买了，大批的牛肉摆在摊子上发臭，爬满苍蝇。人们开始把牛肉扔进臭水沟里。卫生防疫队一下子忙起来，不停地掩埋死牛，防止发生传染病。但传染病还是发生了。防疫队对此无能为力，这是流血和杀戮的传染病，它是几年后开始的。

33

小孩子踢球的那片草场上后来办起了汽车市场，是全车臣最大的一处经营汽车、汽车配件以及各种物件的市场。逢集的日子成千上万的人聚集在市场上，把那块地方完全占满。

1995 年 1 月 5 日，也就是俄国飞机第一次轰炸沙利的那一天，整个市场上挤得水泄不通。当天空出现飞机的时候，没人想到要跑。这是我们的俄国飞机呀，大概是搜寻武装分子吧。碍我们什么事，我们是和平的老百姓。干吗要照发了疯的杜达耶夫将军在电视上要求的那样，立刻散开，躲进防空洞去？又不是美国飞机来了。

一架飞机俯冲下来，投了一颗炸弹。成百的人被炸成碎片，血肉横飞，人体的残段和变了形的汽车的铁片搅在一起，只好就那么一股脑儿埋在一起。又是流血，地面上流满了血。到处是血流和血洼，那么多血，仿佛是从地里渗出来的，仿佛生了病的母亲，乳房里泌出的已经不是奶，而只是血。

34

我们原来就不该杀牛。牛就是人的母亲，不正是它用自己的奶汁哺育了人吗。人有7个母亲：在肚子里孕育了他的那个女人、大地、国家、奶妈、奶牛、燕子以及任何一个被他用嘴唇触到乳房的女人。按照车臣人的习俗，一个男人只要用嘴唇触到一个女人的乳房，那她就成了他的母亲。

我们是离经叛道的人，我们违反了律条。我们强暴了大地，屠杀了奶牛，我们跟金发女人睡觉，用嘴唇去抚摸她们的乳房。所以老天要塌落在我们头上。在俄国，天是空洞的、遥远的，人们做什么对它都无所谓。车臣的天空却是比钢铁还要坚实，而且那么近，直擦着山顶。现在它塌落在我们头上，因为我们违反了律法。

不，我没有参与这事。只有我一个人没有参与这事。在大批屠杀奶牛那事发生之前一年我就不吃肉，任何的肉都不吃了。我恍惚看见了死亡，我感觉到了它，天空，是多么近、多么沉重。你们已经明白，我当时疯了。我不吃肉，我害怕天塌下来，我跑到大城市，再也不回天要塌下来的地方。可我不该跑，真的不该跑。大丈夫只死一次，胆小鬼才每时每刻都在死亡。天塌下来的时候，它的碎块飞散到全世界，也刺进了我的心脏，现在我不知道我是活着呢，还是已经死在人们放牧奶牛和小孩子们踢破皮球的那片草地上。

35

老天啊，老天，你从来都不曾爱过我们！你只爱那种驯顺的人，而我们却桀骜不驯，为此你就惩罚我们，老天！登上高高的山头，我们已经爬得离你太近。大地，我们慈爱的母亲没能帮我们逃过老天的愤怒。要知道我们是盗取了你的火啊，天。

当至高无上的主创造这个世界并把灵魂赋予人们的时候，大地是寒冷、黑暗的，我们冻得发抖，要用兽皮包裹自己，泥土的墙壁不能保持室内温暖，我们的胃不能消化生冷的食物。天空中却有许多的火，天神塞拉毫不吝惜地使用，为了显示自己的豪放大方，在暴风雨中挥洒出无数的闪电。有一个少年，名叫帕姆哈特，沿着最高的山峰攀到天空，趁天神塞拉睡着的时候盗取天火送给人间。人们点燃房子里的炉火并开始煮熟食物。人们得到了光明和温暖。

但天神塞拉大为震怒，因为帕姆哈特这样就使得人们几乎与神等同了。于是它把少年锁在高加索一处山岩上并让鹰一整天啄食少年的肝脏，而在夜间又让帕姆哈特的肝脏重新长好。就这样，塞拉用永恒的痛苦惩罚了傲慢和不驯。而人们则一直用所有各种语言赞颂帕姆哈特。希腊人称他为普罗米修斯。

36

第一次战争开始之前，有来历不明的飞机轰炸了停放着几架教练机的格罗兹尼机场。杜达耶夫给莫斯科发了个电报："祝贺俄国空军取得对伊奇凯里利亚的制空权。我们在地面上见。"作为空军将领，他应该懂得，在现代战争中完全的制空权也就能确保地面的胜利。但他却率领失败的人们投入了战争，投入了一场同天空的战争。

没有防空部队，杜达耶夫派遣了两个特使到伦敦洽谈购买"毒刺"地对空导弹。如果"毒刺"真被抵抗力量拿到手，谁知战争会怎样进展？但他们没能得到"毒刺"。联邦安全局设法将特使在伦敦杀死。

这次塞拉没有睡着，他没有再让人从自己手中盗去闪电。

37

我的记忆。我不能把你的纱线连接起来，我不能用它们织成布匹。我记得一切，可我什么也不记得。我记得几千年的那些事，我记得别人遇到的和只是有可能发生过的那些事，我记得从未发生过的那些事，有时我还记得尚未发生的那些事。这样的记忆就叫作精神失常。

我记得，我，好像是我，坐在住宅的地板上，这是在彼得罗扎沃茨克，我在那里也曾住过。好像是我也曾在那里住过。在彼得罗扎沃茨克，一座新楼 13 层的住宅里，我坐在厨房的地板上琢磨着沙利坦克团是怎么回事。从战地发出的战报中听说，在乌鲁斯玛尔坦的战斗中一举消灭了沙利坦克团。敌方的一支兵团。俄国人死了叫作"伤亡"，甚至还叫"牺牲"。车臣人死了就叫"消灭"，因为车臣人是敌人。我也是车臣人，所以我也是敌人。等我死的时候，人家就会说是"消灭"。

在乌鲁斯玛尔坦的战斗中消灭了沙利坦克团。我觉得我怎么也不能理解这个听起来这么古怪荒唐的词儿的意思。沙利坦克团。沙利……天哪，哪儿来的呀？沙利哪儿来的坦克呀？？！

我只记得有一辆坦克，在村中心，四面道路交汇的地点，在水泥基座上摆着。坦克的炮口对着村子。据说杜达耶夫掌权以后把这辆坦克推倒了。好，就算没推倒，甚至还找了个拖拉机的马达给它安上，可那也只是一辆坦克，也不是一个坦克团哪！！！

我回想着沙利的样子。沙利是沿河而建的一个村庄，上面是上沙利，开头的地方是公墓。村庄从公墓开始。公墓有许多坟墓，其中有些已经不止百年，但坦克这里从没有过。接下来是房子，房子周围都有篱笆，院子里有草棚，草棚里有奶牛，是的，是奶牛，但是坦克——坦克没法藏在草棚里。村中央有一个小广场，那里有百货商店、文化宫、公园和第八学校。这是我记得的。坦克我可不记得。接着，再往下又是房子、区立医院、公共汽车站，还有一家烤肉馆。是的，有一片桑树林，不过这片树林早被我们这些小孩子们钻了个遍。如果那儿有坦克，早就被我们发现了。还有国营农场的那些建筑，我们也都了如指掌。村外呢？村外我们也非常熟悉，田地边是林带，有一座人工湖，山丘上竖着许多石油钻机。我们经常爬到山丘顶上，站在那里，整个村庄尽收眼底。看不见哪里有坦克团。当然，村里也有我从未去过的地方，譬如第三学校附近，我几乎从没去过那里，或许坦克团隐藏在那里？不，整个一个坦克团怎么能够隐藏在第三学校附近？是的，我没去过那里，但是如果我们村里有坦克，有一个坦克团，别人也会对我说，那些小孩子们也会对我说的。我们都非常喜欢坦克，哪能漏过这么大的事情？

我闭上眼睛就看见它们从地下爬出来，这些笨重的、嘎嘎作响的怪物，它们正从地下爬出来，可它们一直就在沙利，不过是住在地下，所以我们看不见它们。它们在那里等待着战争爆发。没有战争时坦克们就在地下睡觉。大炮的轰鸣把它震醒，于是它们就冲破泥土，从因陈年累月而变黑的身体上，抖掉黏附的土块和蛛网般的草根，排成队列开往乌鲁斯玛尔坦。那里将有战斗。那里将把它们歼灭，把它们连同我们一起歼灭。因为我们是车臣人，也就是说，我们是敌人。

38

这段时间将会成为神话。战争总是要成为神话。关于它将会写成千百部小说，根据小说再拍成千百部影片。所有这一切都是为了儿童。将来的儿童，他们将阅读和观看记述战争的故事和电影。他们会整夜整夜地睡不着觉，心中想着如果他们处在那场战争中他们会怎么办。白天，他们就会玩打仗的游戏，就像我们小时候经常玩消灭法西斯的战争游戏一样。他们会惋惜没能早些出生，惋惜他们"连一个枪子儿也没挨上"。不过他们会赶上战争，赶上他们这代人的战争。每一代人都有他们那一代的战争，因为作家会把战争写成小说，因为人们会编成诗歌歌唱战争。

现在已经有人在写了，写成许多许多的书。过去的士兵和军官，甚至将军们，正在出版笔记和回忆，记述他们怎样为俄国而战，怎样同车臣人作战。有些人也写到他们是怎样屠杀和平居民的——这些也写出来。本来嘛，战争就是战争，你还能指望战争会怎样？这就是冷酷的战场的实情。扫平一切的豪壮气概，讨伐行动的不顾一切，被己方地雷炸死的荒诞下场。战争就是战争嘛。

还有伊斯兰的士兵，他们也在记述他们怎样同异教徒作战，怎样快乐地成为殉教者，怎样踢开天堂之门去见真主。

只有我会写燕子。因为我就是一只燕子。不是联邦的勇士，不是伊斯兰武装分子，而只是一只终于没能回到故乡屋檐下的燕子。

我们也已经不是小孩子，我们生得正当其时，是的，我们恰好在这个时候出生出来准备去死。可是我们没有死。为什么我们没有死？

为什么我期待着这场战争，为什么我从幼年就准备着迎接这场战争，研究战略战术，绘制地形图，摆布双方部队，画出进攻退却的箭头，标出防御工事的位置？既然我离开了，我没有坚守在平原，也没有牺牲，那么这一切都是为了什么呢？

如果我牺牲了，我将只牺牲一次。一次再次地去死，这是何等痛苦！可我离开了，因此我先是在格罗兹尼街头被狙击手的子弹射杀，我又在萨玛什基被手榴弹炸飞，我在沙利被炸弹碎片造成致命伤，然后我又在乌鲁斯马尔坦的那场战斗，就是我们整个坦克团被消灭的那次战斗中，被烧死在坦克里面。

39

那时，我坐在彼得罗扎沃茨克市 13 层楼的家里的地板上，我无奈地咬着我苍白的嘴唇。音乐声响得太厉害。大山在呼唤我。我应该立即前去，不，不是去夺取胜利，我不能夺取胜利。我们从来没有胜利过，同老天作战还能胜利？我应该去死。或者毋宁说，不是应该，而是我有这个权利。我有这个世代相传的权利，在无望的战争中去死的权利。

有时我觉得只有我一个人享用了这份权利。我独自一人设法回到故乡，拿起武器，然后被消灭了。我甚至还知道在什么地方：当联邦军队从北边阿尔贡方向开来时，他牺牲在巴赛河岸边的战壕里。

但那个我，他已永远不能写出这些了。所以现在写书的是我，另一个我，存活下来的这个我。那个牺牲了的并不会逝去，一个白昼的影子，从一处漂移到另一处，从此将永远只感觉到一点，就是：他占据着别人的位置。别人的位置。

40

这是什么时候,在什么地方发生的? 我的记忆脉络有多么紊乱,互相缠绕,纠结不清? 也许这是我 12 岁时的事? 要么是 6 岁时的事? 不,这更像是我出生以前的事。就在我即将出生的时候,32 年以前。

当我妈妈的肚子越来越大,就像上半月的月亮那样一天天地圆起来的时候,按照劳动法规的规定,她休了产假。我妈妈在学校当老师,教数学。有时担任两份工作,自愿增多学时,尽管爸爸当了国营农场场长,家里并不缺钱。妈妈喜欢工作,看重自己的独立价值。

开始休产假以后,妈妈就去了她非常向往的城市列宁格勒。就这样我第一次来到了这片沼泽地,还在母亲的肚子里就浸染了这里这甜丝丝的瘴疠之气。出生前的记忆:我特别清楚地记得门捷列夫大道,十二部委大楼铁栅栏旁的人行道。直到现在我还渴望回到那个地方,那是我第一次漫步过的地方,尽管是很不舒服地蜷缩在母亲的肚子里。我沿着铁栅栏走去,闭上眼睛,立刻觉得我又返回到这个原初的状态,返回到时间开始之前,迸出这样一句蠢话:妈妈,再把我生回去吧。

在圆月长到就要解脱它的负担时(我是你的负担吗,妈妈?)妈妈回到沙利。直到临产前几天还是常常到外面散步,去市场和商店购物。怀孕的过程很轻松,因为这是一个成熟女性的第四次怀孕。

这一天，妈妈正一边想着心思，一边在街上走，手里拿着一包刚买的东西。一只手拿着不重的包，另一只手放在肚子上，眼睛若有所思地望着远处地平线上天地相接的一点。你们看到过怀孕妇女在临产前那种特别的若有所思的样子吗？你们看见过这春天的土地被那嫩芽顶托而呈现的隆起吗？

沉浸在遐想中，妈妈没有看到，没有及时发现，没有及早闪开，躲到街道的另一侧去，村里那个疯女人冬卡仿佛从一个无意中的想象中突然活现出来，直直地来到她面前。冬卡伸手摸了摸她的肚子，只见嘴唇动了动，无声地说出："死孩子……"

妈妈如从梦中惊醒，疾步走开，奔回家里。刚刚到家便开始了阵痛。爸爸的司机把她送到产院，已经破了水，胎儿就要产出了。产程十分艰难。在从母体里出来的过程中婴儿有一根肋骨脱位，这倒不要紧，要紧的是他生出来了。是个死的，没有生气的，没有动静的。没有从地球大气层中贪婪地吸入第一口刺人的、沉重的空气。

接生员长时间地拍打着我的脸，喊着：你快点给我，你快点给我喘气呀！当然我并不记得这个。我也不记得怎么就突然吸进了平生的第一口气，然后就哭了出来，痛苦地、止不住地哭了起来。我不记得这个。但我记得另外的事情。祖先的生活，每年飞来的燕子，大山，草原，甚至还有未来，不过那只是别人的。因为当时，当时的一切全都混淆不清了。或许是大脑的神经细胞多半死了，剩下的一些纠结成无法想象的、从未见过的一团。所以根本没法弄清这是谁的记忆，是谁记得的事情。

41

从沙利到格罗兹尼坐公共汽车半个小时的路程，坐那种嘎嘎响的巴兹牌小公共，里面总是挤得满满的，老人和妇女能坐下，小孩儿跟妇女一起坐，我们只能站着。在柏油路上走，经过盖尔曼丘克。这是一个小村子，一出沙利边界就是，差不多跟我的名字同名。可能是古时候有一个手持长矛的英俊威武的人 Her Mann 让他的车队在这里在巴赛河边停驻过。在阿尔贡小公共会停车片刻，汽车里满地吐得都是葵花籽皮，不过人们可以下车活动一下腿脚，透一口气。接下来再上路，田野里布满许多石油采掘机，直到格罗兹尼城边，右首是一个大坑，人们曾在这里开采砂石，留下了一大片裸露的伤口。

大地会治愈自己的伤口。战后人们把大量炸毁的房屋残骸运来填埋，中间还短不了夹杂着尸体。现在已经没有什么大坑，土地恢复了平展的原貌。

这时汽车就进到城里。我们不说"格罗兹尼"，就叫"城里"。别的城市我们不知道。钻过铁路桥，开过小广场，就是长途汽车站。

小广场是这座城市的门户。这个名字现在已经是远播全俄国甚至全世界了。战争期间小广场曾经多次易手，甚至一天之内就易手几次。汽车站前一小块铺了柏油的地面，可它就是战斗中的城市的锁钥，战略的据点，运输的终点。

当年这里就只是小广场和汽车站，我们从那里下车，接着往前走进城。到城里买东西或者只是看场电影，在漂亮的大街上逛逛，去咖啡馆里坐坐。

但这一天我们不是坐小公共来的。我们是坐的小车，妈妈开着，我在后座上抱着一大堆画满画儿的图画册和笔记本。妈妈是全沙利头一个自己开车的女性。一辆红色的"莫斯科人"。爸爸坐公家车上班去了，妈妈正在休假，夏天，学校放暑假，所以她开车带我进城。

我很喜欢出门旅行，贴在车窗上欣赏不断闪过的美景。

我们为什么要进城呢？这全是因为任尼亚伯伯。任尼亚伯伯不久前刚从莫斯科来。其实他不是我的伯伯，只是爸爸的朋友。比爸爸大，是一个莫斯科的犹太人知识分子。每年夏天他都会携带全家人到我们家来，住上一两个星期。亲近亲近阳光，欣赏欣赏森林河流，在野外吃吃烤肉喝喝酒。晒晒日光浴，打打牌，谈些笑话。这次他带来了一个胖胖的犹太姑娘，跟我年龄差不多。父母说她是我的未婚妻，将来我得跟她结婚。说的玩笑话。这种玩笑可了不得！差点没把我吓死。

我不要结婚，更不要说娶这么一个胖胖的犹太女孩。要是结婚的话，我也只能跟尤里亚结婚，就是我在格罗兹尼看见的那个姑娘，显然也只见过一次。不过这是以后的事，等我长大了的时候。现在我根本不想结婚。

如果没人招我，我会在我那间最偏角落的房间里，一连几小时地坐在地板上，拥在那一大堆笔记本、图画册、地图、书本中间，拿着一大把钢笔和铅笔，写写画画，涂涂抹抹。有一次任尼亚伯伯走进了我的房间，问我在画什么。我就给他讲了。

可是后来任尼亚伯伯对已经被引起不安的我的父母说：你们得带这孩子去看看心理医生。你们先别担心，这不一定意味着他有病。譬如我吧，我大概不是个精神病人吧，但我每隔一段时间都要看看心理医生。我在莫斯科有一个很熟识的很好的医生，我打个电话，让他推荐一下在格罗兹尼应该去找哪一位。

在医生办公室里，有很柔软的安乐椅，高大的窗户上挂着厚重的窗帘。我们围坐成半圆，半月形；妈妈同这个四十来岁、留着山羊胡的人当着我的面交谈。妈妈述说我的情况。出生时难产，和所有孩子一样，各种儿科病都病了个遍，几乎不怎么与同龄孩子们玩耍，一连几小时地坐在自己房间里看书或是画画。4岁开始识字，是两个姐姐教的，跟他做上学的游戏。我给他买了些儿童读物，他都不喜欢。总是喜欢看打仗的书，特别是战争故事，那种有详细的描述并且有战役图解的。后来就画他读过的东西。只不过奇怪的是，几乎总是画成相反的。妈妈拿出我画的东西给医生看。画到著名的坎尼会战，罗马军队的队列就完全另样，而且汉尼拔吃了败仗[1]。在奥斯特尔利茨交战时，俄国的骠骑兵团跑到了法军的后方[2]。在斯大林格勒战役中，保卢斯突破了包围[3]。还有，最奇怪的……妈妈展开一些地图。

1　公元前 219 年第二次布匿战争中，汉尼拔率迦太基大军击败罗马军队。——译者
2　1805 年拿破仑率法军在奥斯特尔利茨大败俄奥联军。——译者
3　1942—1943 年斯大林格勒会战中，德国陆军元帅保卢斯被围投降。——译者

北高加索地图。车臣印古什苏维埃社会主义自治共和国，北奥塞梯，达吉斯坦，卡巴尔达－巴尔卡尔。地图上用红蓝铅笔画满了记号。从北往南，几道很长的蓝色箭头，几条短的红色箭头从南往北，格罗兹尼画上了红蓝两色的两道圈，乌鲁斯玛尔坦下面画了个叉。

还有讲故事。所有孩子都会讲他们"是大人"的时候怎样怎样。邻居有一个小男孩，每逢大人吓唬他，说他要淘气就把他给了狼，他却说："我是大人的时候，我就把狼杀了。"可我们这个孩子整天老是讲打仗的故事。

蓄山羊胡的人开始跟我谈话。他问我画儿上画的是什么。他露出和蔼的笑容，要我讲讲我所记得的最有趣的事情。我很想向他讲讲在伏击时把火枪顶在肩膀上屏息守候的那种激动，讲讲"马克西姆"机关枪开火时就像农场场院上的脱粒机那样突突突地响，还有……可是我一句话也没说，什么也没讲。不知为什么我觉得最好什么也别说。尽管我心里很想找个人说说被游牧人用箭射穿喉咙死去该有多疼。

然后心理医生就和妈妈说话。他安慰妈妈说，一切都在允许范围以内，没有病理现象。依我看不存在痴呆问题。或许出生时的窒息造成大脑局部损伤，具有精神分裂的倾向，不过可以预期，青春期过后一切都会趋向正常。妈妈听不懂时，心理医生就对一些名词做一下解释。什么叫虚构症？虚构症就是一种虚构的记忆，病人把自己的想象当成了回忆。

那么，既然这孩子那么喜欢军事，是不是应该送他进苏沃洛夫军校呢?

最后,用对信得过的朋友说话的口气说,最近一段时间有许多古怪的病例。有一天送来一个人,这人显得精明、平和、通情达理。可是格罗兹尼给他分配了住房,他却不愿意离开农村搬到城里来住。对自己家里人说:格罗兹尼是个死城,很快就会彻底毁灭……

妈妈跟医生约定一个月后再带我来复查。可是一个月后这个医生已经不在格罗兹尼了。人家告诉我们,他匆匆跟别人换了房子,搬到北方的什么地方去了。

42

咣当咣当! 货车车厢的轮子发出很大的响声。钢铁轮子,不分轮圈和辐条,整体的圆盘带些空隙而已。歌里唱的是:"红色车轮,不分轮圈和辐条,沿着蓝色大地,奔向广阔的自由。"还有一个谜语:"铁轮子有 12 根辐条,转起来压死一切活物。"

货车车厢里装满了人,怒气冲冲的男人,愁眉苦脸的女人,不停哭闹的孩子。车厢角落堆着冻硬了的粪便。寒冷。没有饮水。没有食物。已经有几个死了的人,这得等到下一站时把他们弄下去。这是说如果能弄下去。如果不能弄下去,那么死人就跟活人一起往前走,去一个新的地方,去大草原。

1944 年。强制移民专项行动。内务人民委员部的部队把村子团团围住。挖了战壕,架上机枪。这之后才开始行动。所有 14 岁以上的男人都集中在学校里,以免发生反抗。这时把妇女、老人、儿童统统拉走。然后再运送这些男人。送到火车站，装进货车车厢之后把车门封死，上了锁，用火漆封住。接收邮件吧，大草原！

当时他们也来搜查了我们院子。看见一个俄罗斯女人带着怀抱中的孩子。决定让她留下。把丈夫车臣人抓走。

那个俄罗斯女人就是我的祖母，她怀抱中的孩子有一个就是我父亲。

他们就这样把我们留在了我们的土地上，和我们的母亲留在一起。可他们却把我们从我们故乡母亲的怀抱里夺下，把我们故乡母亲装上货车车厢迁移到大草原去。来了许多俄罗斯人，住进了空下来的房子，分得了什物和牲畜。我父亲也就在这些人中间长大，他不懂车臣语，取了个俄国名字，叫鲍利斯，忘记了出生时的小名。可这是我们的过错吗？

1957 年，车臣人迁回来了。鲍利斯见到了自己的父亲，父亲带回了另一位妻子和他新生的同父异母兄弟。鲍利斯扑向父亲，想要拥抱，亲吻。父亲却生硬地推开了他。车臣人不兴当着外人的面对自己的妻子孩子表现温情。鲍利斯哪能知道这个，他是在俄罗斯人中间长大的。可这是我们的过错吗？

于是我们就开始这样生活，内心里把自己区分开来，我们对那些人来说是外人，对这些人来说是外人。当老天注定要让这些部族之间不是混血，而是要流血的时候，我们却把两个部族的血混在了我们身上。这就是我们的过错。

43

萨拉乌吉家盖起一座很大的砖房。萨拉乌吉有几个儿子，自己动手拿铁锹搅拌砂浆。用高价聘请来的老瓦匠嘴里叼着一根"普利马"香烟，在那里主持建房工作。邻居们走来观看。内心里非常羡慕，他们可盖不起这样的房子，但表面上却大声嘲笑："嘿，萨拉乌吉，干吗在房子底下挖那么大个地窖？莫非搞一个自家的防空洞，防备第三次世界大战？要是美国飞机来丢颗原子弹，你这个地窖可不顶事，萨拉乌吉！"

萨拉乌吉默不作声。由他们去嚼舌头吧，他们自家的房子可没有地下室，都是些土坯房。这种房子只要来一个冲击波就得倒塌。萨拉乌吉懂得什么叫冲击波，他赶上了参加伟大卫国战争。他的儿子们也懂得，有一个儿子在限额招兵时服过役。原子弹大概是顶不住。可普通炸弹就能防住。冲击波和碎弹片都能防住。当然只要不是直接命中。

关于真空弹萨拉乌吉那时还没听说过。

44

在松软的土地上挖出那么多防空洞，傍晚的磁带录音机吸引来凶恶的铁天使，那还不给你丢炸弹？

我们国营农场里也是这样。管理区旁边有一片地，有时种上玉米，有时翻了作休耕地，还有时干脆就那么撂着，由它长满带硬刺的野蓟。后来就在这块地正中间挖出一道长长的防空洞，上面盖上水泥板，培成土岗。尽管农场里已经有一个防空洞，离这个新挖的不远，我记得，那个老防空洞还让我们逃过了一难。

男孩子们的游戏主要当然就是打仗。可是并不总能招来足够多的一大伙人，可以分成两边，然后开打。常常在一起玩的就是我们三个：我、铁木儿、拉姆赞。我们就把战争的敌方定为我们的农场，它的人员和设施。这也很有意思，就是玩游击战。我们在铁路上搞破坏，有一回成功地让一节运矿肥的车厢脱了轨。把钉子扎在草把子上，破坏载重汽车的轮胎。还有一次我们突袭了民防仓库，搬出了一大袋防毒面具。有一次我们把德军司令部给点着了。

在我们的游戏中定作德军司令部的就是农场的澡堂。紧挨着澡堂有一个油罐，我们就是用一个冒着烟的木盖子把它给点着了，火很快就蹿上了房顶。这下把我们吓坏了，慌乱之中我们简直恨不能拿手从近处的水龙头捧水来扑灭火焰。

可是当我们看见农场的守夜人朝我们跑来，嘴里同时用两种语言骂骂咧咧，我们赶紧就溜了。可是能往哪儿躲呢？可以散开，但谁能保证要是有一个游击队员被人家逮住，在严刑拷打之下不会出卖同志？连拷打也没必要。只要把他带到三家家长面前，说小孩一共是三个，那立刻就知道另两个是谁了。如果逮住我，那另两个就是铁木儿和拉姆赞。如果逮住铁木儿，那另两个就是拉姆赞和我。如果逮住拉姆赞，那另两个就是我和铁木儿。

忽然灵机一动想出办法。拐到修理车间背后，我们就钻进了已经快要埋没的防空洞。对于守夜人来说，这就好像我们一下遁入了地下。

我们蹲在里面，冷得发抖，脚下是潮湿的水泥地面，周围一片昏黑，只听见蛤蟆跳动，在洞里引起一阵低沉的回声。

45

住在管理区里的人并不去农场的防空洞里躲藏。比那里更好的是地下-2号，就是设在地下的秘密联系点，有三层的混凝土盖板，上面堆起一座土山。地下-2号从来没挨过轰炸——这个联系点被标记为联邦的目标。不过那完全是另一码事。

无主土地上那个长条的农场防空洞被用作处理未爆炸的弹药的地点。在我们区里这个活儿由比斯兰·萨比洛夫自愿承揽下来。我对萨比洛夫印象很深。

我虽然出生于混血家庭，但终归是当地有名望氏族之后，属于艾尔斯纳族系。沙利的老人们都知道我上面12代的父系祖先。萨比洛夫一家是外来户，好像是不太久之前才迁居沙利的卡巴尔达人。都是矮个子、敦实的身材，尼安德特人式的颅骨。要得到车臣人的身份是需要用事实来验证的。比斯兰验证自己身份的办法就是跟我这个沾点贵族边的人打架。他比我大三岁，这在小孩子那个年龄来说是个不小的差距。但是，要打就打吧。在沙利大街上，你打不过人家，没人笑话你。你不敢应战，那可要被人家看不起。

我基本上是打不过比我敦实健壮的比斯兰的。但每次相遇，当然总要决斗一番。按照传统，如果你打不赢对手，便由你哥哥代你上阵，可是我没有哥哥。后来我最要好的同年朋友季姆卡也被比斯兰打败，不过这又完全是另一回事了。

我至今仍记得第一次战争后我回到家里的情形。我在院子里漫步，心中回想起童年的往事，脚下随便触到什么东西就无意识地用脚踢开。后来进到屋子里我问妈妈：为什么院子里把鸡食盆子倒扣着摆得东一个西一个。妈妈回答说，盆子下面扣的是没有爆炸的球形爆破弹。

每次空袭后会有一些爆破弹没有爆炸。为了防止它们无意中被触发，姐姐就拿盆子一一盖住。过一阵萨比洛夫就会来各家院子里把它们收走，在那个长防空洞里引爆。妈妈说得平平常常，好像完全不当回事。我则从脊背上起来一股凉气。妈妈，你怎么不早告诉我呢？我在那儿把什么都踢了一阵……

萨比洛夫要是赶上第二次战争，他还是要收集这种哑弹的。他的做法是这样：把一颗哑弹拿到防空洞门口，用力一甩，远远投入防空洞深处，赶紧把厚铁门关住。炸弹在洞里面爆炸，不会造成任何损害。

但有时哑弹不是一下子就能爆炸。有一次他把一个哑弹往黑暗的防空洞里投了 3 次。然后走进去，拿在手里摆弄了一下，信手扔在地上。

可这颗哑弹爆炸了。

46

我又在写。又是春天，严寒，可我仍在写。现在我写了很多。我知道，毫不连贯，片片断断，琐琐碎碎，头绪纷繁，条理不清，有头无尾……没有贯穿的情节。这样的小说很难读是吧？有情节的小说读起来要轻快得多。总想翻过一页，知道后来怎样了。

可后来怎样了呢？

后来怎样也没怎样。重又是冬天、春天来到这座没有燕子的城市。我重又拿起笔来写作。我的时光轮子没有辐条。就是一个实心的圆盘。

我们能写好，的确。说不定我也能成功地创作出真正的有情节的长篇小说、中篇小说。书中将会有男女主人公，有开端，有纠葛，出人意料的情节转折，还有次要的人物，有结局，收场，完整的结构。我能写好的。我反正也没有别的可做，只有写作。

这以后再说。而眼前，眼前是一股一股地冒着血。这不是那种匀速平稳地流动着的深紫色的静脉血，这是鲜红的动脉血，从被箭射穿的喉咙里汩汩地涌出，喷散成血滴，那是很难擦掉的，你们知道吗？

但是往下看吧。

47

染成天蓝色的大铁门，就在我家的斜对面，这就是多杜和他一家人居住的房子。两个女孩，两个男孩。先是两个女孩，后是两个男孩。这是按年龄说。最大的女孩叫阿米娜特，差不多跟我同岁。两家房子之间有一段死胡同，地面铺着砂石。一阵弹子就落在了这片沙石地面上。那天飞机来得非常突然，一大早就来了。反正是无论如何也来不及跑进"地下－2号"。一切来得太快了。完全是一颗出人意料的子母弹。阿米娜特倒了下去。没有伤口，没有流血。睁着眼睛喃喃地说：疼……疼……这儿。

手放在胸前。人们给她解开上衣，撩起背心。在心脏的位置有一个非常不明显的小点。

多杜开车疾驶好几个小时，直奔马哈奇卡拉，一路上闯过雷区，冲过岗哨，遭到子弹追击。外科大夫很快检查了一下阿米娜特，对助手说：准备手术，麻醉。一根针直射进心脏。但心脏没有停跳，它继续跳动着，抽搐地、显得很痛苦地一下一下推动着血流。但阿米娜特没有死，一路上痛得失去知觉，陷入昏迷，但又睁开了眼睛。

我父亲右肩胛骨下面有一颗钢珠，外科医生说，如果它不碍事，可以不必取出来。而阿米娜特却有一根长长的、染着深红血迹的钢针，她把它保存在装新年礼品的锦盒里。

48

你可知道，苏联时代在北高加索，在车臣人、印古什人、奥塞梯人、不同部族的达吉斯坦人中间，什么职业是最受崇敬的吗？山里人是一些贪婪的、凶恶的、野蛮的人。那么大概是领导，或是将军，要么是检察官？

医生。

而在医务人员中间最受崇敬的专业呢？

当然是外科医生。

对此我记得也很清楚。那些最聪明的孩子，优等生，高才生，甚至无须自己选择职业：早就替你注定了。一些家长们自豪地说：我家姑娘学习全部五分。毕业后就上医学院！他们怎能知道若干年后竟然需要有许多医生，许多最优秀的医生来拯救人们？也许大地悄悄告诉了他们。

战争开始了，在这场混战中，在这场梦魇中，在这片炼狱中，只有一种使自己保持人的本性的可能，那就是做医生。不论军装便装——反正都已撕成褴褛，不论民族和语言——所有人的呻吟都是一样的，每一个还能有救的人，都要尽力抢救。这是同播撒死亡的老天做斗争。

当残酷的老天为准备杀死自己的子女，积攒起炸弹和炮弹、火箭和地雷，给他的雇佣军穿上咔叽色的服装时，大地母亲也在准备着抵抗的大军。在全国所有医科院校里，宣示的不是军人的效忠，而是人道主义的誓言。大地不愿意不战而放弃自己的孩子。

于是，老天的军队，穿着泥土色的服装，大地的军队，穿着如夏日的白云般雪白的披风。哪里是地？哪里是天？全都颠倒了位置。

……

大地的战士不分昼夜，死死坚持，同老天对峙着。

现在你们也知道了，这是谁的战争。

49

我一向觉得很难写有情节的文字，尤其是现在，我正从内心里爆破，散成一片疼痛。我很难那样写，还因为，我不喜欢去填补那些间隙。譬如，一件事发生在一个城市，一件事发生在另一个城市，按照正常的情节叙述就还得说明主人公怎样收拾行装，打车到火车站，然后在火车车厢里一路颠簸从一个城市去到另一个城市。

可我根本不记得我怎样买的票，怎样在飞机场枯等，怎样上了飞机，终于飞抵纳兹兰的。我只记得我的大姐列娜给我打来电话，说扎列玛受了伤，是好几天以前在沙利受的伤，可我们什么也不知道，现在她在纳兹兰的医院里。

然后，接下来，没有任何间歇和过渡，似乎胶片被人剪去了一段——我走进住满伤员的病房。在病房里……不，不对，不是这样。起初我只看见她一个人。她衰弱不堪地摊开手脚躺在一张铁床上，浑身缠满纱布，只露出瘦削的、尖尖的、死灰色的小脸。

我是用的这个字眼吗——"死灰的"？我不应该这样说，因为她还活着，最主要的是她活着，这是我第一件要明白的事情。但我记忆中的扎列玛可不是这样的，她年轻，充满着健康的气息，精力旺盛，总是那么信心十足、坚定无比的样子，对比之下让我感到真的可怕！我捂住脸，忍不住泪水，抽泣使得我的肩膀和胸脯不停地抖动。我喃喃地说："扎列玛，你怎么啦，我的姐姐！……"

一个中年女人高声对我用车臣语说：不要哭，你是个男子汉！然后放低嗓音用俄语说：她不是活着吗，你不要哭，你这样只会对她不好。直到这时我才明白，在病房里还有别人。我环顾了一下……不，我真正环顾周围还要再过一会儿。起初我从病房跑到走廊上，尽量使自己平复下来，把握住自己，我才重又走进病房。

我平静地走到她跟前，在旁边的椅子上坐下，然后问：你觉得怎么样？她眼睛里噙着泪水，但她也和我一样平静下来，说：还好，我感觉已经好多了。

她确实已经好多了。原来，在我们还都不知情的情况下，在纳兹兰的这个普通州级医院，没有神经外科的条件下，一位印古什外科医生，已经不知几天几夜没有合眼，疲惫不堪之中，坚持给扎列玛做了一次极为复杂的手术。火箭弹爆炸后的碎片击碎了她的前臂，这还不是最危险的。头部被碎片炸伤，造成封闭性颅脑伤。颅内压上升，头疼，意识丧失，濒危状态。外科医生做了颅骨钻孔。颅内压降下来，度过了危急状态，现在扎列玛已经好多了。

扎列玛不大说话，情况都是别人告诉我的。是的，那里有别的人，当我后来认真环顾四周的时候，我才看到他们。病房里躺着许多女人。缠满纱布的，被烧伤的，还有做了截肢的。

我后来又来到走廊上。州医院变成了住满伤员的野战医院。不过伤员都是平民。老人，妇女，孩子。受了伤的，残废了的。一个被截掉一只脚的男孩坐在一个小椅子上，墙边立着他的双拐，正同一个与他同样大的印古什小孩说话。

印古什语里"太阳"怎么说？"水"怎么说？"面包"呢？印古什小孩一一回答，车臣小孩高兴地笑了。他大概觉得印古什语其实是把车臣语说错了，说走了样儿的一种语言。

你们知道，我忽然想起，有一次在圣彼得堡我被急救车送到一家医院的创伤科。我旁边的病人发出呻吟和抱怨，有一个人不停地念叨着：这事怎么就偏偏轮到我？

在纳兹兰，没有人抱怨，无论是妇女，还是小孩。有时偶尔会说：这是真主的旨意。这样的人民你怎能战胜，怎能征服？

我为自己感到羞耻，为了自己的不能克制，流出眼泪。许多人家里有人死了，尸体都被炸成碎片，而我们还活着，不缺胳膊，不短腿。车臣人不应该哭泣。做车臣人难哪。

如果现在有人翻开我的护照问："你是车臣人？"我会怎样回答？也许只能说：不是，大概不是；但我非常想做一个车臣人。

50

扎列玛的治疗看来还需很长时间，要等前臂愈合，还需神经外科的介入。在这挤满病人的、药品缺乏、没有进行复杂手术条件的纳兹兰医院里，能做的一切医生们都已做了。我和父亲决定替扎列玛办理出院手续，由我带她去彼得堡进一步治疗。

终于拿到了病案总结，急救车把我们送到机场。机场里一位样子很老相的印古什女职员正在往无数的阵亡士兵灵柩上盖"货号200"的章，眼前看得见一大片带篷的灵车排队等候装运。可我们是活人哪，我们活着哪。尽管是拿担架抬上飞机，然后由我抱着姐姐，但我们是活人哪。空姐为我们腾出了前面三排座位。没有任何乘客表示不满，这是在纳兹兰，大家都能理解。

这是在纳兹兰。大家都能理解。可是在莫斯科，莫斯科人仿佛不知道打仗的事，好像什么都没听说。我们的目的地是圣彼得堡，可是在莫斯科让我们下飞机。一辆轿车开到舷梯旁，上来几个穿便装的人，问："哪位是受了弹伤的，跟我们走一趟！"

走一趟？？？走一趟？？？！！！……

除非你们是魔法师，除非你们能让扎列玛一下子站起来。可惜你们不是魔法师，你们不过是可怜的莫斯科耗子，耗子机关里可怜的耗子。我又抱起姐姐，我跟他们去。这些人是联邦安全局的，有情报到达他们那里，他们必须核查。我拿出医院出具的手续给他们看，我控制不住我的愤怒，我又一次控制不住自己。

你们这些败类，恶棍，笨蛋，没人性的家伙，她都这个样子啦，你们还要抓她去蹲监狱吗？你们可找到恐怖分子啦？女狙击手，是吧？她是教师，你们这些浑蛋，你们炸了我们村子，她正下班回家，你们往村子里发了火箭弹，那儿没有任何武装分子，你们这些杀人犯。要抓她，是吧？连我一起？那就连我一起抓走吧，最好是就在这儿打死我们吧。在那儿没打死，现在找补上吧。

……

起先他们还争辩说，她要不是参加武装行动怎么会受伤？我们是不会对平民开战的。

嘻，你们这些人哪，莫斯科的傻瓜啊，你们不对平民开战，是吧？你们大概看政府的报纸，看电视吧。你们什么都不知道，是吗？你们那可恶的机关也什么都不知道，是吗？咱们上飞机上去，那儿全都是从纳兹兰来的，让他们说给你们听听，满城全是残废了的孩子，医院伤员一直住到走廊上，全是老人，小孩，妇女。莫非他们全是武装分子，难道你们就是向他们开战吗？莫非襁褓中的小孩也能参加武装行动吗？

脸色阴沉着无话可说。把病案还给我，冷冷地说了一声对不起。我们重上飞机，我抱着姐姐走进气氛紧张的机舱——终于松了一口气，我们飞往彼得堡。

51

也许我该为我又一次的不冷静感到害臊。他们知道什么，他们有什么过错？一些坐办公室的小年轻，在这平安无事的莫斯科。当时确实还是平安无事的。也许是吧，但我不感到害臊。

我们大家，所有的人，都有责任，而日子过得富裕的、滋润的莫斯科头一个有责任。从新年开始取消了一些优惠，于是全俄国到处群众集会抗议，以至总统的宝座和他庞大的班底都摇摇欲坠了。免费乘车和不花钱用电，原来这就是俄国日常生活的核心和基础，这是不能触动的。

为什么当那场疯狂的屠杀开始时，当它继续时，当它一再重复发生时，我们没有上街抗议？为什么当和平的居民遭到轰炸，成千上万的人，我们国家的、我们自己国家的公民被屠杀时，我们没有上街抗议？当无数的列车载着"货号200"的棺材，棺材内装着在一场毫无意义的战争中毫无意义地死去的俄罗斯青年，是的，俄罗斯青年，我们为什么没有上街抗议？还有一个苦难中的儿童的泪水？嘻，成千上万苦难中的儿童和妇女的泪水，跟我们有什么相干？我们最要紧的是我们应该享受的优惠，是吗？

那些双手沾满无辜者鲜血的我们的将领们我们可以原谅，但他们取消我们免费乘车卡我们却是不能容忍的，是吗？

为什么都默不作声，为什么他们，那些被称为民族的良知的人们，默不作声？难道我们这个民族已不再有良知？

为什么没人倾听那些不愿沉默的人的呼声？

也许有人以为这不是说的我们，这不是发生在我们身上的事？请你们回答：钟声为谁而鸣？啊？钟声为谁而鸣？？？但钟声没有鸣响。连铃铛——铃铛，三套车马匹套包上的铃铛叮当响。你往哪里奔驰，三套车[1]？三点、七点、爱司。你已经哪里也不奔驰，

1　三套车一词在俄语里也可理解为任何有关"三"的东西，如学习得三分，纸牌有三点。"三点、七点、爱司"是普希金《黑桃皇后》中军官格尔曼向伯爵夫人询问三张必赢的牌而把伯爵夫人吓死之后在夜间看到（梦见）老太太来告知他这三张牌是三点、七点和爱司。这里作者提到三套车后联想到纸牌的三点，于是像顺口溜似的说出来。——译者

载着新暴发的大佬和他们拥着贵重毛皮大衣的红方块女人，带着她们的一堆小狗狗，在涅瓦大街上，在冬宫广场上游逛。给马匹赏一点加料钱吧！给三套车的马匹，再给车夫赏杯酒钱，这就是整个的俄罗斯，就是这样。

而发了疯的杜达耶夫将军对我们说，还在那时就说：俄国人，战争会打到你家里的。战争真的打来了。

我说的是"我们"，因为我也与你们在一起。

52

不管我怎样试图走开，坐飞机走，乘车走，悄悄溜走，我终于没能逃过战争。战争对于我来说不仅仅是政府发布的新闻公报，不仅是到彼得堡来的乡亲们讲述的："伊德利斯，你知道就是住在水泵房旁边的那个伊德利斯，他去一个部队单位旁边的地里割饲草，他跟他们有过协议，送去过一整箱的伏特加，可到底还是被他们用自动步枪射杀了。"战争对于我还包括：在机场和车站严厉检查，滞留等候"确认身份"，查阅我的档案材料后干脆明确地拒绝报名，或是含糊其辞地不予聘用。不知这中间是否有些神奇的成分，也正是在这前后我也曾有可能拿起马卡罗夫手枪朝自己脑袋开枪。我唾弃了这一切，决定既然人家都把我当车臣人，那我就拿这个作为我的商标，你们不是想要车臣人吗，请吧，这里就有一个。

有一次在与一个凶恶的俄国商人通电话时，他催逼债款并有声有色地描绘如果我的企业不能及时付款他会怎样把我置于死地，我满不在乎地耸耸肩说道：

"我的姓名是盖尔曼·乌马拉利耶维奇·萨都拉耶夫。我是车臣人。我不懂得害怕。我们头脑里负责恐惧的那个部分已经失去功能了。你可以杀死我——早些晚些，是你还是别人，反正我们都已经是死人，死人就不怕死了。不过，每杀我们一个，我们就会放倒你们10个，这是规矩。"

这帮土匪就不再打电话来。然而他们把电话打到了联邦安全局，安全局请我去面谈："您，盖尔曼·乌马拉利耶维奇，为什么对正派的商人发出威胁？"我还是耸了耸肩说："您这是，依我看，房顶上头加掩护啊？"上尉笑了："嗐，这是什么词儿啊。我们谁也不掩护。我们只是维持秩序，保持合法和公正。"我也笑着说："那我就和盘托出，请您自己看看到底是谁欠着谁的。"上尉把我提出的材料仔细研究了一番，就让我走了。只是嘱咐了一句："您有什么情况还是来找我们。您何必那么不文明？您也是个有知识的人嘛……"

这倒不假，我们是知识分子。

我现在把我的战争带到了圣彼得堡，我把她安排住进医院，不分昼夜地陪在姐姐身边，后来改成每天来。又是手术、手术……爸爸向各级单位写申请，要求公家负担治疗费用，我们家已经倾尽全力交付住院费和无尽无休的昂贵的手术费。答复含糊其辞，也行，也不行……

我给姐姐打气：咱们萨都拉耶夫家的人就像猫一样，怎么摔打，我们总能四脚落地。我们的确是这样。

<h1 style="text-align:center">53</h1>

我以函授方式读完了圣彼得堡大学法律系。暑期我决定自愿去瓦西里岛区检察院实习。我以社工身份被安排协助分管监督警察事务的助理检察官。这是一位很给人好感的、文雅的、有头脑的年轻女性。她让我清理一下已决定不以刑事案件起诉的材料，这批材料堆在她的办公桌上有好几十份。

我清楚记得这些统一格式的文件夹，薄薄的，里面只有两三张纸，上面是经办人员和审讯人员写下的呆板、笨拙、乏味的文字。

这些材料有一半都是自杀案件。按规定，发现自杀事件后首先要查明是否作为刑事案件起诉：是不是以自杀形式掩盖的杀人案，有没有迫使人自杀的情形，按现行刑法那构成单独一项犯罪。

这些自杀事件核查的材料几乎全都一模一样，就像死产的双胞胎。一份一份地重复着同样的内容：姓名、父名，出生年份，死亡原因——窒息，尸体被家属发现吊在……无打斗和强暴的痕迹。接下来是死者的简历。曾就读于第……学校，学习成绩一般，没有涉警前科，没有精神疾病纪录，没有涉毒纪录，为人随和，与人友善，参加……体育运动，亲友均认为是一开朗、诚实、善良的青年。19……年入伍，被派往车臣共和国。19……年复员，没有负伤。复员后曾计划上大学／就业……经常更换工作地点，变得易怒、孤僻，开始嗜用酒精／毒品，个人生活不顺，与家人关系紧张。自杀前一天行为正常，未发生任何事故，未收到来信或其他信息……结论：无犯罪事实，不提起公诉。

每周都有若干起这样的案例。而这只是一个城市的一个区。有谁做过统计，在全俄国有多少这样的人，这种无谓的牺牲，遥远的战争的死亡士兵？在美国，有人做过统计，得出结果是：经历过越南战争的复员军人自杀人数比越南战争当时战死的美军人数高出两倍。

而这些，恰恰是士兵中的最优秀者。他们良心未泯，常常在梦中梦见血淋淋的儿童。但也有另外一种人。他们是去创立"战功"的，是自愿地去随意杀人和掠夺，享受别人鲜血的美味。他们也复员归来。你们要知道，他们也复员归来了。

萨玛什基的妇女对记者说：俄国人怎么就不明白，这些魔鬼，残杀我们的孩子的魔鬼，他们将会回去，他们已经不再是人，他们是恶棍，他们已经不能有别的活法，他们回去之后也还会杀人，杀人成了他们生活的意义和趣味。

我不想再写这些了。我们大家都有子女。我不相信这些文字，它们极其轻而易举地组成词句，像模像样，一行一行。这些呕心沥血的文字，像是真空弹爆炸后从我身体里涌出的鲜血，喷出的脏腑，你可以依照它们预言未来，只要你能这样的话。我写的是过去——它正成为现实，我写的是未来——它正成为过去。我有一个小女儿，她正在上学，她每天要走上街头，走上街头，那里……最好我还是不要写这些吧！

54

我想写的是另外的东西。写我记得的东西。写我生活在青山翠谷中的童年，童年的嬉戏、同龄的伙伴、可爱的家畜，譬如狗。对，就写狗。

这里在大城市里，人们把狗养在房子里。有一些很小型的适合在室内饲养的狗，比猫大不了多少。也有健壮的、凶恶的犬，被约束在城市住房狭窄封闭的空间。这些人怎么不害怕呢？别人脑子里想什么你都不一定知道；我们怎么能知道这个凶恶庞大的家伙脑袋里想什么，而且跟它睡在同一个屋檐下？"战犬"——平克·弗洛伊德有一首歌就是这个歌名。战犬，它们始终和我们在一起。

不，在农村狗是不让进房子里的。宽阔的院子都是它们的，它们可以在被拴住守护家院之余得到一份"休假"在街上跑跑。我家院子里总是有一只或两只狗。我当然非常喜欢它们。现在回想起来令人难以想象，但当时我几乎要同这些浑身狗气味的、张牙舞爪的家伙接接吻。这些狗对于孩子是很忍让的：我甚至可以把一只本性决不适合驾车的牧羊犬套上雪橇在大街上乱跑。

我们有过一只叫雷姆的贵妇犬和一只叫穆赫塔尔的牧羊犬。这是我记得的。后来雷姆死在一辆载重汽车轮下，穆赫塔尔我们送给了人。有一天爸爸又带回两只棕褐色皮毛的小狗。为了希望它们长成厉害的狗，给它们分别取名叫普什同和科巴。几个月后小狗传上了狗瘟。不吃食，吐出污浊发绿的液体，明显消瘦，绝望地在院子里摇摇晃晃地游荡或在车库旁墙边躺卧。

其中一只很快死了，就是科巴。我觉得自己对它的死是有责任的。因为我没有足够的热心和毅力去设法保住它的生命。所以我无论如何也要把另一只保住。

清早，太阳初升时，我已经站在车库的房顶上，面朝着冉冉升起在一片花园之上的太阳，祷告着：太阳，你把生命赋予一切生灵，你维持着我们的呼吸和心跳，也把你的恩惠施予我的小狗吧。普什同竟然活过来了。

我亲自埋葬了科巴。就在我家花园的尽东南角，一颗苹果树下。先挖了个墓穴，在尸体上覆土，做成一个小小的坟丘。我还专门做了一条板凳，放在坟墓旁边，以后我可以时常在凳子上坐坐，读书，写东西，或者就只是冥想。家里人对此不大赞成，不过没有说什么。无论如何，我还是个孩子，而且是个疯孩子嘛。

55

战争期间，俄军飞机开始不时飞来村庄上空轰炸，居民们纷纷躲进防空洞。但不是所有人都那样。我父亲就不去防空洞。他就留在家中，听天由命。

有一天就出了事。爸爸站在院子里，普什同在旁边跑来跑去，它这时已经长成一只浅棕色的大狗。一颗炸弹直直地落入我们院子。

当飞机刚刚出现在空中时，普什同就躁动起来，它倚在我父亲身旁，发出尖声哀号。一声巨响，这狗猛地跳起，把主人扑倒，用自己的身体护住主人，然后，当爸爸把它抱起来时，它已经浑身是血，被爆破弹的杀伤物击中。它身上被炸进了几十粒这种金属的小球。那本来是冲着我父亲来的。但爸爸身上只中了一粒，在肩膀上。

现在就永远是这样了。现在就永远是这样了？不管我回忆什么，思绪总是把我引向战争……

许多年前，当我站在车库房顶上向初升的太阳祷告时，我不仅求得了对我的小狗的保佑，而且不自觉中祈求太阳保佑我的父亲，所以这只狗终于救了我父亲一命。

56

还可以再写下去。但总得画上一个句号吧。一切都有终止的时候。这篇小说也该结束了，而且越快结束越好。

在我内心深处，我大概瞒过了所有人以及我自己，就是我确信，我确信我应该把这些写成一部小说，并且画上一个句号。到那时就一切都告结束。梦境、记忆、战争。我满心的恐惧。因为这是我的恐惧呀，我要闭上眼睛，画上句号，那个恶魔就不复存在，一切就都结束了。

但暂时我的文字的魔力还非常不够。我已经在写，你看，我又在写。也许这次能成功？我不能不让自己抱着希望。

57

后来我在车站送别父亲。母亲去世一年后父亲返回沙利。他是来彼得堡看我的，我们共同度过了两个星期，第一次体验了友人之间的那种爱。当时正值冬季，可我们之间的感情是温馨的、充满着春天的气息的，关于儿子对父亲的爱从没有这样的说法，为什么呢？这种感情比对异性的爱更强烈、更纯真。它是存在的，而且是第一次被感受的。我们长时间地交谈，一起做饭，一起散步。我们享受不尽彼此的气息。我们感受着在一起的幸福，他和我，成了一个整体。当然还有几十、几百位我们的先人，一直上溯到金发的厄尔乃至更远，所有的人都存在于我们身上并互相对话。这在我们看来并不是疯狂。

后来我在车站送别父亲。我拥抱了父亲，将我的脸贴在他没有刮过的面颊上。在家乡我不会这样做。但我们是在俄国。没人看见我们。离发车还有几分钟时，父亲说：

"是的，我们把樱桃树砍了，不过这样也许更好些。反正也免不了邻家男孩子们糟蹋，乱攀乱折，还得去呵斥。现在园子里显得敞亮多了。别的树长起来。每年都结很多。又没人糟害，没有任何害虫，因为鸟多，有很多的鸟。村边树林受到轰炸和扫射时，林中的鸟儿就飞到村里，跟人靠近，在各家的园子里安家。现在鸟儿很多，在树枝间啼叫、飞舞。有鸫鸟、啄木鸟、灰雀、山雀，什么鸟都有！把各种害虫吃了个干干净净，根本不需要打农药。还有燕子，你知道，燕子又每年都飞来了！在咱家门上边筑了巢……那……也许一切都会像从前一样吧？……"

从中我也听出了一个没有明说的意思："也许，你也能回到家里来吧，孩子？"我无奈地笑了笑，说：

"一只燕子还不成春哪，爸爸。"

火车开走了。我回到自己的住处。我把电话关掉，关好门，准备睡觉。我将会梦见家乡的山，青山，还有远在地平线上的蓝色的山。我将梦见花园，开满鲜花、结满硕果的花园，沐浴在鸟儿的歌声中。妈妈将走出房门，在春天的阳光照耀下觑起眼睛。而在一切结束之前，在家族回忆结束之前，我将看到自己成为一只燕子，成为光明之路上的天使。最后，我将跌入浩瀚的长空。

作者的话

我衷心感谢你读完这篇小说。我知道人们对小说文本的感受会很不相同，有人会合乎人情地给予理解，有人不肯理解，反而会指责这是造谣污蔑。有人也许对每一句话都要求给出证据。

我不是文献工作者，我没有搜集实证提交给某个国际人权法庭的任务。这样的事另外有人在做。需不需要这样做不是由我判断的事。冒昧地说，我是一个作家，尽管还是不入流的。我的工作是描述人们，描述他们曲折复杂的命运。但我不能胡编或隐瞒，不能在我的文本中抹去那些令我们大家很痛苦和遗憾地发生过的事实。

纪实性成分赋予文本可信性。没有纪实性成分就只剩下反思，所谓"智慧的痛苦"，而这种美德在当代文学中已经颇不稀少。我没有说出任何新东西，一切想知道的，人们早已知道。信息来源十分丰富。我心目中最高的目标是艺术的描述。上百万人的死亡，这只是一个统计数字。单纯的纪实性并不足以改变人们的认识，并不能让人感同身受地体会别人的痛苦。只有艺术具有一种魔力，使人能够明白醒悟，宇宙间的一切生命都是一体的。并不存在什么别人的痛苦。我努力试图求得纪实性与抒情性的结合，使两者熔于一炉。

作为作家，我反对任何反人道行为。这就是我的全部政治立场。我决不希望我的片言只字被某个具体反对派组织拿去挥舞招摇，他们的目的天知道是否妥当。

我不是车臣民族主义分子。说老实话。尽管列宁说过，强大民族的大国沙文主义民族主义与濒于灭亡的弱小民族的民族主义是有区别的，对于后者，民族主义已经成为存活的条件。但即使这样的民族主义也不是我的，我只是给民族意识和历史记忆做一个翻模、一个印迹、一个快照。还记得吗，我的抒情主人公是一个疯子，他被卷入民族记忆的冲击堆，他的人格融化在时间的洪流中。

我们出生在苏联。我们是俄罗斯人、车臣人、哈萨克人、土库曼人，但除此之外我们首先是苏联人。我们经受过镇压、饥荒、战争、社会动荡。但我们也曾战胜法西斯，把人送上太空，建成社会主义。所有这些都是我们一起做过的。我们有着共同的历史命运。虽然打上了隔断，我们还是住在一个房子里。我们有一个共同的文化，米哈伊尔·布尔加科夫是我们的伟大作家，成吉思·艾特玛托夫也是啊。迈赫穆德·埃萨姆巴耶夫是我们大家的伟大舞蹈家，维克多·佩列文则是我们的后现代主义者或者别的什么叫法。共同的文化空间的确是共同的呀！首先是由俄语联结成一体的。

我在这里说说我的感受：我不喜欢人家把我的文字当成"来自那边的语言"。有时甚至带着这样的潜台词："瞧，多么有趣！一个巴布亚人，居然也能写出俄语复合句！"让你觉得自己好像是一个供人观赏的稀有动物。当然这也能使我得到某种优势，但我宁愿不要这种优势。我希望对我无须任何宽容，按照俄罗斯文学语言的要求对我做出判断，不要为了异族风味而降低要求。

因为事实上没有"那边"。我们都在一边，共同的一边。这里存在概念上的误解、观念上的偏差。或者更确切些说，是制造一种并不存在的对立面："车臣人——俄罗斯人，他们——我们，自己人——外人"。在读我的小说时，不要预先设定：这是"他们"在写"我们"。应该理解为：这是"我们"在写"自己"。

（载于《旗》2005 年第 12 期）

（载于《箫》2005 年第 12 期）

长篇小说

突袭沙利

冯玉芝 / 译

ШАЛИНСКИЙ РЕЙД

　　今天梦到的是学校。这是老师办公室前边的走廊，就在二楼。学校的建筑就像挎了短刀的字母 T，类似识字表上的带 r 字母的字词：蘑菇啦，棺材啦，充公啦，莽汉啦。在刀形的头上，左边是通往体育馆的门，右边是两个存衣室，男生的存衣室门上永远都是吐口水吐脏痰弄的暗绿色，而女生的呢，我以前从来没有进去过，那里只闻到香气，轻轻的铃兰香味飘荡。一直走，到尽头，刀形的头上，就是老师办公室了，里边有扶手椅，有圆桌。像教务主任办公室一样，挺小，还挤，总是嘈杂不已。

　　但我过去了。走过去了。不对，我是跑过去的，往走廊的另一头跑，那里靠近楼梯，有个水泥平台，放着一只大金属水槽，有凉水。水槽有水龙头，怕铝制的杯子被弄走，上面拴着根铁链子，这一个杯子供应所有人，全学校都使它。

　　想喝水。渴。嘴唇都渴裂了，我只得舔干舌头。干渴，嘴里一股金属味和裂口上的血腥味。

往有水的金属槽那儿跑，往铝制的杯子那儿跑，我就是一个小男生，太渴了。为什么要跑这么半天？走廊咋这么长呢？我已经跑了很久，而走廊就在那里流淌着，飘动着，就在眼前，在浓烟轻尘里，在我的头发里，在嘴唇上。突然，我明白了，我不是在跑，我在爬，爬……爬……沿着涂着棕褐色油漆的坑坑洼洼的地板，在炮火和炎热中，爬向那里，我知道那里应该有水槽，有的，它一直在那里，铝制的杯子，拴着铁链，就是为了不让人拿走，让它一直在那儿。

因为我太渴了，如果我不能爬到走廊的尽头，我就会死掉。

爬得艰辛极了，走廊就像延伸到山上一样，我却突然间变得又大又沉。一分钟前我还是一个小家伙。这是一棵神奇的蘑菇，只是长得特别快，我，变成了成年人：现在我艰难地拖着自己笨拙的身体，这庞然大物，独眼巨人，向上爬。

但是，我还是撑起胳膊，再撑起点儿。

挣扎，跌倒，趴下，再来，完全赤裸着，太无助了，在水流中。在搪瓷镶嵌岸边的整湖水旁，重新变回小孩子，水就在我的下边，从边上流淌下来，而我眼睛发痛，用手揉着眼睛，哭喊着："妈妈，妈妈呀！"

我们没有战斗就放弃了沙利。

在村子周围挖战壕，布上机枪排，烧制反坦克绕刺铁丝鹿砦，自卫性防御——没有任何意义。阵地战的时代过去了。第二次世界大战是最后一次战线变化有决定意义的战争，曲线向前推进，蚕食后方基地，深入敌后，以此确定了胜利者和赢家。地球上火苗越来越高的第三次世界大战是另一种样子的：大规模杀伤性武器，对关键目标势均力敌的高精确打击，代替连续不断推进的战线的，是在世界任何一处都能做战术展开的移动部队。

只要上过军训课，每个不逃课的文科学生都熟知这一点。由于这个情况的存在，他上了军事课程后，没有去参军，没有参加第三次世界大战中的这一次战役，这种战役虽未经宣战，却在政治版图上血色燃烧。

但我们和对手都是按老规矩打这场已过去的战争的。因为昔日的苏联军队军官，在军校中，是由撰写了有关伟大的卫国战争的学术著作的教官们训练出来的。

伊奇凯利亚[1]的部队占据了居民点，开始构筑阵地试图防御。努力支撑得尽量长久。为什么？他们别无选择。

据说，两个小伙子，或是一对亲兄弟，在从车臣—阿乌尔方向通往沙利的桥头执勤。他们为了不退缩，用电线绑上腿将两人捆在一起。两昼夜，他们遏制了联邦军队整一个师的进攻。当然，他们被打死了。尸体被运进城里。俄国军官说，要像英雄一样安葬他们，这是值得尊敬的对手。

这一定是神话传说之一。不足凭信。

但无风不起浪。有过这样的战斗。

1995年3月13日，第324摩托化步兵团强攻分离主义者位于车臣—阿乌尔村镇的阵地。整个进攻以占领阿尔贡河上的渡

1　伊奇凯利亚，见第32页注1。

口为目的。渡口是从西部进入沙利的路径。战斗进行了 8 个小时，但联邦人未能拿下此桥。过了一天，3 月 15 日进攻又开始了。同样没有成功。

3 月 24 日，联邦"北方"和"南方"集群向古杰尔梅斯和沙利发起总攻。按照指挥部的计划，第 324 摩托化步兵团应该在车臣—阿乌尔地区继续进行佯攻行动，以便吸引敌方的部队和注意力，有利于第 503 摩托化步兵团从西部的打击作战。同时也利于第 506 摩托化步兵团从相反的东部进行二次打击。

于是，第 324 摩托化步兵团继续在阿尔贡河进攻坚固的阵地和水泥掩体。而车臣人继续在战壕中战斗，就像在斯大林格勒城下一样，他们想着，要把守住通往沙利之路的重要渡口。仿佛战役甚至战争的胜利都取决于他们的坚韧和勇敢。由此可见，当时出现那种不足为凭的车臣的特洛伊战争中的赫克托耳和帕里斯[1]兄弟的故事也属正常。也许，赫克托耳并不相信温和的帕里斯有多坚韧，也不相信自己的坚韧。于是，他们把两个死亡联结成一个，用电线绑在了一起。

这是一种不必要的和无意义的勇敢。就在勇士们保卫阿尔贡河上的渡口、用自己的尸体阻挡通往沙利之路的时候，就在他们被炮兵和迫机炮射击而死在战壕的时候，在他们背后，联邦第 503 和第 506 团已经包围了整个城市。

保卫他妈的什么渡口？保卫什么桥？什么阵地？什么战壕？

1　赫克托耳和帕里斯是荷马史诗《伊里亚特》中的人物。

这在现代战争中就是愚蠢。坦克和步兵战斗技术能强行通过涉水障碍。我们自己就见识过。还是小孩子的时候我们去过一处名为"士兵水塘"的地方，在沙利的东面，1995 年第 506 团驻扎在那里。以前，80 年代，我们当时在学校上学，苏联军人训练。确实是因为训练需要才挖的水塘——操练强行通过涉水障碍。我们当时就看着两栖坦克从岸边下水并经过几秒就从对岸上来。步兵战车不潜水藏匿，就贴在水面游过。

还有飞机、直升机、火箭、卫星和鬼才知道的那些东西。我想，只有疯子才会挖战壕和保卫它，以为这样他就会赢得战争。

确实，在"白天鹅"监狱中的萨尔曼[1]对此有所回忆。他的绰号是"钛人"。他回忆说，他感到可怕，当迫击炮弹一个接一个地落下，并连续爆炸，将武装人员的尸体一片片炸飞的时候，那时真正感到了可怕。但炮击之后，联邦军队向前推进，幸存的后备军再次遭遇他们的炮火。

这是自杀，而不是战斗。第一次车臣战争的任何一场交战都变成了车臣部队毫无意义的自杀行为。它诱使俄罗斯常规部队用上全部武器：火炮、榴弹、火箭和炸弹。在如此这般的痛击之后，任何一个坚固的阵地都变成了战壕中的阵亡将士公墓。如果防御的界限是居民点，那么连同它一起被消灭的还有平民。

还是在第一次车臣战争中就已经可以看出，突袭、佯攻、快

1　萨尔曼·拉杜耶夫（1967—2002），车臣恐怖分子，参加了第一次车臣战争和第二次车臣战争的前期阶段。"钛人"和"泰坦尼克"在俄语中是同音词。

速移动的多功能战斗部队的强攻会带来巨大的战果。

萨尔曼后来也明白了。他后来被称为"钛人",他的脑袋里嵌入了钛板,用来替代那些被炸碎的头骨碎片。

他的头该有多痛!手术拯救了他的生命,然而,为了减轻痛苦并保持清醒,它需要一直服用药物,维持颅脑内压正常。

在"白天鹅"监狱谁也没摧残过萨尔曼·拉杜耶夫。

只不过给他停了药。

就在俄罗斯电视台结束了播放有关他这个"钛人"、俄国头号敌人的实况电影之后,这位从前野蛮的破坏者和恐怖分子,无所不在的和胆大妄为的人,难以捉摸的人,似乎是永生的人,变成了现在的样子:脸刮得光光的,没有胡子,穿一件小丑受虐式的长袍,两只脚分开,一天之内几次在一队狱吏面前将手举至监狱的墙上,胆怯而警觉地重复:犯人号码!犯人类别!

他在电视真人秀扮演自己。他为自己的行为辩护:我是有严格纪律的军队成员,这使我能够忍受监狱的制度。他准备写有关自己和自己在历史中的作用的书,写自己在战争中的作用。因为到最后他仍坚称自己是一名士兵,战俘,而不是刑事犯。他准备在监狱管制稍松、允许他写作的时候把这一观点写在自己的书里。

但是,当(公审)影片放映结束时,他演完了自己的角色——他被停了药。

于是,他死了,亲自。

但是,当然,不是立即。

许多天,他都由于难以忍受的极度疼痛而嘶喊,在牢房里爬，恳求：给我药！管制有所放松，是的，看守不再把因痛苦而发狂的生物列入作息检查。发狂的生物。在死亡面前，他成了白痴，由于颅脑肿胀，他反正已经不能报出自己的犯人号码，不记得犯罪类别。他知道的和感觉到的只有比世界还大、比他自己大的疼痛，因为在他的脑袋中还有补着"钛板"。

大限已至，狱医诚实地判定了他的自然死亡。

我是从哪里得知这些的？我不知道。我见到了这些。似乎这一切就发生在我身上。我的医生说，这是幻觉。

至高无上的神，头会疼成什么样！钻心的刺痛在太阳穴又开始了，直达后脑勺。我很难集中注意力，很难在自己的小说和评论中保持连贯性和逻辑。我为了回忆我开始写的东西不得不回溯过去。

是的，在第一次车臣战争中，我们还曾按老规矩尝试防御，出于习惯，以记忆中 40 年代类似《营请求火力支援》[1] 形成的苏联电影化的意识原型为惯性。现在，我们明白了，这没有意义。甚至直到以集体自杀行为结束生命，我们都一直无法进行一场防御战，因为没有人从正面向我们发动进攻。

在联邦指挥官不能确定，沙利是否已被拿下、是否脱离我们的情况下，联邦纵队没有从阿尔贡开出来。俄军也吸取了第一次车臣战争的经验。在第二次车臣战争中执行了这样的战略：不卷

1　《营请求火力支援》是苏联作家邦达列夫的反映二战战壕真实的中篇小说，后改编成 4 集电影。

入直接的战斗冲突。

当我们试图将面对面的大规模作战强加给俄国人的时候，任何一次，他们都退却了。于是炮击开始了，轰炸不投降的村镇和周围地区，直到武装人员被消灭和逃离。而经常是武装人员逃离之后，惩罚更猛。只有在没有任何机会组织反扑的情况下，联邦军人才会进入村子并利用平民来组织清剿。

所有的车臣居民都是人质，所有的人都要为我们的互相包庇抵抗行为负责。如果你手中有枪，你就会因此丧生。如果你手中没有武器，你早晚也会被打死，因为有人持有枪支，因为有人逃进了森林和深山。所以许多人说，当森林里有围捕而无处藏匿时，就只剩了一件事：既然注定要死在猎人的枪下，那最好是死前成为露出獠牙的狼，也比藏在灌木丛中胆怯的兔子强得多。

我叫塔梅尔兰。

我从圣彼得堡获得高等法律教育文凭后回到沙利。在此之前7年，是父亲把我带到以前叫作列宁格勒的大城市。

铅灰色的天空倒映在北方斯芬克斯的运河中，沿岸的帝国风格建筑在水中颤动，在紧靠冰冷河水旁，呆立着冻坏了爪子的斯芬克斯。紧靠通往欧洲最长的走廊的是十二院大楼 ——白色的雕像，科学的骨灰存放处，在古老的柜子里满是落满灰尘的书籍。

我们把文件交给招生委员会，我仿佛已经看到，自己会沉浸在图书馆卷帙浩繁的知识之中，进入一群戴着眼镜的男孩和浅色头发下有沉思双目的女孩行列里。

我通过了考试并被录取。我分数不错，又占了民族计划份额。

在苏联核心的高等学府，有时候开放，有时暗箱，但有接受边远地区报考者的保障名额。

在大学注册之后，我和父亲凯旋回乡。我们住的街道上就差建拱门和摆花束和花环了。亲戚和熟人川流不息来做客，表达祝贺和殷殷期望，谁知道呢，也许会成为法官和检察官。有人真诚高兴，有人暗中嫉妒恨，但同时也不得不表面奉承和祝贺。

对我那不幸的父亲来说，这是社会性的起死回生，是梦寐以求的扬眉吐气。"亲爱的，太好了，塔尔梅兰！"他一边说，一边拍我的肩膀。"高昂起头！让大家都知道，马卡玛多夫一家还没灭种，不要小看马卡玛多夫家！"父亲曾是党员，也曾是一家集体农场的领导，上过学。后来一下子被撸了，因强加给他的"侵占社会财产罪"而坐牢，后来又改为"玩忽职守"在法院当庭释放，但开除了党籍不能再担任领导职务。

那时，父亲再也看不到许多以前被认为是亲密朋友的人了。

现在，他们重又站在我家的门口，重新来做客，回忆以前的友谊。塔尔梅兰·马卡玛多夫是唯一一个从沙利走出去，考上最好的列宁格勒大学法律系的孩子。他，也就是我，大学毕业之后会在法庭或检察院有一个有保障的位置，很快会升官，超过那些在不太出名的顿河罗斯托夫的"地区性"学院的毕业生们。

接受过同村人的祝贺和奉承之后，我去了黑海，要在自己人生第一个大学学年开始之前好好休息。在黑海，我得了肝炎，剩下的夏天都在医院断送了。

9月，还有点轻微病容的我，带着行李从英雄城列宁格勒的莫斯科火车站下车。我拖着自己老式的褐色手提箱和皮革书包。这里头尽是我的东西和书。还有被妈妈强塞进去的几罐子果酱和腌菜。两本写满诗行的中学练习本。

办完相关手续后，我被安排到杜勃罗留波夫大街的宿舍，对着彼得格勒大街一侧。和我同住一个房间的还有6个大学生（或7个？）。

我那时16岁。

住下来我们就开喝。寝室里只有我一个中学应届生，像我这样的应届生整幢宿舍也没有几个。大多数外地学生都已经服完了兵役。但是我长着魁梧的个头，酒量很大，一下子就像成年人那么能喝酒，赢得了尊敬并能平等地与人交往。

确实，我不该喝酒，还喝那么多，好不容易肝炎才治好。我的肝脏肿大。有时候会发作。但宿舍没有其他生活可过。我们几乎每天都喝酒，所有人都喝。狂饮的间歇只在考期里。一过了考期，升到上一年级，只有为数不多的人混不到下个9月份。

外号叫"兰博"的安东是自由式角力准运动健将，受不了训练就回自己老家梁赞市了，转学到师范学院好重新学一个运动项目。"消防员"柯斯佳被系里开除了，但还住在宿舍，他被开除的事和父母根本没说。"杂货店"柳德卡在例行的狂饮大醉之后就在"消防员"的房间里，被自己的呕吐物呛到，憋死了，父母来给她收了尸首，要把她葬在柯斯托姆科舍或者坎达拉克沙，我不记得她是哪里人。

但是，我们剩下的人还继续学习，继续喝酒。这时我们周围的世界崩塌了。一切都变了，从教学大纲、城市名称到国家的政治经济制度。那时，我们拿到了学位，但谁也不需要了。

在这新的美好世界里，我们的文凭谁也不需要，连我们自己也没人需要。

高等教育跌价了。工作没保障了，不分房子了。如果有人被分到国家机关任职，靠工资那点钱也养活不了人。活下去就只能无照经商，买卖一切，从香肠、连裤袜到酒精到卖淫或者像黑心商人一样，鸡鸣狗盗，敲诈勒索。

刚拿到文凭，很多人就当了劫匪。一些人回了家，回到自己所在的省份，试着安顿在家乡。我同屋的"小丑"阿尔卡在隆重授予学位的那天烂醉如泥，倒在系里的花坛上。"大嗓门"廖沙成了给劫匪辩护的律师。"希特勒"舒拉终于被派至卡累利阿检察院工作。生活中再无坦途了，每个人都走上了自己蜿蜒曲折的小路。

有两年时间，我一直想在俄国谋生，因为民族属性，我没有被分到检察院工作，那时，当过被告，因为我经商嘛。我买卖书籍，从一个城市到另一个城市。我呢，买卖做得不太好。我想回家，但家乡在进行战争。父亲禁止我回去。尽管他自己留在沙利。在第一次车臣战争结束后，父亲态度才软化。

我把东西还装在来时带的褐色的手提箱里，坐火车回到格罗兹尼。在穿越"边界"后，来到古杰尔梅斯，伊奇凯利亚的"海关人员"盯上了我。他们在我这里发现了2000美元——这是我两年积攒的所有的钱。他们把我从包厢带走并宣布我犯了罪，我被送到独立的伊奇凯利亚车臣共和国的外汇管理处。外汇被没收，而我则被送去坐牢。或者还会被枪毙。如果不妥协的话。

我只好同意，为了新组建的国家金融信贷的平衡，让他们拿走我一半的钱。

他们祝我回乡顺利，还了我 1000 美元就走了。在分钟广场，我坐上一辆挤得满满当当的公交车，回到了沙利。

我回到家了。

我当时 24 岁。

从我离家到我归来，过去了一共 7 年和整个一个历史时代。一切都变了。

我回乡是在 1996 年哈萨维尤尔特协议[1]签订之后，这个协议给车臣—伊奇凯利亚确实带来了独立。这是一个严酷的考验；我那弱小不开化的国家没有经受住考验。

但那时，我更感兴趣的是我的将来，我的个人生活。不会因我的归来再建起凯旋门了。我的毕业证书在俄国失去了价值，在宣布实行伊斯兰法典的车臣也不会有工作保障，我在圣彼得堡学的刑事法典里，从没说惩罚一个醉倒在街上的人应该打多少板子。

我不能进法院或检察院工作。严格说来，也不存在什么法院和检察院了。留下的只是执法机关的招牌。独断专行是最有效的司法。带着武器的人们不需要法律专家。

1　1996 年 8 月 30 日，第一次车臣战争时期，俄总统驻车臣全权代表、俄安全会议秘书列别德与车臣非法武装参谋长马斯哈多夫在达吉斯坦共和国签订《哈萨维尤尔特协议》，双方同意无条件停止使用武力和以武力相威胁解决冲突；将车臣地位问题在 2001 年以前解决。

一个月我都在家里没事干：读那些从父亲的图书室拿来的书，出门散步，种园子。后来我的堂叔列契出于亲戚关系安排我到他那儿工作，去国家安全局沙利地区分局。后来，国家安全局改组为伊斯兰国家安全部，安全部组建跨地区分局，经沙利区鉴定后我们被录用为分局工作人员。

在招募我的时候，列契只问我对兵役义务的态度。我报告说：

"因接受过全日制高等教育而免于服兵役！在国立圣彼得堡大学军事教研室进行过预备役军训！"

"哪个军兵种呢？"

"炮兵！"

"见过大炮了？"

"没见过！"

"军衔呢？"

"少尉。"

叔叔摇了摇头。

"我会授予你应相应的军衔。不……我现在破格授予你伊奇凯利亚车臣共和国武装力量上尉军衔！"

列契满意地点头。毫无疑问，上尉比普通的尉官叫起来更好听。

他继续说：

"我把你编在伊奇凯利亚车臣共和国安全部沙利地区安全局总部。批准你个人配枪！"

列契叔叔边说边将一把那时候最时髦的男人的配饰交到我手里：一把斯捷奇金冲锋手枪。

我一下子神魂颠倒，被震到了。我太看重这礼物了。是真切地看重。我在市场上见过售卖这种枪，狂贵：要价 1500 美元！那时普通的马卡罗夫手枪二三百个美元就能买下来。

叔叔看着枪的样子，似乎很遗憾要用它来射击。他叹了口气，抑制住怜惜之情，低着头，学究一样介绍说：

"这是 1951 式斯捷奇金自动手枪。手枪采用了一种可驳接到手枪上充当枪托的硬壳式枪套，既能以半自动模式准确迅速地射击，也能在室内近战的紧急情形下进行全自动射击。开枪时，手枪的皮套是可接驳到手枪上充当枪托的硬壳式枪套，不装子弹的情况下，枪体重量 1000 克，装子弹后，会有 1200 克，手枪皮套装上的话，是 1700 克。瞄准距离达 200 米。最大容量能装 20 颗子弹。"

叔叔确实顾惜我的年轻人心理。现在我整个人都惊讶不已。列契叔叔哪来这么详尽的知识？我多少还知道，叔叔和我一样，没有在苏联军中服役。他是因在劳教机关服刑而免服兵役的。

在所有的亲戚中，我对列契叔叔知之甚少且很少见面。不仅仅是因为不喜欢依靠和发展亲戚关系，尽管也有这方面的原因。但更多的是因为叔叔连在自己家待的时间也不多。有空的时候，就和妻子孩子生活几个月，也有可能是一年，然后他总是很快又重新坐到被告席上出庭，被告席后面的人得去监狱和看守所。

可以说，列契叔叔总是在与制度斗争，总是不劳而获，从那些国家公务人员中的盗窃、受贿和投机分子手中发财。

我在列契叔叔的面前，看着他的桌子，在我的生活中一个谜团在消退。发现了我的目光所及，叔叔合上了一本有插图的《现代射击武器图集》并开始给我演示实用知识和技巧。

"把枪拿来。"

我把刚接过来的枪递过去。

"看到没，这是保险机柄。它有3部分。这是单发子弹射击用的。而这个，是自动射击用的。为使单发射击准确最好用大拇指握住，就像这样。这里是贴近手柄的手枪皮套……抵住肩膀就可以像自动步枪那样射击。你知道吗？我们这里配了'斯捷奇金'枪的都是大人物！"

我知道了。我已经自豪并明白了沙利的年轻人会多么羡慕我。从村中心原先的统计委员会的一间办公室（现在列契·马格玛多夫将其作为指挥部）走出来，我严肃并多少有点傲慢地朝家里走去。尽管在傲慢的背后隐藏着更多的初出茅庐的喜悦。

我从来没有过这样的玩具！

当我在描写使我们长大成人的这场战争时，我不能不回忆我们童年玩的每一次战争游戏。经过艺术包装的军事游戏在我看来都是未来战役的胚胎。也许，我们梦想着战争？是的，也许。或者是感到它的不可避免？

我不认为，车臣的男孩子特别嗜血成性和好战。其实所有城镇的俄罗斯孩子和我们都玩一样的游戏。艺术作品，含蓄的和公然的宣传品教会我们等待入侵，等待与敌人的冲突，准备保卫自己的家乡。干吗不直截了当地挑明："请准备好！"我们就会自动地本能地反应："时刻准备着！"？

我们准备了。动手制作了武器，演练了作战。我们准备好了。

只不过我们不走运。没人入侵我们的国家，我们只好自己互相往死里打。

没有不危险的武器。否则它就不叫武器了。我记得不应该用武器指着人，甚至开玩笑也不行，甚至没装子弹的也不行。我记得玩过的真武器就是我家里保存的双筒猎枪。我用它，差点打死童年时最好的朋友。

它就挂在前厅里，和父亲的雨衣挂一起。

我父亲直到现在还保持着早起的习惯。我还是小孩子的时候，他就起得早，上班之前3小时，在雾气重重、睁不开眼、冷飕飕的早上，就外出干活。出门时他带上装了大号霰弹的猎枪。

拿它的原因就是有一群灰褐色的土匪——家鼠。家鼠会在鸡窝里吃鸡蛋，噬咬雏鸡和小鹅。凌晨还在院子里乱窜，还没来得及回自己又深又隐秘的洞穴。

父亲是一个天才的射击手。他把枪往背上一搭，就把家鼠赶得逃窜。每天早猎回家，他就把枪挂在衣钩上。我不知道他现在枪打得怎样。其实，他不可能见到什么武器，更不要说碰它了。

双筒猎枪就挂在前厅里。装子弹的盒子也在那里。成年人从未想过要藏起枪不让小孩子看见。否则我们就不是车臣人了。相反，父亲在晚上常抱着我和他坐在一起，用通条清理枪管和装子弹——卸下黄铜枪栓放入硬纸筒，从揉皱的报纸里倒出霰弹，盖上弹药筒盖。

有一次暑假父母不在家，我被再三严厉地警告，哪儿也不许去。因此我就请自己的朋友金卡来家里玩，于是我们在家里玩打仗的游戏。我背上双筒猎枪，从一个房间到另一个房间追着金卡跑，就像红军政委追着白卫军。最后，我把他摁到墙上。

"以革命的名义审判！革命法庭授权宣判！砰！"

我叩了一下扳机。

金卡紧抓着胸口，身体弯曲，从墙上滑落到地上，模仿着被打死的穷凶极恶的反革命分子。而我则陷入惊慌不安之中。我缓过神来并弄断了枪。

我所见到的景象使我脸色发白，差点瘫成一团。直到现在这个场景还历历在目。充斥着一个男孩被打穿的流血的身体，那眼里都是恐惧、疼痛、惊讶、被霰弹洞穿且喷溅上血迹变红的墙壁，一股黏稠的东西流到我的脚下。

第二个枪管里有子弹。

我跑到另一个房间，让金卡看不见，我用发抖的手卸子弹，希望它是空的。但这是上了膛的枪，装有纸炮和大号的打猎用霰弹。这样的霰弹在射击时会把男孩的身体打成血筛子。

我的手指只是偶然按到了扳机。

当时我的生活本来会被这可怕事件毁掉。

确实，后来发生了更可怕的事，我的生活反正也支离破碎了。

但我每次在听闻允许公民自由配枪的辩论时就会想起此事。最初挂在墙上的枪，最后一定会用来射击，事情总会这样。据说，枪每年要开一次，甚至不装弹的情况下。一年里一次，这也就够了。

所有生产、运输、保存或者买卖武器的人都应该记住，它是要杀人的。它肯会将某人打死。这就是它的意义和使命。刀剑都嗜血，枪筒在射击高潮时都会颤动。它们会找到帮忙干这个的手。

武器会把一个人变成人上人，武器会把人变成自己的奴仆。

我们就坐在具有百万吨级爆炸力武器之巅并讨论世界和平问题。我们有自动步枪和手枪，坦克和航空母舰，火箭和制导炸弹，我们还确认，我们不准备打仗。那我们要拥有它们干吗？

甚至就现在，当我写这行字的时候，当你读到它们的时候，致命的混合液体正在搅拌，开始装备，炮弹上膛。对此我们究竟能做什么？

对弹药最合理的利用方式——就是战争。

我们这里的战争就具有这要命的理由。新俄罗斯是死亡充塞的武器库。炸弹和地雷倾泻到那些起义地区的城市乡村，把它们变成埋葬武器库的坟墓，那些可怕武器的保存期限早就过了。所以不用可惜任何炸弹、炮弹。甚至将一部分留给敌方，以便它们能被合理利用，以便这项工作进行得快乐一点，以便演出中的四手联弹更响亮。

现在，我的父亲见不得武器，猎枪都不沾手。而我却不会那样，我走在沙利的街道上，幸福而骄傲，挎着斯捷奇金手枪，手枪的皮套敲击着我的大腿。

时间流逝，发生了许多事情，首先是我摆脱了对武器的狂热。枪已经不再使我激动。它也不再可怕，一点也不。枪的样式甚至有关枪的思绪都使我感到悲伤。

我还没有给我的朋友金卡讲述，我不由自主地和他玩了俄罗斯轮盘赌，赌他，金卡的生命。对男孩金卡来说，他只有一次机会活下来：就是两人中只能活一个。也只有疯狂的俄国军官才给自己更多的机会，往左轮手枪的 6 个弹筒里装一颗子弹……

我现在好想讲给他听，但不知道他在哪儿，甚至，不相信他还活着。别说金卡，有时候我真不能确信，我本人到现在还活着。

我应该出生就是老人。是一位老人，疲惫的人，智慧的人。但青年时代是不可避免的。于是，我就变成了恶狠狠的小公狗，小狼崽，并为有了这么锋利的、崭新的、发光的獠牙而欣喜。我走在家乡的村里并觉得自己是胜利者。觉得自己是最优秀的，万里挑一的。

任何时代，携带武器的权利都是社会精英的特权。骑士借盔甲发声，贵族腰间的长剑铿铿作响，大摇大摆地从手无寸铁的干牲口活的、从人民面前走过。这种特权在任何时代都只说明一件事：我们，只有我们，才有权利打死人。因此，我们佩带武器，好让你们记住你们有罪。有权打死人，不受惩罚，有权成为法院，法律是管其他人的——权力就是这样的。这就是成功。这就是武器的意义。

然而，随着往父母的房子所走的每一步，我的自信和自豪就锐减为无，在他们住的地方我感到了不安。我不知道，该如何向父亲和母亲解释。况且我明知他们对这一切的态度。

我还期望一下子溜到自己的房间不被发现，从而延迟那不可避免的解释。但妈妈就站在大门口，正向街上警觉地张望，她在等我，她感觉到了。我走到门口，极力撑住左腰，问：

"妈妈，你怎不在家里坐着？"

这话问得蠢。母亲发现了武装带，发现了枪套。她又怎么能不发现尺寸和形状都像乡下的羊腿一样的东西？她没回答我的问话。她小声哭了起来，也没拥抱我，转身走进院子。

一下子都来了。父亲坐在院子里，正在试图修好凳子。手在干活时不太利落。我靠过去，没说话，没有隐瞒自己新的自尊。

"你！……你个傻头傻脑的家伙！你以为你……我现在就把你……！"

父亲甚至抽出了自己系在裤子上的皮带，但随即蜷缩了身体并坐下，痛苦地用手抱住了头。

"爸爸，我需要工作。我不能一辈子都种园子，靠你来养吧？你的堂弟列契招募了我去他那儿。配枪只是按照规定而已。我都没装子弹。"

"为什么，为什么，儿呀？难道就不能找一个不挎着可怕的手枪的工作？……你不该回到车臣！"

"爸爸，这不现在没有其他工作嘛。检察院机关处于被架空的状态，坐在办公室也没什么权限，没人给发工资，俄国执法机关有可能会解散伊奇凯利亚政权，也有可能不承认它并取而代之。现在车臣的年轻小伙子哪能不握着武器？你想，俄国人赤手空拳吗？只有在外面挎着枪跑来跑去的人在做事……"

父亲摆了摆手，扎上皮带并走过去安慰母亲。

我在童年就没尝过父亲皮带的滋味，更不要说现在我已经长成一个成年壮男人了。

在我的青少年时代，父亲就打过我一次。妈妈总因我淘气和犯错啪啪打两下的。有时抓起运动鞋狠揍一顿。这倒不会很疼，就总是委屈得掉眼泪。

爸爸在养育过程中没有使用过暴力。在我们这个宗法制家庭里妈妈说出的最极端的威胁就是"看我不告诉你父亲！"就能让我们这些孩子们怕得两腿直打哆嗦，我们总希望别在母亲以外受到申斥，妈妈千万别揭发我们的劣迹。父亲的喊声或是严厉的目光就足以让我们怕得忐忑不安。

我走过院子，关上自己的房门。心里七上八下。我随手从书架上抓过一本书，试着读下去。过了一个小时，我翻了一页又一页，但未必明白自己读的是什么。现在我也不记得当时读的是什么书。也许，是蒲宁的书，也可能是古米廖夫的。还有可能是本英文词典或什么百科全书。我这么兴奋，读火车时刻表或者农业化学手册都是一样的。

母亲敲门并喊我吃饭。我们落座。母亲往盘子倒牛肉炖的血红色红菜汤。她做这些明显地缓慢和不自在，但无论是父亲还是我，都没有伸手帮忙——不想让她难过。母亲甚至有病时都尽力做好自己的家务，借此找到安慰。

整个晚饭我们都没有说话。只是在往茶碗中倒茶并用钢勺搅拌时，父亲说：

"你已经是成年人了。我都能理解。你做出了自己的选择。或许，你已没有选择，这一点你是对的。但我不想看见你每天在自己家里，腰里别着枪进进出出。"

"爸爸！……"

"听我的吧！……从这里搬走。你去我们的老宅子住吧。"

母亲忍不住又哭了起来。

医生，我一回忆起这件事就难过。你要是知道我有多难过就好了！我从未摆脱犯罪的感觉。而且毫无办法！我甚至不知道，我做得对不对，我是否还有其他的选择。我感觉我反正——反正——是有罪的。在他们面前。

这看起来是挺奇怪的，但我没有背负其他罪过。不，我从没梦到过死去的俄罗斯士兵。我不大记得他们。我开过枪，是的。我开枪，别人也朝我开枪。这不大像犯罪。这是一种游戏，残酷而已。在杀戮进行的时候，你反正什么也明白不了。士兵杀人的权利会以他们自己在每一秒都有可能被打死作为慷慨的回报。

因此你不会有犯罪的感觉。没有罪感，没有怜惜。如果你是军人，这是当然的。如果你是庄稼人或工匠，手里领到了武器，你注定会在这流血的噩梦里挣扎到最后的死亡。但是，我们都是军人。甚至我，一个安静的男孩，就差拉小提琴了。

拉小提琴……不，我从没拉过小提琴。我在音乐学校钢琴班学习过。原来我也是个士兵。我为此感到高兴。可能，自豪吧。感觉自己是个男子汉。

从前我对这个理由有过巨大的怀疑。

不，不是这方面。不过……给别人迎头一击对我来说是很复杂的事。我一般来说不喜欢打架。如果承认的话，就是不太会打架。总是不得不学会点什么，否则怎么在街面上混？但我还是不喜欢。所有这一切，疼痛，流血……甚至在动手时，我也尽力不打人，尽力用令人无法反抗的手段制服对手，把手紧扭到背后，既不能动，也不会致命，但不会把脸上打出血来，不会掐他脖子或踢他裆下，让他痛到哆嗦。

而打死……打死看起来要简单得多。

这就像站在车间的机床旁。你只要揿一个什么按钮，摇柄转起来，转向轮开始换向。

因此……不，我没有任何心理损伤。

我仅仅是在他们面前觉得有罪。在自己的父亲和母亲面前。

当然，如果在作战时，母亲能好言给我们祈祷，父亲能把武器递到我们手里，我们会觉得好受点。也许，曾经有过这样的时候。是的，我不是什么不切实际的人道主义者。我认为，曾经有那种战争不可避免的时代。每个男人都有义务作战。否则，亲生父亲在亲情和血缘中只能遗传胆小鬼气质。

但是，现在……我的父亲把我赶出了家，因为我拿起了武器。尽管当时我还没想着去打仗。我不能想象从"羊腿"中向活人射击。这是玩具，装饰物，我新工作的标志，没别的！但上了岁数的人，他们都明白，拿起武器——这意味着什么。

于是，谁也不会祝福我们。

在车臣，在俄罗斯，没有一个母亲会乐意送自己的儿子去参加战争。

因为早就不需要战争了。是的，曾经有过正义的、不可避免的战争。最近一次这样的战争是和法西斯之一进行的殊死战斗。选择曾是：要么消灭敌人，要么注定是全人类的灭亡。而现在，不是。现在任何一场战争都是反人类的犯罪，这是错误，这是罪孽。我们已经长大，却无论如何也不明白这一点！是的，从前。就是在从前，所有人都是野蛮人，可能，为了人类能在饥饿和敌意的世界里生存，这是必需的。但是，后来我们已经学会种植禾本植物，学会了养牛，不用再互相吃掉！要知道，有过人吃人的时代。出于惯性。由于传统吃过。后来，当别的神都不存在的时候，当只有这样宗教才能存在并把两腿野兽变成了人的时候，血腥的牺牲供献给上帝。但是，预言家来了，他们说，够了，不要再流血了。你们的上帝不想从你们这里得到这些。给他把鲜花和水送到祭坛上吧，带来你们的爱，你们的祈祷——这就是你们的牺牲。要知道，这就一切都变了，我们从地狱爬到了人世！而当战争已经变成纯粹的杀戮，成为不可饶恕的时候，我们还在继续战争。我们还号召勇敢的祖先来见证。而他们看我们如同看一群疯子，因为我们是疯子，他们从远古的深处说道：不理智的人，忘记我们殊死的英勇吧，那对我们而言不过是别无选择！我们打死别人，自己也死了，但这是为了你们能活着，也是为了你们能有选择。选择也确实有了！现在，你们可以不厮杀，战争不能解决你们的任何问题，战争只是战争而已。

但是，我们还是像那些食人族一样，当那些最美味的食物堆满的时候，还是不能拒绝吃人的卑鄙的习惯。

也许，上了岁数的人还不能像我讲的这样理解这一点，但他们是用心来感知的。所以，在全世界没有一个母亲会为自己的儿子去参加战争而祝福，就像从前一样。

那时我也不明白。但我很难过。当我收拾自己的东西，就要离开父母的房子时，某种东西使我的内心憋闷发痛。我拿了衣服和几本书。把"斯捷奇金"放进了手提箱，扔在未洗的衣服上面。就在那个晚上，我走了。

我家的老房子很远，在巴沙河上游。就是一栋土坯砖砌的板泥房，屋顶盖着因时间久远已泛绿的石棉板。大房间内有俄式炕炉，小房间挨着厨房，再过去是厨房和前厅。1944 年，车臣人被迁徙到哈萨克草原，这栋房子是我的曾祖父回到故乡后立即建起来的，他站在了自己祖先的故土上。一个院子里当时安顿了几兄弟。现在这里住着我的叔叔们。父亲在我出生后搬到了村子另一头上的一栋单独的红砖住宅。

现在，我的嫂子，堂兄的妻子，看管我们的老房子，不想让这处房子白白消失，她保留了房子里的所有的家什儿。我拖着自己的东西来时已经天黑了，门还没锁——为什么自己的老宅子要锁门？拧开落满苍蝇的小灯，扒开破旧什物，收拾出靠小窗的木制暖炕。想立即睡过去，但我怎么也睡不着。

我还记得，以前是怎么去花园玩的，那园子占了那块低地三分之二，在它的最边缘处，我找到过一块神圣的界石。它立在那里已经有一个世纪了，固守着我先祖的土地的边界。移动界石——被视为犯罪，与杀人抢劫无异。界石根部有苔藓，大部分埋在土壤里。我双脚蹬上界石在上面坐了好久，抱着双膝，直视前方。我想什么了呢？不知道，我怎么也回忆不起来了。

侦查员公民，也许，你们对此不感兴趣，但我还是要说出来。

是你们自己让我讲出一切，这是标准的审讯方法，我知道：最开始是在放松的形式下听取口供。这就像在学校里一样：都写自由命题的作文。比如，我是怎样度过夏天的。

那我究竟是怎样度过夏天的呢？

我记得，这是一个夏天。还很暖和。我们这里不热也不闷。温暖的空气令人愉悦，清风从山上吹下来调节了气候。是的，那里非常好！

我和那些参加过那场战争的俄国士兵说过话。出差的时候。现在都派人去出差打仗了。这也是一种生活。于是，他们都能想起泥泞。整整一年，在任何季节里，在任何天气里——泥泞是躲不过去的。就像在哈扎里亚一样。阿拉伯的旅行家们就这样描写哈扎里亚——"有绕不开的泥泞，有很多羊，有蜂蜜和犹太人"。

但我不记得泥泞了。它从哪里出现在我们那儿的呢？也许，是装甲运输车队的车轮带来的？也许，泥泞——就像是癌肿瘤或者有害的莠草，会生长，会大量繁殖？也许，地球受了刺激，弄松了，它就变成了泥沼，而从前这就是一片覆盖着桸木、绿草和白黄色的草原花朵的土壤。

那是一个夏天，她穿得非常薄。长裙掩盖了她的身形和胸部，但薄丝就像云彩一样轻盈。她戴着头巾，窄窄的，只是一小条。在她的背上，长长的黑褐色的头发编成了一根粗辫子托在背上……

她几乎没有变。我打上学起就记得她长这样，那时她在八年级；我则同年应届毕业。

一般来说，我们不应该谈论爱情和性。我又会因此挨呵斥。

但我要说。我不能只说武器和死亡，我想说说爱情、性和苏联政权。

你们知道，我为什么喜欢苏联时期吗？在苏联有爱情。也有性，但干净，道德，原生态。亚当和夏娃在天堂里偷吃禁果就做爱了。我认为他们做爱了。所有派别的神学家，把我钉在十字架上吧，但最初的人在天堂里做爱了，哪怕是在宗教裁判所的火刑柱上我也会坚决主张这一点。

这是最美好的性。强求——没有，为什么强求呢，——这只是成双成对地向一朵花致敬并闻它的香气而已。仰望早晨星空的星辰，相互都没有触碰。捕捉一下夏娃的目光，它又瞬间有点害羞地转向了别处。这就是性爱，是原始的性爱，这是所有的狂欢夜宴所不能取代的，现在的我们这些堕落的人，在狂欢夜宴中只能体会乏味。

天堂有性爱。否则，为什么上帝给人创造了女人？

在苏联时期也有性爱。

而现在没有了。嬉皮士都说：这是曾经沧海。不，现在这就好比肠子被掏空了。我知道，说的是什么意思。

我喜欢苏联时期。有穿白色的花围裙和戴蝴蝶结的少女，有极其洪亮的少先队话语，有爱情的味道，激动的味道。它就立在每一间学校的办公室里，就飘忽在学校的操场上。我们在新婚初夜前都是童男童女。但我们有过性爱了。别的性爱我们不需要。

她叫列伊拉，他是我第一个女人。她是我的夏娃。她没有亵渎自己，没有受到蛇的诱惑，她永远留在了我的伊甸园中。

我不知道该怎样解释这一切。但最好是这样。这样才会永存。

不，我离开的时候，她没有等我。她觉得委屈，认为我是一个变心的人。医生，她对此是有理由的。我现在就在您面前，我的生活过去了，您本人是了解这点的。这您比我更了解。这不止是这样——脑中剧痛，有弹片。所有这些花花绿绿的药片能管点用。总会有那么一天，药也没用了。

该停住了，这页太长了。您在电脑上打字吗？您现在就打，抽根烟再敲键盘，好在我们见面结束时，能从打印机弄出印着我的故事的几张纸，当然不是我讲的所有东西。甚至完全不是我讲的这些。但您把它递给我，我来签字。

您打字，您肯定知道，文本编辑就有这样的功能。您每一页都画上线，然后摁一个输入键，画的线就显露出来，线就成为很粗的记号，它就可以归纳总结。我们现在来总结，总结里有我一辈子的生活，我的一切就在一个词里：背叛者。

她在上学的时候，就明白我的这个品质。

变心的是我，不是她。她有权利这样。在发生了那一切之后。在我，一个男人，我是亚当，先从蛇嘴拿了苹果，吃了这禁果；没有她在场。

我知道她已经出嫁了。她生了孩子。后来她的丈夫被打死了。这一切都发生在我不在的那段时间里。那时我在北方，在死人的国度。

我不该回来。

我不回来？……您说什么呀？长官，那干吗这儿堆一大堆证明文件，干吗又是公民证事务科又是工作单位证明的？护士，别哭呀。你为什么哭呀？

您以为这都是我在做梦吗？以为这是梦呓、幻觉吗？是虚幻的记忆？我又听到了这个词：虚幻的记忆。那又怎么啦，这能解除我的责任？解救谁呀？我？但是，我就是这个记忆本身，要说它是虚幻的，那我也就不存在。

她穿着薄薄的连衣裙，站在十字路口，手里拿着一个包，似乎想跑过去。但我看出来了。包里肯定是从市场买的水果。也许是一些给小孩买的东西。我们面对面碰上了。她认出了我并笑了。她照例恭敬地问候我后，低了头就继续走了。我站在那里看她的背影，哪怕这不太礼貌。

我知道有关她的一切，她也一定听说我回来了，但在那天之前我们没见过面。我们故意不见面，我不能只是顺路去做客，也不能这么做，如果您明白我说的是什么的话。

但那一天来临了，我在那个路口见到她了。以后我就知道走哪条路了。

我回了父亲和母亲的家。自从我配了枪，自从我成了受排斥的人、可恨的人、有记号的人，就只有做客才能来父母家。整个晚饭期间我们都没有交谈。当妈妈开始收拾桌上的碗碟时，我说：

"爸爸，我决定结婚了。"

瞬间妈妈的脸上流露出由衷的喜悦，立即又被担心所取代。但我继续说，说了最主要的：

"和列伊拉结婚。"

父亲摇头但没说话，看着母亲，仿佛把这件事交她经办了。

"可是，儿子呀，为什么非娶带孩子的寡妇呢？周围单身的女孩子多的是呢！"

这是妈妈说的。她甚至从没想过列伊拉本人会拒绝我。对母亲来说，任何一个未婚妻都会配不上他的儿子。况且她的情况还不是完美无缺。我要是说想和画上的美女或大笔遗产的女继承人结婚，那母亲也会挑剔她名声不太好，腿有点短之类的——要不，你再找个更好点的？

要知道，列伊拉已经拒绝过我一次了。很久以前，还是在我们整个生活没有改变之前。我求她等我、再嫁给我。我给她写了信。但她没给我回信。她的沉默意味着拒绝。

"我爱他。到现在都爱。"

这样的话大家都没说过。这样的话总是羞于出口，特别是在父亲和母亲面前。但我有什么办法呢？我总是不对的：就犹如不走运的半纯种公畜，就像在高高的两岸之间的浊流中漂浮的木片。他们自己都觉得有罪，我怎么这样啊！他们——我的父亲和母亲——他们生了我，因为他们互相爱对方，他们不需要别的理由，无论法律上的还是祖先习俗上的。

他们自己都不知道，他们，加上我，我们就是这样完成了我们种族的神秘的遗训。

这个故事发生在伊玛目沙米尔时代。有人向伊玛目告密说，车臣村落里的男女青年在婚礼前互相见面，在山泉旁约会，按祖先的习俗，这就像异教徒。沙米尔大怒。这些青年不遵守他的尼扎姆教规，他的教令。他们，穆斯林教徒，就应该像现在的阿拉伯人一样生活，像那些最早的和最好的穆斯林一样生活。青年男女互相不认识，上岁数的人为他们决定一切。他们会带着蒙着脸的新娘来到新郎的跟前——请结婚并接受至高无上的神的意志。沙米尔威胁要严惩离经叛道者。

但是头发花白的老者们来找沙米尔捍卫爱情了。他们说，如果我们的男女青年不能因自己相互的亲密关系而结婚，我们的种族就会停止繁衍。不会有自由的、强壮的和自豪的孩子，只有爱情能诞生这样的孩子。如果你想因为这个灭绝我们——那就灭吧，至少我们知道我是因为什么死的，是因为捍卫未来，捍卫我们种族的生命。你知道是谁操纵你行使你的教规吗？不就是伊布里斯，那个一个世纪以来都想让人类灭亡的魔鬼吗？

伊玛目让步了，一切又顺其自然了。

父亲担心的是其他事.他沉默了一会儿，用湿毛巾擦了嘴唇和胡子，然后才说：

"你为什么在这个时候、在此地想结婚，想生子？明天会怎样？……等着你的会是什么呢？"

我什么也没说。我可以说，你们生我的时候，也有过艰难时光。他就会回答：不，那时完全是另外一回事。那时对明天还有信念，有希望。我们没有后悔要孩子。我们希望有孩子。现在有什么希望呢？明天最好不要来临。

我什么也没说。甚至也没有耸肩反对。只是低了头，往下看，琢磨盖在餐桌的漆布上的裂纹。

"你为什么回来呢？你留在俄罗斯就好了。许多人都留在那里了。所有人都想方设法找到住处和工作，留在俄罗斯。难道你就不如别人吗？你为什么非要回这里呢？"

"但是，爸爸！你和妈妈不是也不想到别处去嘛。"

父亲摇了摇头。

"我们——完全是另一回事。我们在这里住了一辈子了，我们也没处可去，我们在哪儿也不会有另外的生活了。我们的一切——都在这里。你还年轻，你可以在其他地方开始自己的生活。在那里结婚，娶一个车臣姑娘或者俄罗斯姑娘、哈萨克姑娘或者犹太姑娘都行——这都没什么。生孩子。过日子，不怕会来飞机扔炸弹炸你的房子。"

我们的谈话不会有什么结果。我已经回家乡了，而且不只是回来了。我在这里找到了自己的位置。至少，我当时是这么认为的。我找到了自己的位置，自己的阵地，自己的战壕。全部的真理与意义就在于此。

到如今我连生存都困难，在生活中看不到生存的意义与目标。但我已经不再相信有这东西了。我电话关机了。

您知道，从前我电话总开机。我等电话响。我不知道什么时候会有人给我打电话，一天里什么时间打，所以就是晚上我也把电话放在枕头边上。据说，这样会对大脑有害，但我不在乎。与我所等的电话的重要性相比，这都算不了什么。

不，我不知道，谁会给我打电话。对此没有一点概念。我只知道，他们会对我说什么（我认为我知道并相信这一点）。这很简单：

"你好，塔尔梅兰。"

甚至电话在半夜里把我叫醒，我都觉得情有可原。要知道，他们知道我等这个电话，我准备着呢。

"我们非常需要你。没有你不行呢。"

我准备着。我的旅行包总是就在床边。

但几个月过去了，几年过去了，没有任何人打电话。也许，他们已忘了我？也许，他们找不到我？要知道我自己一直在东躲西藏。

最初我是这样认为的。

也许，时间还未到呢。

后来我又这样想。

当时我不懂：不会有人打电话。谁也不需要我。不靠别人谁都能过。每个人都靠自己。

既然如此，我就关机了。

但是，当时我相信我取得了自己的位置。有自己的前线阵地。当不需要我的时候，我的位置被别人取代了。团结起来。遵守制度。

那时我认为这一切是那么有诱惑力，那么诗意。实际上完全不知道实际情形如何，不知道在战斗中，毫无预警，会在战壕的射击孔旁出现另一个人的情况。当时就认为一切只能是：很生动。也许是书读多了。

最终，父母同意了我结婚并为我祝福。我的堂姐以前在学校的图书馆工作，现在被请来当这事的媒人。她去了列伊拉的父母家并转达了我的求婚之意。

对，整个事情就这样进行。没有饭店里的烛光晚餐，没有喝香槟，没有放在红色丝绒盒子里的戒指。在结尾也没有响亮地演奏浪漫的乐曲。

但在这个公开的秘密中自有别样的浪漫。

列伊拉那时住在故去的丈夫家。

当一个车臣妇女变成带孩子的寡妇后，她是有选择的。她可以留在她丈夫家，和她丈夫的父母以及亲戚生活在一起。置于他们的保护之下。这样，她可以像一个寡居的女王一样过一辈子。

或者，她还可以回自己的父母家。这就意味着她准备再婚。她是自由的。那样的话，孩子就不得不由丈夫的亲戚抚养。孩子就不属于这个女人，她不能带着孩子一起过。孩子出生在父亲家里并留在这个家里，即使父亲不在了，而母亲要建立自己的个人生活，这是可以的。

列伊拉住在已故的丈夫家里，和他的家一起过，这就意味着：不能结婚。

但列伊拉没有说——不能结婚。她说了：我同意。如果把孩子给我，如果新丈夫把这个孩子视为己出的话。

这是从未有过的大胆。破坏了所有的规矩。

可怜的图书馆员心情沉重地肩负起这项不可能完成的使命，唉声叹气，摇头不已。

当时征求了长者们的意见，事情变得比想象的更加混乱。长者们找到了族谱，论起来我和列伊拉同宗。这就是说，我能把亲戚列伊拉领回家，当成姊妹，但不能把应该留给丈夫亲属的孩子带来。但我才不想列伊拉当我的妹妹，我想娶她！而列伊拉不带孩子哪儿也不打算去。这是一个死胡同，只能继续寻求解决办法。

按另一支族谱，我和列伊拉已故的丈夫是血亲。这就意味着我可以接受他的孩子，不会破坏习俗，如果没有更亲近的亲属抚养孩子的话，他们会同意的。她已故丈夫的家庭衰落了，在第一次车臣战争中几乎失去了所有家里的男子，这件事能妥善解决。但这只是解决了有关孩子的问题，和列伊拉有关的还没有头绪。

就是说，我可以把列伊拉已故丈夫的孩子作为亲戚领回家，列拉本人也可以作为亲戚进门，但不是作为妻子。近亲结婚是习俗严厉禁止的！

数学帮了我们。数字挽救了我们。血缘关系中禁止内部通婚只限制到第七辈。通晓族谱的人宣布，我和列伊拉属于先祖的第八代，而和她已故的丈夫是第六辈。这样一来，我就能娶列伊拉，不犯忌讳，而她的孩子也可以从她丈夫那支血缘上论，由亲戚来抚养。

我想，这些计算稍显勉强。但他们给我们所有人保全了脸面，正式维护了习俗。

于是，我们秋天举行了婚礼仪式。

这场婚礼不事声扬，只有最起码的仪式，没有节日般的嘈杂场面。要知道列伊拉不是初婚，而且，我们的婚礼在不少人眼中是有疑虑的。列伊拉带着东西和孩子来到我的小房子。她在厨房旁的房间洗漱了一下，那里有一个木制摇篮。第一夜，她来到我的房间，没有脱衣服，穿着睡裙，和我并排躺在一起。我握住了她的手。我们没说话，只是望着刷白的顶棚。

后来，孩子哭了。列伊拉走了出去，回来的时候手里抱着裹了小被子的儿子，把他放在我们中间。孩子不哭了，幸福地呼呼睡了。我们听着他的呼吸声进入了梦乡。

这样，我们就开始过上了。那时我觉得，智者们——故意的也好，偶一为之也好——都弄混了数字。列伊拉毕竟比起妻子更像是我的妹妹。我因此而忧伤，但也想得开。

和她在一起，带着孩子，这孩子尽管不是我生的，但对我来说毕竟是亲人，甚至从这两方面来说，这就是我的位置。这也是我的位置，我这样认为。甚至从青年时代我就明白，责任——是生活里比感情更牢靠的理由。我总这么理解。

所以，更苦涩的是，在这种生活中，到最后我总是一个背叛者。

先生们，为什么你们在这么多年之后才把我带到这里！是的，我知道你们想做得更好。为了让我真正恢复记忆，为了治好我的病。我自己也想这样，我知道。

我想：也许，梦境会停止的。我的灵魂进入了陷阱。这些地方，这些墙构成陷阱。但在别的时候。每一夜，在还没有进入忘乡的时候，我都会看到一个地方并及时想起来：今天，这是第八学校。或者是一条通往谢尔任尤尔特的路。这是我常梦到的场景，甚至就是在情节和人物都与此无关，与过去的生活无关的情况下。

我想，当我到这里的时候，就认不出这些地方了，当我认出来的时候，这完全是另一些地方了，靠近路边有新的房子，红里透着黄的颜色——这叫什么来着？——板房，学校在修理，确实重新装修了，一切，一切完全是另外的样子！这样，场景慢慢地退色了，犹如渐渐隐去的电影，它们缓慢塌了，溶解了，就像是热茶杯里的方糖，它们没了，我的灵魂就自由了。

可能，就这样了。可能还会发生。今天，我会睡着并去看我的灵魂在哪儿了。我早上讲给你们听。

但暂时我还不能睡。我一个人在父母空荡的大房子里。那里的一切，地板上的每条裂缝，贴着漆布面墙纸的角落，旧的黄色油毡纸，磨坏了的毯子，还是那样，和 30 年前一样！

天啊，这一切都变得这么渺小！变得这么可悲，可怜！

我忍不住眼泪。从胸腔里号啕起来。让我哭。谁也看不见。你们也不要告诉任何人。

我承诺过，以后不再哭。

可怜哪，可怜哪，可怜的我们！

我可怜的父母！

我有多么爱你们！我懊悔。

你们可曾有那么一天，哪怕只有一天——是幸福的？如果有，那也只有这一天才能补偿一切。

你们挣扎，劳作，笃信——都化作绝望。信念。信念，希望，爱。在这个行列中，希望是一个多余的名字。爱诞生于信念，信念滋养爱，甚至在没有任何希望的时候，越是没希望，爱就会越强烈，信念会越牢固。

曾相信过什么呢——你们？

没有这张烦人的黄色人造革毯子就好了！上帝呀——把它扔出去吧！

好几年我们都没有购置任何新家具，连一把椅子都没买，甚至连一小块地毯都没买，家里也不能做任何修缮，贴墙纸，铺新地板更不用提。旧的亚麻漆布都已经坏掉并起泡了。有一次，我和爸爸从格罗兹尼带回一卷漆布，它散发出了一股发霉的塑料味——这是能找得到的最便宜人造革台布。我们把它铺在走廊。妈妈当时多高兴！爸爸，你还记得吗？我知道你记得呢。你从来不忘事。

这该死的贫穷！在我们短暂的生活中，始终都因贫困而心痛，我们不能给自己买到一点零星的幸福和喜悦。你一生所知道的就是——劳作和困苦。

爸爸，我回了家，兜里装满了钱，我可以买新毯子，买有东方花纹的羊毛毯。但我买不来喜悦。我买不来哪怕一分钟的时间。要知道再也没有妈妈了。我不能，永远不能为她买到哪怕一分钟的幸福。

东西还是那些东西，就放在那里，都是老旧的，陈腐的，过时的。我没在这房子呆很多年，连一把椅子也没往这房子里买过。

我知道，这里有过新东西。它们出现过，又消失了。它们被偷了，扔了，它们被折断和损坏了。仿佛这栋房子里所有的老物件儿一直保留着我的童年，不想让位。这些老物件儿经受了不请自来的邻居和偶然的过客的洗劫而留存下来了。

如果我丢掉这盏已经超过 30 年的老式台灯，你再也不会给我自己房子的钥匙了。你会像以前一样，想住在这些老物件儿周围。我们在一起的时候，那些老物件儿装满了房子。当时我们都在一起。

在衣架上还挂着妈妈的围裙。她再也不会穿它了。

这是你凝固的梦，爸爸，是你这个被解职的干部的停滞的天堂。

要知道，什么也不会再回来了。事情不在于两次战争，不在于我们家的砖墙因弹片而伤痕累累，不在于被径直落下的手雷炸塌的板棚。这只是时间问题。时间击垮了我们，时间比炮弹更凶狠，更不可避免。

时间如此，但不能与之妥协。生活也会是另外一种情景：如果没发生战争，如果不必逃难，如果国家没有灭亡，这里会有小孩出生，而女人们会在厨房忙活洗碗，也就不会只剩下你一个人。不会的。这个家里也会添置新东西。新的生活焕发出光彩，潺潺流淌，让人高兴的事情太多太多啦。

但是，一切都结束了。我们的家族就要死绝了。这个家再也不会有生机了。

是的，我想来这里。我想重新回到祖屋。

但是，我在这里寻找到的东西，现在叫着另外的名字。

这不是家庭居所，不是温暖之源。

爸爸，这是姓氏的传承之所。

据此，我觉得我会来到这里死去。

1997 年 1 月 27 日，在伊奇凯利亚车臣共和国——在这个没有获得世界上任何一个国家承认的所谓冒牌国家机构——举行了总统选举。国家没有被承认，选举倒合法了，选举出的总统成了全权代表。国际观察员团参加了选举过程。所有的形式化的程序都受到了监督。

阿斯兰·马斯哈多夫当上了总统。他担任过俄军上校，整洁，迂腐，长着一对招风耳朵。阿斯兰·马斯哈多夫曾在焦哈尔·杜达耶夫手下担任过伊奇凯利亚车臣共和国武装力量总部参谋长。他指挥了格罗兹尼保卫战，后来从格罗兹尼带了武装出走，建立了共和国常规部队。阿斯兰·马斯哈多夫代表伊奇凯利亚，于1996年在哈萨维尔尤特签署了和平协议。那时，杜达耶夫死了。据说，他被空中预警机根据无线电波锁定位置，发射导弹炸死，定点清除，杜达耶夫曾是伊奇凯利亚的头号人物。

马斯哈多夫在总统大选中战胜了自己的主要对手、车臣独立草案的设计者、伊奇凯利亚革命的罗伯斯庇尔、野战指挥官和恐怖分子沙米尔·巴萨耶夫。在签署哈萨维尔尤特协议的前一年，沙米尔·巴萨耶夫策划了著名的布琼诺夫斯克突袭。在布琼诺夫斯克他和他的武装人员占领了一所医院并迫使俄国领导人接受恐怖分子提出的条件。这是第一次也是最后一次武装人员劫持人质成功的案例。后来，在莫斯科和别斯兰，俄国当局击毙了武装分子，人质也未能幸免于难，再未让步。

公正地说，沙米尔·巴萨耶夫不是在俄罗斯与车臣战争中使用这种手段的第一人。最先被授权使用的第一人是俄国特种部队的指挥官。在战斗行动进行期间，他的战士进入了夏多伊村，陷入了武装人员的包围。当时，俄军指挥官向对手喊话，称，如果车臣人再射击，他们就杀掉村子里的所有妇女和儿童。武装人员被迫做出让步。联邦部队撤出包围没有任何损失，指挥官成了闻名的英雄。

后来才发生了布琼诺夫斯克事件。比分是 1：1。

俄军想重复这次成功也没有做到。后来，平民的牺牲也阻止不了武装分子。

沙米尔·巴萨耶夫觉得自己是个不走运的人。他认为他的胜利被偷走了。他觉得，正是他的恐怖行动才让俄国服软。

但是，在哈萨维尔尤特签署协议的人，是阿斯兰·马斯哈多夫。

总统选举本来应该证明，谁是人民和历史瞩意的车臣战争的最高统帅。巴萨耶夫几乎已经认定，自己会成功当选。但他败选了。

车臣人选择了马斯哈多夫。其当选正是由于巴萨耶夫所认为的上校的缺点：他想和莫斯科媾和的意愿。很少有人想永远进行圣战，人们想生活在此时此地，而不想死去，不想寄希望在天堂复活，在美少女的环绕中。

历史选择了马斯哈多夫。上校相信自己的合法性，相信是他赢得了战争。上校受到过良好教育，懂得战争史以及这个世界上和这个国家里的革命。他记得，在任何的战乱冲突中，在与反叛分子的对峙中，在与各种揭竿而起的团体的抗争中，最终取得胜利的都永远是正规军。拉辛、普加乔夫起义证实了这个定理，他们的起义在居民中有广泛的支持，但仍被淹没在血海中。布尔什维克革命从另一方证实，正是它拒绝劳动者自由武装捍卫革命成果，而是创建了正规军队，才取得了胜利。这个定理被证明这么多次，已经变成了明显的道理。

正规军是一个无情的机构，是一个由呆板的纪律界限组成的牢固的队伍，其中每一个人的自由和个性变得无足轻重，这样的军队战无不胜。互不依赖而只依赖指挥官的起义军，无论什么样的才能、什么样的英雄主义都不足以打破正规军事部队的组织结构。在正规军的队伍里，士兵有可能是胆小鬼或是软弱的人，——主要的是，要他们服从命令，甚至他们执行命令也出于害怕或者软弱。

士兵不应该成为英雄。比起一般胜利，英雄会导致更大的问题。士兵应该忘记自己的重要性，忘记他是具有自身价值的人。所以，在正规军里所有人都剃须，穿一样的服装，有标准的武器，并熟知条令。为此，至今在装备最先进的和有高技术武器的军队中，如此多的关注度、精力和时间都用在队列训练上——学会踢腿和在练兵场上走队形——尽管这种技能在现代战争方式下完全无益。

以前，阿斯兰·马斯哈多夫在俄军军区指挥过整个自行火炮团，他的团是军事训练最好的。但在师部，马斯哈多夫团被视为"粗野团"，因为全体军官必须参加机械练兵法和经常性的队列操练，包括上校马斯哈多夫的许多部下都不太理解。

向左一转！向右一转！机械地无条件服从指挥。

不培养英雄主义。但可以养成无意识的动作。这就是一般胜利所需要的一切。

马其顿王亚历山大的战争征服了世界，因为他们总是站成一个方阵，而他们的敌人只是挤在人群里。从那时起什么也没有改变。

可以坦白地说，还魂尸。在与活人的冲突中，在那里能获胜的都永远是还魂尸。要把士兵打造成活死人。为此，就需要军事训练。世界上任何一个军队里，都在使用同样的应用心理学，在极权宗派组织中亦然。睡不足和吃不饱、经常性的紧张以及疲倦，会提高暗示性。把人变成受操纵的人。缺乏正常的性生活使人处于压抑的状态，它就成为一个时刻准备接受对自己居高临下控制的人。这种违反军人条令的用意目的只有一个：为了让一个人成为没有灵魂的杀人武器，就必须贬低、践踏他的人的尊严。

知道吗，他们这些公正和人道的捍卫者看起来十分可笑，但更可笑的是那些将军，他们总是认真地说什么改善服役地的条件，要更人性化。部队本身的实质就否定人性。给士兵创造完全合乎条件的睡眠和饮食，给他们闲暇时间，放松作息制度——你就会没有军队了。只剩了一群个性迥异的乌合之众，不停地在想：我为什么要打死一个和我无冤无仇的人呢？如果我就是应该开枪，为什么偏往那里开枪或者偏这样开枪呢？这个阵地是否值得我把守到死呢？

由这样的士兵组成的军队，能赢得战争吗？

不能。他们会被还魂尸战胜，这些还魂尸被简化为只有机械走步和扳枪机的功能：向左—转！向右—转！发现目标！命中！

在西班牙战争期间，共和国的保卫者懂得为什么战斗：自由，民主社会主义。他们有思想和理解力。他们是志愿者。他们英勇地战斗。

他们被佛朗哥分子打败了。佛朗哥的士兵没有高深的思想。佛朗哥的士兵没有自己的英雄主义。他们只不过是服从自己的军官。

任何一场革命和民族自由运动，其成功都维系于其领袖能相当快地把自己的个人原则置之脑后并组建有效的正规军队。比他的敌人更早地消灭自由，消灭印在他们旗帜上的自由口号。

于是，法兰西共和国变成了拿破仑·波拿巴的帝国，但他把整个欧洲都置于自己的脚下。他背叛了自己的初衷，凯旋列队向前，在没有遭遇铺满大雪的空旷俄国的时候，队形一直比较严整。

只有正规部队可以战胜正规部队。

巴萨耶夫匪帮永远也不能战胜俄国。它只能给俄国一个同意签降约的借口，做出要挽救和平公民的样子。马斯哈多夫领导的准正规部队才是真正的理由。

这还不是真正的军队，但毕竟它在步调一致和组织纪律方面比俄国布防在车臣、根本不受监督的部队要略胜一筹。1996 年 8 月初，马斯哈多夫领导的武装部队，实际上占领了格罗兹尼。像 1995 年一样，他们在城市的街头，重新为联邦俘虏竖起了断头台。第 204 摩托化步兵团的武装小分队被从沙利村调来帮忙，却几乎被完全消灭在来增援的路上。

只是在签署了哈萨维尔尤特协议之后，俄国驻车臣的剩余军队才得救，免于全军覆灭。这是上校的胜利。是他第一次、也是最后一次胜利。

在我们沙利，大家会冷嘲热讽地开玩笑，说在商店买主权的时候会低价赠送糖和奶油。主权越来越多，而食物——越来越少。食物越来越贵，钱越来越少。公职人员领不到退休金和工资，这些钱仍由俄国向这个反叛的共和国划拨。

阿斯兰·马斯哈多夫在当选总统后来到了沙利，向医生和教师们道歉。他请求说：再稍等等。他承诺，一切都会很快好起来的。不知道，大家是否相信了他，但治病和教书都继续进行。在这段时间里，人们是用什么样的方法忍受下来的——已经成为一个谜。尽管每一个人都能找到自己的解释。

有人和政权站在一起，而政权在哪儿——哪儿就有钱。有人获得了俄国亲戚的帮助。许多人经商。买卖一切能买卖的东西。武器，装备，俄国运来的汽车，自己提炼的汽油，——加油站不开门了，然而，靠近路旁有许多摆着玻璃罐的小摊，里面有内燃机所需的燃料，正由黄色变为透明的金色。

1999 年，马斯哈多夫在电视上发表讲话，他承认，从俄国获得的用以支付退休金和津贴的钱，都被他用在武装军队上了。为了捍卫自由。

他用我们那些老人的退休金和孩子们的津贴买武器了。再没有别的用来买武器了。

老弟，在车臣，在俄国，许多人都在谈论车臣任意支配的那数以亿万的美元。现在议论更多了。耸人听闻的调查结果定期在报刊上刊登，在电视上播放。现在把真相讲给我们了。

是除了真正的真相以外的所有真相。真正的真相我们永远也不会知道。

几百万，几十亿。是反动匪帮的钻石和金子，是武器输入，是石油，钱，钱，钱。听着，这是世界上所有国家给伊奇凯利亚的财政援助。如果这一切就是真相的话，我们本来是端着金盘子，坐在金色的马桶上拉屎的。

实际上，马斯哈多夫从来没有过足够的金钱。国家甚至连支撑必需的组织基础的最起码的财政预算都不存在。

也许，这些几百万，几十个亿，他们就随意支配了。只是扔在天空某处，与车臣的土地无关。也许，帮助的数额很大。只是在到车臣政府的手里之前就被中间环节上的人给败坏掉了。到政府手里的也只是小部分，类似只随风闻到钱的味道，而不是钱本身。

更多的是被俄罗斯人窃取了。俄罗斯人取消了财政划拨的款项，从叛军身上发财，收受贿赂。车臣人也会窃取，如果可能的话。但是，没法像俄罗斯人那样，窃取不了那么多：俄国的官员和商人，政治家和将军——都从血腥的车臣大蛋糕中分得了一杯羹。

《福布斯》杂志上关于亿万富豪的名单上从没有过车臣人的名字，两次战争之后，从没听说谁弄到了数以万计。杜达耶夫的寡妇没有百亿秘密的资金。马斯哈多夫的儿子没有藏匿的数百万。他们什么也没有。

我们过去和现在都是穷人。伊奇凯利亚是一个一贫如洗的国家，这就是真相，老兄。

我们机关的工作人员能领到薪水。发放不及时，又很少。但大多数人比我们过得更不好。我的薪水是300美元——那时已经是不错的一笔钱！我从自己的顶头上司，列契叔叔那里，领的是外币。在工资表上签字。

我感觉自己是供养人和挣钱养家的人——就像一个男人该做的那样。我的家里有足够的食物。列伊拉整天收拾家，洗衣服，照看孩子，做饭。我下了班，她就给我端饭，忙前忙后。她只在我饭后去休息的时候，才会坐下来。她把我和家都照顾得很好。

但我们之间什么也没有。我也对此习惯了。我觉得，我甚至不再想要她了。她还在奶自己的儿子。有时我会偶然瞥见。当你看见女人敞怀奶自己的孩子的时候，对她的性愿望会因羞耻而消退，让位于对她作为母亲的尊重。

我去父母那里了，想给他们钱，但父亲总不要。他认为我和列契一样都是巨盗。我可不这样认为。我们在工作，在维持法律的秩序！

我也一直在帮助父母。我总能弄到食品并交给妈妈。

是的，我们在维持法制。

但是，在法律和秩序都不复尚存的时候，何来法制呢？法制是个关键词。最初需要有法律，后来需要让所有人都遵守它——这就是法制了。我是一个相信法律并通晓法律的人。您知道吧，社会关系之上占首位的是法律，从来如此。如果让我来做，我会编撰伊奇凯利亚刑法、刑事诉讼法和行政法法典。这才是真正的工作！我一直想做这种工作。但没人请我做。在共和国里，使用的是苏丹刑事法典。我学的却是罗马法典，这是被禁止的。苏丹法典也不入我的法眼！不想看到它。我们又不是生活在苏丹！

在那个时候，保护公民权利和自由的最普遍的方式就是自我保护。每一个人都携带武器出入。

但我们仍然还是政权的一部分。我们是合法的，或当时以为是合法的。我们维护着地区的一般秩序。以政府和伊奇凯利亚总统的名义。

这些伊斯兰教法院是我们这里最关键的部门。

他们具有自己的平行机构。他们不需要我们强力部门的支持——他们依靠的是巴萨耶夫武装分子，依靠由瓦哈比派信徒组成的队伍，这支队伍由来自沙特阿拉伯的特使训导。这些年轻人原本应该但从来都不隶属于马斯哈多夫。

他们有自己的规范的依据。代替所有法典的是伊斯兰教法典。穆斯林的法律系统以古兰经引文、先知的传说和伊斯兰教学者对它们的解释为基础。主要内容形成于中世纪。越是古老就越权威。是阿拉伯游牧民族、沙漠部族、骑骆驼的骑手们为自己制定的准则。见鬼！我怎么也不认同，这些古代的东西能适应此时此地，在20世纪末期！

但是，这些宗教狂人，他们把自己的法律都接受下来并在生活中实践起来了。他们禁止喝酒。这一点把我和列契都惹恼了。我们喜欢办公室一天的工作结束时，坐下来喝上一瓶俄国伏特加酒。

他们甚至举行公开的体罚。在街上发现醉酒者就判阿拉伯式的惩罚——在广场上杖责。第一个挨打的是我的邻居哈斯—穆罕默德，他就住在巴斯河上游我们祖屋的旁边。

哈斯—穆罕默德早就六十多岁了。他的儿子们都死于第一次车臣战争。他的家族衰微，没有人庇护他。老人被拉到集市旁的广场，按在长板凳上不很重地打了几下。这可比疼痛令人羞耻多了。

但是感到羞耻的不是哈斯—穆罕默德。就那天晚上，他又喝多了，为了抗议，就着喝醉的那副样子在主要街道上走来走去。所有沙利村的人都感到羞耻，就在他们面前打一个老人，而他们却不能帮到他。

在体罚的时候，所有的男人都站在那里，胆怯地沉默。只有妇女们呼喊，叫骂，诅咒沙利法院。两个阿拉伯人领导行刑，他们既不懂车臣语，也不懂俄语。那些辱骂就像风一样穿过了他们的耳朵。

过了几年，在车臣人输掉了第二次车臣战争的时候，在俄国军队进驻沙利的时候，在那些折磨哈斯—穆罕默德的人要么在战斗中被打死、要么藏匿到深山老林地窖里、要么溜回家、要么移居国外的时候，哈斯—穆罕默德继续喝酒。我想，在自己曾经被禁止的酒精愉悦中，他又重新有了快感，他会彻底不记得那个事件了，那些历史的逻辑，什么形势的发展。顺便说一句，就像我们所有人——我们所有人都是从节欲走到纵欲，并不理解发生了什么。现在也没明白。苏联政权从哈斯—穆罕默德旁流转成为杜达耶夫分子，酒精中毒惩戒所与沙利法院没任何区别，在恢复宪法秩序方面没有任何改变。党的区委书记变成了旗帜鲜明的伊斯兰教徒和极端分离主义分子，然后，武装人员又变成了警察，反反复复。而哈斯—穆罕默德永远是自己。他一直喝酒。

联邦人宣布在沙利实行宵禁。晚上 8 点以后，禁止离家外出。在街上被发现的人会抓到宪兵队或者直接打死。在黑暗的街上向黑影开枪，以便自己不必冒险。这是一件坏事。惯常做法，车臣人家里没有厕所。不仅仅是因为农家排斥厕所和下水管道。还有习俗的力量：排泄粪便的地方，不应当设置在住人的房子里。这会亵渎住所。所以厕所一般都在花园或者菜园子的尽头，远离住房。即使菜园子能被看得清，俄军的巡逻队也怕那些在树枝间的人影，以破坏宵禁来打上一梭子子弹。许多人就这样被打死，只因为出门去大小便。

车臣人被迫破坏习俗，在家里拉屎便溺。拉过瓦罐和小桶，直接就在家里解决。可怕，太可怕了。

只有哈斯—穆罕默德，还和从前一样，什么也不怕。他夜里也出家门，甚至不为上厕所，不——他上街上去给自个儿找酒喝。他肯定知道那两个任何时间都弄得到酒的地点——无论是在苏联当局时期，在沙利政府时期，还是在占领宵禁时期。伏特加和麻醉品总有人在某个地方卖。

巡逻队抓住了他并把他塞进了汽车。他们对他吼叫，逼他承认打算完成恐怖行动并通知那些有枪和爆炸物的同伙。老人用自己的最后通牒来回答那些军人：

"要么立即给点酒来醒醒酒，要么就放了我，让我自己去弄100克来喝，要不你们干脆直接在这里就毙了我！"

军官转过身，面对哈斯—穆罕默德，命令他：

"来，呼吸！"

哈斯—穆罕默德满意地直接向军官的脸上呼了一口气，积郁多年的酒气混合着大蒜味使俄国人皱起眉。相信了这个酒鬼无害。

"孩子们，这不是瓦哈比教徒。瓦哈比教徒不喝酒。这是我们的人，正常的酒精爱好者。"

士兵们开始笑起来。

"老头儿，用给你点醒酒钱吗？"

"我拿自己的钱喝。" 哈斯—穆罕默德骄傲地拒绝了。

军官拍了拍老头的后背，下命令放了他．

"走吧，老伯，注意点，别再进来了。"

我不知道，哈斯—穆罕默德现在怎么样了。如果他没有因酒精中毒自然死亡，那一定还在继续喝呢。他既没有发觉梅德韦杰夫一伙取代了普京一伙，也对卡德罗夫和亚马达耶夫在对立中谁占了上风没兴趣。

他远远地，深深地，进入到另外一个世界了，任何事情都无法触及他。

后来，形势变得更糟。1997 年 9 月 4 日，在格罗兹尼的广场上公开枪毙了两个人，一个男人和一个女人。沙利法院因日常琐事而判了他们死刑。还在国家电视台播出了枪决场面。

"这是残忍的野蛮行为。"我坐在列契的办公室，气愤地说，"而且也不合法！在俄国，判处死刑是有缓刑期的。我们还没有彻底从俄罗斯联邦构成中分离出去。还是统一的法律空间，都应该一样。"

"说到统一的法律空间你可得谨慎点，"列契担心地环顾了一下，"注意，会把你归类到占领者的同谋的名单里去的。"

"算了吧。上帝不会出卖你，母猪不会吃了你，吉人自有天相。列契，你自己想想，在我们沙利还有什么法律？不，我同意，这也是一套规范系统，有自己的一套程序。但我们谁懂呢？怎样能合乎实际地使用伊斯兰法典呢？有什么样的证据体系？《古兰经》里的誓言？拉杜耶夫对着《古兰经》发誓说他在欧洲看到了杜达耶夫还活着。也是他跟所有人讲，在埃及，总理亲自接见了他。应该——对《古兰经》发誓。他对着什么都能发誓。哪怕面前出现了外星人，只要交给他太阳系上的权利就可以发誓。这样的见证人能找到多少！随便拿一件事！会说得自相矛盾，手里还托着《圣经》！无论是安拉、撒旦、阿胡拉·玛兹达 [1]，我们这里已经谁都不信了！任何人什么都不信，所有人都只是装模作样！却因配偶的不忠实会拿石头将妻子砸死。这是中世纪！证据：4 个笃信伊斯兰教的证人。难道他们，这些信徒举着蜡烛看到的？"

"你是对的，"列契叹息，"完全是胡说。因第一次盗窃就剁去左手，因第二次盗窃就剁去右手……这实在太离谱了！"

列契，像一个惯偷，看了看自己的双手。

我们反对对伊斯兰教规的教条解释。而且，至于我，我一直认为，车臣应该成为世俗的非宗教国家。但是，伊斯兰教法典被共和国作为正式法律体系采用了，我们无权抗议。我们工作的机关本身现在就被称为伊斯兰国家安全部。我们只能在自己的办公室里小声地骂娘。

"很快他们就会逼我们的女人穿带面纱的长袍了。"

"不，他们不会逼她们。他们可不像我们这么胆子小。"我回答。

"马斯哈多夫应该制止这种事！不然我们选他干吗？"

马斯哈多夫就沉默。马斯哈多夫想在车臣内部维持和平，不惜任何代价。

伊斯兰法典的维护者们放肆起来。所有层面的冲突都酝酿已久。我们的几个小伙子在街上和瓦哈比教徒的一队人马打了起来。

---

1 阿胡拉·玛兹达（Ahura Mazda），琐罗亚斯德教的最高神，善神的化身。

扇了几个耳光。上帝保佑，还不至于动用武器。我们因此受罚了！共和国的领导宣布给我们警告处分。

我的列契叔叔气坏了。在受到处分后，他很快来到我的办公室挥舞着一本快要翻烂的黄色的小册子，一副庄严的样子，命令：

"你总说：伊斯兰法典，伊斯兰法典！"

"我可没说啥，列契。"我想争辩。

但列契不听，还在说：

"你知道，车臣的伊斯兰法院是谁运作起来的吗？"

"嗯，谁……可能，是伊玛目沙米尔吧。"

"对，还敢说是图坦卡蒙法老呢！是布尔什维克！看，就在这里写着呢！这是俄共最初几次北高加索代表大会的材料。革命后，布尔什维克为了和少数民族的残余生活习俗、陈规陋习做斗争，采用了伊斯兰法典的诉讼程序。他们需要把高加索各民族归为一类，整齐划一。当然，当这个目的达到之后，伊斯兰法典就被社会主义法律所取代了。"

马斯哈多夫想要和平，但这是乌托邦，这是不可能的。他和巴萨耶夫从一开始就有不同的目的。马斯哈多夫想看到车臣成为一个独立的现代化国家。对巴萨耶夫来说，共和国只是屯兵场。在他的观念中，伊斯兰教的哈里发政体从未停止过和异教徒的连绵战争。

于是总统选完了。巴萨耶夫走出了自己的一步。反对派的野战军指挥官们入禀伊斯兰法院对马斯哈多夫提起诉讼，弹劾总统。内战可能开始。我们准备支持按法律程序选出来的总统。几天来，局势都非常紧张，空气中散发着血腥味。

但是，内战是马斯哈多夫的噩梦。他尽可能地避免它。似乎是总统和巴萨耶夫达成了协议，几乎所有的指控都撤销了。后来才清楚，没有达成任何协议。他只是做出了让步。

1999年2月3日，马斯哈多夫一纸命令解散了议会并实行伊斯兰式的政体。到底谁知道，这是怎么回事？

马斯哈多夫解释，主要的——是团结。内战正是我们的敌人所期望的。车臣人不善于团结在世俗政权的周围。他们服从的唯一的东西——就是信仰，是伊斯兰教。

他是这样想的。

这是他的一个失误。我这样认为。他使车臣丧失了一个机会。为建立一个独立的世俗的文明的国家而作的斗争，会得到所有国际社会的支持。但是，谁也不会忍受在欧洲的腹部有一块伊斯兰极端分子的飞地。我们是注定要失败的。

多年过去了，现如今，谁也不怪罪已故总统所做的事。只是怪他在需要表现出决断的时候无所作为。他当时需要有可依赖之人。我们本来是他的支柱。但是他想避免流血。只是他导致了更多的流血，非常快。于是内战开始了。第二次车臣战争是在屈指可数的几个月里，把争取独立的战争演变成了一场内战。

那时一切都在狂飙推进。

在沙利宣布主权之后，才有人回忆起来，也许，是杜撰出来了：还是在沙皇时期，那些伊斯兰教的教长们就说过，世纪末将会有战争，格罗兹尼城会完全损毁。而沙利会得到保全，战争不会触及沙利。

如果真有过这样的预言，那么，先知弄错了。1995 年沙利的市场发生了爆炸。一切由此开始了。第二次车臣战争为沙利准备了更多的炸弹、炮弹、地雷。

列契打电话把我叫到他的办公室。我走进来问好之后就站立在桌旁。

"你坐下，我有话和你说。"

我坐到木椅上，把带着枪套"斯捷奇金"搁到膝其上。

"你在意识形态方面的知识怎么样？"

我探询地扬了扬眉毛。

"不怎么样。在大学马克思列宁主义哲学只得三分，勉强及格。你为什么要问这个？"

叔叔没有回答我的问题。他摇了摇头。

"现在我们上的另外的大学。马克思列宁主义不合时宜了。我们现在有了国家意识形态——伊斯兰教，先知穆罕默德的学说，祝他安息。"

我一切都明白了。

"列契，我并不是完全的无神论者。我多半是相信有至高无上的神的这类事。但是不属于任何教会。我认为……"

列契打断了我的话。

"你受割礼了？"

我否定地左右晃头。

"斋月里持斋呢？哪怕做做样子？"

我叹了口气。

"当然，礼拜也不做？都明白了。"

"但是……"

"你应该接受伊斯兰教。没有什么'但是'。否则我这里会出问题的。这些撒旦会向上面报告，说在我这里工作着一个无神论者。大家都会遭殃。"

我们把那些留着大胡子的伊斯兰法典的捍卫者称作撒旦。撒旦们把不信教的人称作无神论者。

我明白这件事的现实性了，叔叔并不打算进行神学辩论。

"我们悄悄把一切做完。我打电话叫两个人——毛拉和外科医师。把你那地方割短并教你念祈祷词。要是撒旦们提出要求，你就解开裤子前开口，给他们看自己的穆斯林成套设备。让这些巴萨耶夫的狗崽子们断奶。"

"列契，那什么时候呢？"

"就现在吧。我的司机带你去。我暂时还有事商量。在盖尔曼丘卡。我不相信我们那些沙利的走狗们。"

"我……我想还是精神上先有所准备。"

"你就在车里做精神准备吧。你可以解开你裤子，最后欣赏一次没受割礼的家伙。记住它的样子。"

叔叔哈哈大笑。

我毫无选择。

在车里，我的脑中不断琢磨反对列契这个解决之道的理由，这我没敢对叔叔说出声。

我不必非得正式地接受伊斯兰教，因为根据先知的逊奈[1]和哈底斯[2]，父母一方出生时是伊斯兰教徒，那么，他的孩子就应该被视为伊斯兰教徒！我父亲出生时即是伊斯兰教徒，我们整个家族就属于了筛海·纳克什班迪教团！

甚至，如果因为我过了这么多年的不信教的生活而必须接受伊斯兰教，那就更不一定要进行割礼了！对一个穆斯林教徒来说，割礼应该是自愿的，但不是一定要的！而且，我已经是成年人了，这种割礼处治对我是病态和有害的！……

从沙利的中心去往格罗兹尼方向的一个村子，盖尔曼丘卡，路程不过20分钟，但当我们到达的时候，有人已经在等我了。

医生领我进了一栋很大的砖房，那里改建成了手术室，他让我坐到一个形状奇怪的椅子里。可能，是妇科专用的。

"不是弄反了吧？难道我不是应该先念真言并只在这之后才——受割礼吗？"

"你已经是我们这里的学者、饱学之士啦！没关系，程序不重要，而且你出生就已经是穆斯林了。这一切只是个形式。"

当他准备器械的时候，我像个中了魔法的人一样，看着他的双手。我害怕了，我甚至开始感到恶心。医生察觉了这一点，就开始冷嘲热讽地说：

"怎么啦，勇士？你准备怎样战斗？打仗开始的时候，可能

1　逊奈，伊斯兰教的圣训，由许多哈底斯组成。7世纪末至9世纪形成。
2　哈底斯，又译圣训。有关穆罕默德言行的记事。

就不只从肢体上去掉一小块皮，有可能连肩上的脑袋都炸掉！"

我那时就明白了，不相信真的会有以后的战争。我们经常把它说成是一件决定性的事情，互相鼓励一下，但我觉得，这也不过如此。人们不会愿意去打仗，已经尝试过一次了，谁愿意第二次走进同样的战壕？！一切会归于和平。如果他们，在那里，在上层，重新达成协议的智慧应该有。他们也不都是白痴……

医生拿着手术刀，微笑着走近我．

"怎么样？要不给你打一支麻醉剂？"

"不用。"

"这就对了。男人应该忍住疼痛。和手里拿了荨麻被灼伤一样，不信打赌？不会太疼的。"

医生一脸认真，继续说：

"你就想你的皮屑正献给至高无上的神。"

"为什么至高无上的神非要我的这一小块阴茎呢？"

医生不以为然地看了我一眼，什么也没回答。他诵读祈祷词，用医用镊子钳住最边缘的皮并灵巧地用手术刀沿圈割下。

我看见了自己的血，立刻昏了过去。

当我清醒过来的时候，伤口早已消毒洗净并包扎好了。屋里已经坐着一个毛拉。

"跟我读。"

于是他开始诵读清真言。

"我作证，万物非主，唯有真主。我作证穆罕默德，是主使者。"

我重复着这些不寻常的阿伯语音节。突然发现，房间里洒满了白色的全透明的光。物体都不再投射影子。

医生还对我说了什么，但他的话都从我的知觉以外穿过。我的脑中有音乐回响，但我不能记下它的旋律。以前我从未听到过这种相似的音韵。

"我作证，万物非主，唯有真主。我作证穆罕默德，是主使者。"

"我知道，我以全心并用言辞作证，除了唯一的创始者安拉，没有别的神，我知道，我以全心并用言辞作证，穆哈默德——是安拉最后一位使者。"

爸爸总说，我能特别快地全神贯注。而妈妈总是重复俄罗斯谚语：让傻瓜向上帝祈祷，他连额头都会呆掉。

对我来说真正猝不及防是，我那么认真对待偶然的和被迫的自己的皈依。现在，我整晚整晚地阅读《古兰经释义》，试图探询这个宗教的实质。我开始完成一天五次的诵读。我的这段时期狂热的关注持续的时间不太久，但毕竟……

有一次，在上班时，叔叔来到我办公室交代某件紧急的工作，正赶上我跪在小地毯上祈祷，把脸对着麦加的方向。他挠了挠后脑勺，没说话就走了。

我还可以给你们讲很多。讲关于目前人类最后的、终极的宗教，伊斯兰教。讲自己的心醉神迷和恍然大悟。但，也许，不会了。有些东西不值得讲给未受礼的人。不，事情不在于顶礼膜拜。只不过那个没有特定心灵经验的人反正也不会明白。甚至可能带来屈辱，自在或者不自在。我不想把你们推进地狱。每个人有自己的道路。

每个人都以自己的路径进到地狱中。

我只讲我的皈依帮助我忍受了以后发生的一切。

列伊拉。有一次，她遇到了不愉快的事。她那时从市场回来，一个发疯似的婆娘，是狂热的道德捍卫者，扯下了她的头巾。车臣妇女的白色三角头巾能包住头发，是品行端正和贞洁的象征。曾经这些头巾会庄重地授予信教的和忠实的妇女。在一首民谣中，诗人抱怨，已经到了每一个淫荡的女人都能在市场给自己买头巾的时代了。

好像是为了什么争吵过，这个疯女人就扯下了列伊拉的头巾。

如果这要是个男人，我立刻就毙了他。但我不能和女人讲理。列伊拉坐在家里小声啜泣。

欺负人的妇女的亲戚过来正式道歉，事情好像平息了。但对列伊拉不是。她有一副牛脾气。列伊拉很倔强很固执。她开始不戴头巾出门，披着自己散发香味的黑色长发。

她骄傲地抬头走路，挑衅般地。

长者们迫使那个大婶亲自到我们家并恭敬地给列伊拉拿来头巾。列伊拉抓起头巾揉成一团，扔到她的脸上。

她还说，这个婆娘能把自己的头巾藏到哪里去。

也许，列伊拉不值得这么做。如果她继续戴头巾就会更安全。可能，灾难就会绕过她了。

但是那就不是列伊拉了。列伊拉不可能不这样做。

于是，出事了。

她到市场买食品，把孩子放在亲戚家。她就沿着人行道走。

边上有一辆慢慢减速、带染色的玻璃窗的"〇九"型拉达牌轿车。从车里跳出两个小伙子就把她推进了车里，她在光天化日下，在川流不息的街上被抢走了。许多人都看见了，但谁也没来得及做任何反应。"〇九"型拉达牌轿车驶离原地就不见了。

我当时在上班，当一个半大孩子上气不接下气，着急得直抖，直接闯进了我的办公室，讲了事情发生的过程。我不能相信这是真的，我说不出话，也不会动了。列契动员了所有能召集的人。我们立即开始搜捕，往所有方向。但是我们不知道，往哪儿去，搜捕谁。带染色的玻璃窗的"〇九"拉达牌轿车太多了。号牌用污泥遮挡了，目击者没有能够看清楚。就是能够看清楚，机动车管理的数据库也不存在——人们开的都是无牌车，甚至无照驾驶。四分之一的汽车都是从俄罗斯走私来的。

两个星期过去了。毫无结果的搜寻仍在继续。

第十五天，一群沮丧的男人把列伊拉从梅斯卡尔—尤尔塔带回来了。她遍体鳞伤，但还活着。

列伊拉被送进地区医院。她不想回家。她不让我去看她。她不能看见我，她想见的只有自己的孩子。

儿子在这段时间里一直在她的亲戚家。在列伊拉好点的时候，他们带来了小孩子。我只能躲在门外看她。

我不能自己来办这个案子。列契叔叔询问了列伊拉。他去医院看她并谈了几句，试图找到哪怕是丁点儿线索。看来非常困难。

列伊拉记不起任何长相，任何名字，任何地点。她的眼睛当时被蒙上了。大部分时间她都被看管在一间地下室，一个男人或是一帮男人进来强奸。有时候也会换地方。就是在换地方的时候，劫掠她的人放松了警惕。列伊拉从正在行驶的汽车里跳了出来呼救，罪犯害怕才开车跑了。

列伊拉所能记住的所有的——就是地下室有六级台阶，底层左侧都是用整砖砌的。列伊拉绊了一下并跌倒了。

搜索动用了我们整个部族。就在几天之内几乎把整个车臣所有的地下室翻了一遍。找到了。一栋半塌的房子有这样台阶的地下室，在阿弗杜里镇。房子旁停着一辆白色的"〇九"型拉达汽车。杂种们被锁定了。

"我们去抓他们，你别去。"列契说。

"不，我要去。"

"你可要保持镇静。"

我们晚上到了以后包围了房子。在半塌的房子的偏厦里有灯光。我们冲进去的时候，3个年轻的男人正在抽大麻。我们有近20个人，我们没费任何力气就抓住了他们。他们很害怕，甚至没反抗。

"结果了他们？"我们沙利国家安全部的年轻战士问我。

"不。无罪推定。我们要进行侦讯。"

就在那天晚上，在医院进行了辨认。列伊拉的眼睛被蒙上，让3个强奸犯说话。然后又领来罪犯并让列伊拉不认识的我们的3个小伙子也在其中说话。

"是谁？"问列伊拉。

"是最开始说话的那3个。"她很有把握地回答。

罪犯还没被询问多长的时间呢，他们就认罪了。太倒霉了——

想找一个姑娘解闷，甚至还碰上了一个不戴头巾的！他们要求给定为抢劫案。恳求放了他们。小伙子们气得猛用脚踹他们的阴囊。

罪犯被监禁在我们看守所的牢房，一个半地下室里。转天早上，撒旦们派的人来了并要求把嫌犯交给他们，用伊斯兰法典来审判。

"不行，"列契坚决地说，"这是我们管的案子。我们会按不成文法，按山区的法律和我们祖先的规矩来惩罚他们。"

死刑定在星期天。罪犯被带到垃圾场，手被反绑着推上垃圾堆。周围聚集了几千名居民。列伊拉的亲戚走到死刑犯前，当众扒下了他们的裤子以及内裤。他们就站在散发着臭味的垃圾上，他们的光腿不住地颤抖，两个岁数小的还极力想把已经被打坏的发青阴囊缩回去。

列伊拉被带到前面并给了她一只上满子弹的新型卡拉什尼科夫冲锋枪。

"开枪吧。"

列伊拉打开保险盖，连手都不抖，就按下了枪的扳机。一长串的子弹射向强奸犯的肚子，他们倒在一堆垃圾上，嚎叫，抽搐。我们等了几分钟，观察最后的垂死挣扎。然后列契用自己的手枪对准每个罪犯头部开枪射击。

"禁止这些尸体下葬。要他们在垃圾场腐烂三天。然后，亲属才能收尸，埋在树林里。"

无论是我，还是列契都忘了，就在不久前我们还在为格罗兹尼的公开行刑感到愤怒。这，完全是另外一回事了。

我走到列伊拉跟前。她还紧紧地握着枪。她的手没血色。

"回家吧，"我说，"一切都结束了。"

她把枪递给一个低着头走过来的战士，顺从地跟我走了。但是，她没有接走孩子。她说，这事明天再说。

我又累又难受。自从列伊拉被劫走之后，我几乎没睡过觉。那天夜里，我倒下就睡死过去了。

我被枪声惊醒，一下子冲进了厨房。

餐桌旁躺着列伊拉，她手里是我的枪，"斯捷奇金"枪筒就含在她嘴里，头部被打穿，血从嘴里冒了出来。

你好，金卡。想象一下，正好是今天我找到了你的信。我在父亲的老房子里烧那些从我童年期就有的老杂志和旧报纸，找到了这个信封。也许，是我当时把它夹进了一本杂志中。《同龄人》。或者《技术与青年》。

回信地址——土库曼共和国别兹梅因。甚至还有街道和门牌号。我想了一下，要是往那里写信，会发生什么呢？

有时候，我身上发生的事可能更糟糕。我想：我要是给去年在伦敦肿瘤医院死去的伊利亚打个电话，会发生什么呢？要是那头有人拿起电话呢？我觉得，每年一次能听到那头的声音，拨对电话号码就行。我有正确的号码。我只是不知道，哪天可以打过去。

你写道，你还没有应征入伍，你需要先从中专毕业。会要你的，会让你去的，金卡。还讲了你在碟片上看的一些电影。在信的结尾你这样写道："都让我结婚，但我及时着凉感冒了。"

非常感人。完全是你的性情。我笑了。

这不，炮声又轰鸣起来了。每个昼夜，白天还是晚上，他们都要来上几声齐射。在维德诺方向的某地。每次炮声轰鸣大地都震颤。榴弹炮还是什么呢？他们往那里打呢？为什么打呢？

听着，金卡，问问他们，他们打谁？你肯定在和他们一起服役。对你来说很容易——在阵地上跑一趟，两分钟打个转身。就像你找我一样。尽管我锁上了所有的门。铁门上还上了很沉的门闩。

现在对你来说，一切都很容易。

他们到底为什么开炮？打什么目标？打谁的什么目标？

要知道，一切都已经结束了。什么也没剩下。我知道，我是最后一个放弃的。

而他们还在开炮。

可能，只不过是不想让大炮生锈而已？

我的想法，它们就是都生锈了，也没什么大不了的。甚至，最好是它们都生锈。

要是他们都锈死那最好！大炮、火箭炮、坦克、装甲运输车，最好都生锈，一件也别剩下！让世界上所有的卡拉什尼科夫枪永远地锈死卡住吧。啊，伟大的铁锈我对你心悦诚服！铁锈神！

铁锈神。

那时所有的武器就会被扔到垃圾堆。一片金属废料山。我们可以在这垃圾堆上玩。

记得吗，我们喜欢金属垃圾堆——从地下通讯点扔出了许多不用的仪表和灯具的精巧的板材。我们用这些东西自制了宇宙飞船。我们去征服宇宙空间啦。

如果把坦克和飞机都扔到我们喜欢的垃圾场，我们就能把他们利用起来，这个你知道的！我们那时多想飞到外太空。现在你已经去了。那里，星际空间怎么样？这很有趣，如果我给你往别兹麦英写信，它们会被转寄到离你最近的彗星吧？

金卡，我的飞船暂时不能起飞。但它会飞的，一定。早晚我们都会一起飞往宇宙。

古巴，古巴！自由的古巴。这是什么？鸡尾酒。它的配方和摩尔多瓦鸡尾酒的配方几乎没区别。或者是我又把一切弄混了？我们这里的电视总讲古巴。报道拳击运动员们为了友谊赛飞抵的自由之岛。在音乐频道每天数次播送《神枪手之夜》的短片——古巴。

"我的靴子里至今还有古巴的沙子……"

立即音乐响起：一个极其美丽的古巴歌手，用西班牙语，歌唱指挥官切·格瓦拉。在短片里，背景是农村和甘蔗种植园，一队拉丁风情的长腿姑娘在表演，穿着白色的裙子，手上牵着孩子，肩上挎着卡拉什尼科夫冲锋枪。

这很好看。很浪漫。但这跟我们有什么关系？

一种持久的联想被创造出来——车臣就是古巴。车臣就是自由之岛。

不对。车臣，这不是古巴。切·格瓦拉——不是陆军准将。

年轻人、无知的人的意识很容易被弄模糊。在地方频道的电视网上满是各种词儿："殉难"，"塔利班"。

他们觉得这很可笑。

就是说，一切又混淆了。

我建议军事理论研究单位增设新的课程：电视现实条件下的军事行动。

那些所发生的事——不仅永远不会给出解释，而且永远不会有充分的忠实的记录。您可以去研究一下文献资料。您可以找到想要的一切，除了合情合理的和有内在联系的一系列事实之外。原因和后果的法则不起作用，历史主义原则被抛开。音乐小片，音乐小片，只有音乐小片。

官方的事件报道：一个谎言堆砌到另一个谎言上，不仅不顾其真实性，而且根本不管其二手资料与一手资料是否相符。每一次新闻的播出都是开天辟地的神话故事。同样的事件，昨天播出这样，今天就完全另一个样子播出了。这很正常。昨天已经死了，它的真相也随之而死。每一天有自己的真相就足够了。

独立新闻记者所写的那些标榜历史主义的书，在经过检验之后会发现都是根据报道编撰出来的。亲身经历的印象，极其可怕的历史，道德和政治阐释——但是，编是编不出来的，全部场景是编不出来的。何止小片。

看俄国士兵的艺术创作吧：在反恐战争中，他们以巨大的或者是不大的技巧从不正常的日常生活中书写历史。乘水陆两用装甲运输车去市场买伏特加，撞上地雷炸毁了。最流行的题材。

可能，只有将军们的回忆录与有条理的连贯性的阐释相似。但难免有成见。

过和平日子的车臣作家、作家协会会员和研究员们都绕着弯开始写——"当恐龙还很小的时候……"效果很好，很有历史感。

直到 20 世纪末都有历史感。然后在最后两章写狭义的战争，叙事流于碎片化。

为信仰而战的勇士们的总结完全是特别的东西。那些东西看起来完全是具有神秘主义色彩的恐怖电影：天使们以神奇的方式消灭整师建制的（伊斯兰人眼中）不信教的人。参加圣战的军人在任何一场遭遇战中都没有损失。他们在这样的保护之下怎么还输掉了战争呢？弄不明白。

但最令人惊奇的是——那些目击者的叙述。

经常会有这种情况，即目击者中没人亲眼看见什么。他们认真地转述电视直播节目播放的纪录片。如果看见了，在每个人的有限世界里，对事件的评价就完全不可预测，也不会完全相符。

一个人被落下来的炸弹炸毁了房子。他认为，只有他是这么不幸的人。他不知道，在同一小时里几百人都无家可归了。或者正好相反：炸弹偶然落在了菜园子里。而人总是轻信，整个共和国都遭密集炮击，被炸得满目疮痍。没有幸存者。只有他自己。

当回家打开灯的时候，人们最先扑向电视机，以便获知：实际上究竟发生了什么？！在电视场景缺乏的情况下，现实被掩埋，收缩，就犹如光亮坠入黑洞。

人们总是不记得当时所发生的事。如果没有电——没有电视机的时候——他们不记得今天是几号，星期几，甚至几月份。但弄混的不仅是日期，而是混淆了事件的逻辑序列。

从前我觉得，只有我才是这么不理智的。

我长期试图把事实联系起来，粘贴事件的片断，整理出一致的、毫不矛盾的事件链条。我明白了，这是不可能的。这次战争的历史无法被书写。因为，这次战争没有历史。

甚至，如果炸弹落在邻近的街上，我看着它落下——在我的记忆里，它也是会和第二天电视里转播的场景一样。

这是非常可怕的，我们还没有明白，它是多么的可怕。

为什么非常可怕？

虚拟的战斗，数字化作战，电视实况播出的战争。一切只有画面，短片。

但是，流血——真正的现实。

死亡——不是闹着玩儿。

我们很久以前有过想法，就是让执政者和将军们亲自互相厮杀。乔治·布什总统不喜欢独裁者萨达姆·侯赛因——那就让他们单挑并像男人对男人一样处理！而让俄国大腹便便的将军们和大胡子的车臣野战指挥官们干上一架才对。

但我还会更人道。我说：你们不必真的互相打死，或者把对方弄残。你们可以在虚拟世界里，决出谁会失败。

有这种计算机游戏——反恐精英（CS）。

你们的孩子知道这种游戏，他们会下达指令。

戴上耳机，坐进显示器（潜水重炮）前开动！开炮！

那样，就没有一种生物会遭殃。

怎么样？见鬼，现在就来？你们就在自己的领导人的办公桌大玩反恐精英（CS），代替地球上的真正流血的活人，倒下的是3D模特。

为什么？

难道仅仅为了你们在这个游戏里有"充分的真实感"？……

那个看起来明显是在和俄罗斯进行战争的国家，只在电视里存在过。在自己的地方性频道里存在过。再没有在其他地方存在过。

车臣伊奇凯利亚共和国——脱口秀节目这样称呼它。美联社秀台上的悲剧。巴萨耶夫和拉杜耶夫都是作为天才的演员死去的。

在另一个时期，他们成了电视风云人物。1998年萨尔曼·拉杜耶夫决定在伊奇凯利亚共和国进行电视变革。他掌握了电视中心。播出时间对他来说远不够！他觉得，能对他采访的节目进行实况直播的联邦频道和外国的频道太少。他，也许，想生活在"荧屏"里。有关萨尔曼·拉杜耶夫的真人秀整夜地播出。他成了带枪的柏丽丝·希尔顿[1]。伊斯兰法院因他企图政变判处他4年监禁。但后来案件不知怎么停办了。要么是尊重他那英雄的事业，要么是因为害怕面对焦哈尔·杜达耶夫军队的武装人员，拉杜耶夫是这支军队的将军。

我们思考了很久，生活就是电视秀。我们没有立即明白这一切的严重性。这会真正杀死我们。

我说过，不存在什么伊奇凯利亚。我未必夸大其词。我们从来也没有脱离过俄罗斯联邦。脱离它也没处可去。也不可能脱离俄国。这就犹如让潜水艇自主航行。或者从飞行的飞机上跳下来。

国家，这不仅仅有电视。它还有有效的管理机关、税收、交

1　希尔顿连锁酒店创始人康拉德·希尔顿的曾孙女。派对人物，以出风头、作秀闻名媒体。

通基础设施、教育、卫生、国籍和其他别的。伊奇凯利亚没有建立起任何独立的和全权的机构。与此同时，它继续行使着俄国制度设置的职能。办护照的机构办出的证件还盖俄国签章，注明俄国国籍。只有为数不多的人获得了封皮上有一只狼的绿色伊奇凯利亚护照，并且只能与作为俄国护照的补充证件使用。兵役委员会对应征的人进行登记也按俄军的方法，就差让他们去俄国服役了。医生和教师继续拿——如果像原来那样的话——俄联邦财政预算的拨付的工资。

只是在1999年，真正的政变之后，俄联邦机关才开始完全撤除。但伊奇凯利亚的机关想要取代它们是不可能的。也办不到。

叶利钦总统和马斯哈多夫总统签署了文件，看上去与国家间协议类似。但这所有一切只是一场作秀，给白痴演的秀。谁也不相信这些文件。只有马斯哈多夫企图做出一副它们有意义的样子来。

在我写作的1996年间，在哈萨维尤尔特已经签署了协议，以至于1999年，当战事重新开始的时候，战争好像并不存在。这是官方的信息。

但是，战争从来也没停止过。1998年，当马斯哈多夫飞往莫斯科谈判的时候，俄军飞机飞临车臣并投下了炸弹。炸弹投向了沙利。俄国不承认这是它的飞机。这是一些没有识别标志的飞机。但是，什么飞机能够轰炸车臣呢？格鲁吉亚空军？美国人？也许，是来自哥斯达黎加？也许，巴布亚新几内亚航空部队对轰炸有兴趣？或者是外星人坐在俄国生产的飞机上？

伪善和谎言，假仁假义的和平，口是心非的战争。

炮火轰击？炮火轰击也在继续。从俄国领土上。谁能从俄国领土上对车臣炮击？

应该想到，也有挑拨离间者。格鲁吉亚人带着几个远程炮兵营在俄国的领土上，放了几炮就消失得无影无踪。

要是炸弹不是真的，那就只是个笑话。

和平谈判，和平轰炸，和平炮击。

那一夜，我甚至没有因炮击的爆炸声而醒来。这不是什么不寻常的事件，不值得每次听到爆炸声都从床上跳起来。但是，早上，去上班时，我看见我们办事处大楼大部分被损毁了。两名值班的工作人员牺牲了，一名门卫和一名清扫工。非常具体地奔着沙利国家安全部去的。

这样，我们就搬到以前的区少年宫办公。少年宫已经是空的。建筑物上大部分窗户上的玻璃都碎了。少年宫里只有一位女人——过去少年宫的主任。她的房子在第一次车臣战争中被炸掉了，她就在办公室里安顿下来了。我们没有让她搬走。地方够大家用的。

我还记得，我在二楼来回走给自己选办公室的情景。察看破败的门，走进没有门的接待室、舞蹈室、美术组。我选了模型室。来这里的应该是那些收集飞机模型的孩子们。也可能，是坦克模型。现在，这些孩子都长大成人了。于是，真正的飞机轰炸他们，真正的坦克用履带轧他们。好像玩具从"设计师"的组合中复活了，长成相应的尺寸并开始了对孩子们的战争。

在这个梦里，我们都曾是孩子。我们都在埃菲基耶夫家里，在我一个年级同学的家里。

我们都 12 岁上下，或者 14 岁——不超过这个年龄。

我们在守卫环形防御带。

这可不是游戏——武器是真的。我们有真正的卡拉什尼科夫冲锋枪、手雷、圆盘机关枪，还有别的。整个一个武器库。所有的都是真的，所有装备的都能射出战斗弹药。哪里还是游戏！

我们守卫防线抵御动物的侵袭。

说真话，这些动物都是玩具类的。它们有绒毛的，有布艺的，有塑料的，有的充塞了棉花和聚氨酯纤维或者里面完全是空的。

但是，这丝毫也无法减轻其可怕。

这些发疯的玩具都是非常凶恶的。

梦最后结束于我们友好地骂我的一个同学，我们就是在他家里坐着。可能，我们打退了例行的进攻并利用时间来喘息的时候。在骂我的同学。

我们骂他是因为，在我们所有人都艰难地猛攻一大帮人造的野兽时，他却向唯一的一个小熊射出一枪又一枪。射击唯一的一个小熊。这小熊已经满是窟窿，黄色的长毛绒已经露出里面的聚氨酯纤维。它已经呆掉了，在房间的角落里，用自己的玻璃眼珠无畏地盯着我们。而他，我的同学，一直还在射呀，射呀。所有的时间一直在打一只小熊。

我们就是为这个才骂他的。

他就站在那里，失魂落魄，仿佛不明白，发生了什么，惊奇地望着我们，看着我们手里的枪和旁边一堆空奶瓶。

这是恐惧。恐惧重来。

夜里起床，我害怕无意间看到浴室或者过道里的镜子。

这回，我害怕看到镜子里的被子弹射穿的黄色聚氨酯纤维熊。

在我们进行的战争中，每个人都有私人利益。自己的生意。小生意——在叛军士兵那里，在双方掠夺兵（战乱中趁火打劫、掠取死伤者财物的）那里，在抢劫犯和敲诈勒索犯那里。大生意——在政治家和将军们那里。

在车臣人中间，有过并且现在还有完全为数不多的宗教狂人为纯粹的思想而死。在俄罗斯方面少有纯粹的思想战士。我甚至怀疑他们可能的存在。

我给你们讲车臣战争时期的一个著名的商人的故事吧。这是有关人们抢劫的事。您，公民侦查员，一定会对此感兴趣。尽管我的口供总是没什么用。所有我能叫出名字的跑龙套的角色，都够不上地方法院的审判。无论是俄罗斯军事法庭还是海牙国际法庭，都不会起诉他们。他们隐匿起来，等待至高无上的神的那最后的可怕裁决。

俄军按和平协议规定的条件撤出了车臣。似乎，是撤出了。但是，一会儿这里，一会儿那里，时不时地出现穿着俄军军服的武装人员。或是穿着没有识别标志的迷彩装。他们说俄语，或者是讲车臣话。或者干脆不说话。

他们打人。抢东西或要赎金。或者抢东西打人。

这都是谁？

这可能是任何人。

我想，这经常是车臣人。武装的匪帮进行自己的战争：这些人被叫作"印第安人"（南方民族的人）。东方来的雇佣兵、密使们和本地信瓦哈比教派的人。野战指挥官的小分队。都不过是些刑事罪犯和趁火打劫的掠夺兵。

有时候，确实是俄国军队的后方破坏小组，它们执行特殊的搜寻任务或者肃清关键人物或者干脆就是为自己和自己的老板捞钱。

所有人的工作方法是一样的。造成的后果也是一样的。

据说，正是我们，沙利国家安全部的工作人员，应该制止这类犯罪。但是，我们无力做到。经常是这样。尽管我们有过制止恶性事件甚至扭转局势的尝试。

1998 年，阿斯兰别克·阿尔萨耶夫被任命为我们的部长。他在第一次车臣战争中失去了一只眼睛，一只手也受了伤。他是马斯哈多夫的英雄和朋友。

除此而外，阿斯兰别克还是一位职业律师和法制与文明秩序的拥护者，主张不能让无法无天隐藏在"沙利法律"的旗帜下。阿尔萨耶夫取代了只信伊斯兰法典的部长的位置。这是马斯哈多夫机构的胜利。

对我和列契来说，这是一个令人高兴的好消息。叔叔眼睛发亮，在办公室接待我。

"塔尔梅兰，来坐下！为我们的新首长来干一杯！"

列契从桌上的一个箱子里拿出一瓶原封未动的伏特加。

"列契！你叫我信伊斯兰教的！现在你坐蜡了？"

"塔尔梅兰，不要成为宗教狂！别找借口！……"

我们倒满杯子，碰杯，一饮而尽，没有下酒菜。

"现在，也许，事情会走上正轨了！我们就干我们该干的事啦！我们要在共和国整顿秩序，打压所有的匪帮和大胡子帮。"

"那撒旦们呢，列契？"

"撒旦们在服丧。他们被惹怒了，但也毫无办法。他们的法律试验就这样完蛋了。不然还打算在车臣——剁手呢！他们还想把自己的骆驼牵来呢！"

"还有驴！"

"太对啦！这帮赶骆驼的和骑驴的！"

"这群狗崽子！"

我们干了第二杯。然后又喝了第三杯。我的伊曼[1]都飞到九霄云外了。第二天我一次乃玛兹[2]也没做完，头就疼了。但不难过。我们的局势确实在好转。

在车臣，最破坏人权的严重问题就是劫持人质。它们树立了车臣在境外的极端不良的形象，制造了莫斯科入侵车臣的常用的口实。

阿尔萨耶夫甫一入职就宣布，这种状况行将结束。好像，我们走上了正路。

在俄罗斯，现在有许多人也认为，劫持人质并要求为其付赎金——这是车臣人热衷的民族性活动。说在每户人家都有一个地牢，

---

1 阿拉伯语音译，意为信仰。
2 伊斯兰教中每天 5 次的礼拜。

关押着俄罗斯人质和奴隶。就像车臣还没从"高加索的俘虏"的时代走出来。

实际上，抓人质、抢劫和买卖人口在战争期间双方都难辞其咎——车臣的武装人员干过，联邦部队也干过。联邦部队机会更多，抢劫的规模更大。俄罗斯军人看管的地牢，车臣人也逃脱不了。

但是，那时，在共和国内部，对付团伙绑架犯罪活动成了我们的任务，不管是谁从事团伙绑架，也不管幕后保护伞是谁，一律坚决打击。

很快我们的运气来了。我们赶上了好时机。

已经晚上了，我们准备下班回家了，一个衣衫零乱的小伙子跑进了少年宫，我们的办公地，闯进了列契的办公室大喊：

"弟弟！弟弟被抓了！"

列契从椅子上跳起来。

"别急，谁抓人？谁的弟弟被抓了？"

"我弟弟。尤素福。穿着制服的人，带着武器。包围了房子，弟弟刚吃了晚饭，绑起来就被带走了。我去串门，及时躲起来了。我一直都看见了！请帮忙，救救我弟弟！"

"把他带哪去了？"

"沿着去阿福图尔的路走了，就那个方向！"

列契发布战斗警报并下令全体集合。我们立即坐上两辆乌阿斯去追缉。匪帮走得不是很快，我们在路上追上了他们。被劫持的人质的哥哥坐在第一辆车的前排座位上，认出了绑架者。

"就是他们！这是他们的汽车！"

　　匪帮驾驶 3 辆"日古力"和一辆"伏尔加"，死命地开始踩油门。看得出，尤素福正是被挟持在这辆伏尔加中。

　　乌阿斯前车司机加油门超过了这群人和车，然后刹车，掉转车头，堵住路。第二辆车从后面靠上。我们带枪的战士从车中跃出，大声吼道：

　　"站住！从车里出来！手放到发动机盖上！"

　　"日古力"和"伏尔加"停住了。"伏尔加"车门打开后，里面不紧不慢地走出一个胡子不长的男人，戴着贝雷帽。说俄语带有浓重的口音：

　　"有什么问题？"

　　列契走到前面。

　　"这里提问题的应该是我们。伊奇凯利亚伊斯兰国家安全部沙利分局。根据我们的情报，你们劫持了一个人。立即放回人质并放下武器！"

　　那男人粗野地笑了，改说车臣话了。

　　"同志，那你，不想知道我是谁吗？"

　　他从胸前的口袋里掏出证件并将证件转向列契脸前。我就站在列契身旁，读了证件，持证者是"鲍尔斯"特别使命队的战士。

　　列契对证件没任何反应。

　　"我们这儿任何一个公子哥都能花上一百美元买张这样的纸片儿，"他说完又重复道，"交出武器！你和你的所有印第安人。趁我们还没有撕下你们的头皮。"

　　特别使命队的战士伸手摸枪套。我的枪筒就顶在他的脑门上。

我准备开枪呢。所有我们的人都瞄准了他和汽车里的一帮人。我们的两个人把火箭筒对着汽车。

这男人看情形不对,手就僵在半途。

"亲爱的,等一下。我们在执行上级交给的任务。我们抓的人,是俄罗斯间谍。我们有证明间谍的材料。"

"他在说谎,"劫持的目击者大喊。尤素福卖地是为了给母亲治病。这些狗子把整个房子挖地三尺,没找到钱,就对他的妻子说,如果明天她不弄到 5 万美元,他们就把她丈夫的蛋割下寄给她并把他的头穿到铁钎子上!她从哪里能弄来这么多钱?我们那块老菜园子连十分之一都不值!

列契平静但坚定地说:

"任何抓间谍的行动都必须获得伊斯兰国家安全部的准许。在沙利地区——就是必须我同意。我没有得到任何指示。由此判定,你们是匪帮。现在,你的杂种们从车里出来,交出武器。如果我觉得,你们跟我想的不一样,如果你们的某一个动作或眼神儿我不喜欢——我们就在一分钟内把你们炸飞。"

那男人慢慢抬起手。我跳过去,从枪套里抓过了枪。

"现在其他人缴枪!"

头儿给了示意,他的手下就从车里钻出来了。他们一共 7 个人。我们 10 个人坐两辆车,包括报案人。扛火箭筒的射击手不动,剩下的小伙子们在屈指可数的几秒内收缴武器并搜查了匪帮。亡命徒被集中在路旁,一直被用枪瞄准着。

"您行行好吧,"那头领小声说,"您还不知道,您在跟谁打交道。"

"带回我们那里？"我问列契。

列契看着我没说话。

"把他们带回我们那里然后审讯？"我又问了一遍。

列契不说话，摇了摇头。

"但是，列契，我们不能……"

"你自己知道，会有什么结果。明天我们就会被迫放出这些混蛋。我们自己倒会挨骂。这还是好的情况下。如果情况糟糕——我都不愿意想。"

"那不有阿斯兰别克吗？阿斯兰别克可……"

"阿尔萨耶夫是个好家伙。但是他不是真主。他需要帮助。"

抢劫犯惊慌失措地换脚站着。我们的战士目光盯着他们，端着枪对着他们。

"你指挥处理。"列契对我说。走向乌阿斯。

我走到同事跟前，下了命令。

"立正！"

5个战士瞄准匪徒，在路上和我一起站成一排。

"开火！"

一排依次射出的巨大枪声响起。被子弹打中的身体痉挛着一个接着一个倒向路旁。这就像肮脏的群体淫乱或者土坯里的虱子群蠕动一样。

没商量，我们也顾不上检查枪毙的射击效果。只是等他们死前的抽搐停止了。然后把所有的尸体塞到一辆车里，塞进一辆"伏尔加"。"伏尔加"是相当宽敞的车型。很不错。就像预先设计好要往里装许多尸体一样。 我们开着自己的乌阿斯和缴获的"日古力",保持着安全距离,向"伏尔加"发射了火箭筒。车被抛上了路上,铁片和肉块四处飞溅。油箱炸了,火苗蹿起老高。

没有感到自己的身体都麻了,我坐到乌阿斯汽车的后排列契叔叔身旁。列契拍了拍我的膝盖:

"没事的,塔尔梅兰。我们毫无选择。"

这是我第一次染血。

甚至在列伊拉杀强奸犯时,我都没碰枪机。

列伊拉自杀以后,我把自己那时髦的"斯捷奇金"卖了。买了一支卡拉什尼科夫冲锋枪,剩下的钱给了她的第一个丈夫的亲戚,他们收养了那个我已经视为亲生的孩子。

那把"斯捷奇金"找到了自己的牺牲品。现在我的这把枪也找到了自己的血。我和战士们一起扣动了扳机,枪毙了嫌犯。我们打死了他们所有人。他们都死了。

我们开火并烧毁了尸体。他们既无法辨认也没法埋葬。

我们通报给格罗兹尼,一辆载着不明身份的人的汽车怀疑是遇到了地雷。没人调查任何事。

也许,这是必需的。只有如此我们才能遏止劫掠人质。

可能,列契是对的,我们没有选择。这不又来了——还是别无选择! 当你的手里有武器的时候,你也就没有了别的选择,只剩开枪打死完事。

你已经做了自己的选择:当你手里拿着武器的时候。

整个第二天我就一直坐在家里。我读书；好像，是一个苏联作家写的。是一部关于高炉建设和共青团员的长篇小说。我甚至也没给自己做饭。啃一块黑麦面包，喝一杯甜茶。

快到晚上了，列契来看我。他自己打开门走进房间，也不打招呼。

"你为什么不上班？"

我从暖炕上起身。长辈来的时候，我们这里的礼节是必须站起来。

"坐下吧。你病了？"叔叔给我提示回答了。

"没有。只是哪儿都不想去。"

"这不行。我们有纪律。这可不是你们大学：想来就来，不想来就蹲家里。"

我没说话。

"我们喝一杯？"

列契拿出一瓶伏特加。

"别……我不想喝酒。《古兰经》禁止喝酒。"

"拉倒吧！你又不是宗教狂！"

这倒是真的。我不是宗教狂。皈依伊斯兰教在我的心里引起了巨变。我真的想研究些什么。但是，问题是没那么严格地执行那些规则和限制。

我又投降了，不再坚持。我们走进厨房。我找了杯子摆到桌子上。列契打开酒瓶。

"没有下酒菜吗？"

"有面包。"

列契看了看我啃的那块面包，不以为然地摇了摇头。

"你过得怎样？谁给你做饭？"

"我自己给自己做。只不过今天没心情。"

"你应该结婚了。"

"列契，我结过婚了。她坟上的青草还没长高呢。"

"请原谅……我不是想……"

"没关系。"

我们喝了酒，然后就沉默地坐着，目光凝视着桌上漆布的裂纹。我们不想说昨天的事。不愿在任何情况下率直地说。我打破了沉默：

"列契，为什么我们是这样的人呢？你看，已经获得了独立。现在就该建设自己的国家，搞好经济生活！为什么要抢劫，抓人质，左右开枪呢？我们在让所有人害怕！世界上没人会相信，我们想并且也能建设一个正常的文明国家。我们在干什么？"

列契耸了耸肩：

"这个正常的国家只有你需要。你和那些和你一样的聪慧的人需要。你只要坐着读自己的书。在情报部门工作，写几页纸。你别的什么也不需要。"

"那么其他人都需要什么？"

"其他人需要一直在战斗。他们不想工作。他们对读书也不感兴趣。"

我们又喝了一杯并沉默了几分钟。然后我承认了：

"列契，我从来都不喜欢车臣人。我不喜欢他们。整个童年我都被骂是杂种和俄罗斯人。他们是野蛮人。尽管按父亲的血统我是车臣人，尽管这是我所属的民族，——我还是不喜欢车臣人。"

叔叔丝毫也不惊讶于我的坦诚。

"谁喜欢他们？谁也不喜欢车臣人。甚至车臣人自己也不喜欢车臣人。你知道，杜达耶夫将军是怎么说的吗？他说：在这场战争中发疯的是宇宙中两个最肮脏的民族——车臣人和俄罗斯人。劣胚，他就是这么说的。这是根上的'卑劣'，还有一个意思是'蛇身怪物'。这怪物是最龌龊的生物。你不管怎么喂它，怎么对蛇好，反正它还是会咬你的，就这样。车臣人就这样：凶恶，残忍。俄罗斯人也是这样。只是更胆子小而已。所以他们聚集成一大群，整个师整个建制地来杀人，不过是因为害怕而已。"

"那怎么办，所有人都这么坏？"

"所有人都很坏。所有的民族一样。只有一个民族是好样的——那就是犹太人。我的辖区有一个同志是犹太人。是一个正直的人。是一个真正的有原则的小偷。剩下的都是些蟊贼，所有的都是。狗杂种。俄罗斯人，本地车臣人，鞑靼人，摩尔多瓦人——都是下流的败类。"

列契的见解是相当古怪。特别是在反犹运动背景下，反犹太运动在车臣要比在俄罗斯黑帮中更普遍。所有的灾难都怪罪于犹太人。到处是审判他们的告示。而列契却与之相反。他认为只有犹太人才是好人。我甚至笑了。

"那怎么办呢？"

"哎，你自己和我讲过呀！法律，国家，就是干这个用的呀。就为了把人们控制在各种许可的范围。如果大家都是好人，为什么还要国家呢？那就不需要了呀。但人——都是坏人。所以无论如何都不能没有法律和监狱。我这个，刑法专家，给你教点啥？"

"你不是刑法专家，列契。你现在是护法系统的工作人员。"

列契摇了摇头。

"是的，我全部时间扑在工作上，没完没了的电话。现在，我在别人和真主面前是干净的。但是，我对这一切也不十分理解：诉讼程序法，合法性。我知道，应当有公正性。有野兽，就得消灭。用不着侦讯和律师。所以，我昨天……"

"不要。别说。"

窗台外栖息着一群麻雀。我站起来，打开通风小窗，喂他们面包。麻雀根本不怕我，开始啄食面包碎屑。列契看着麻雀。

飞来一群又大又凶的鸽子。赶走了小鸟。列契站起来了。

"我走了。明天在班上等你。"

"好吧。我明天上班。"

"一切都会好的，塔尔梅兰。"

我用探询和不解的目光望着他。

"我就这样。好好在家吧。"

我把叔叔送走，站在院子里，呼吸散发着秸秆味的新鲜空气——村民在烧垃圾。天黑了。

我重新去上班了。从那一天开始一切都变了。我们不再久坐办公室了。我们总是连鞋上的泥污和灰尘都来不及清理。它们一直就停留在鞋上。我们寻找并抓捕劫掠者、敲诈勒索者和抢劫犯。捣毁了许多麻醉品买卖点。我们甚至迫使某些独立得过火的和不受监管的派别交出了武器。我们，好像，时间所剩不多，想尽力做。哪怕做成一点都行啊。

有人威胁要整治我们。有时候在抓捕时有人会朝我们开枪。有两次向列契施加了压力。甚至有一次我也遭遇了威胁，我走在下班回家的路上。他们有 4 个人，还乳臭未干，上学的年纪。他们本来能在角落里开枪，但不知为什么，没开。我沿着人行道走，他们从栅栏那里分散开来，堵住我的路：

"你，把枪交出来！要不，我们就引爆手榴弹！"

这群干坏事的小子身上有刀，其中一个腰里有枪和手榴弹，都挂在前面。奇怪的是，他们没有用枪指我。怎么看都有点蠢。后来我才明白了，枪里没有子弹，但当时我还不知道这一点！完全能被吓到。

我立即想起了那些年岁不大的匪徒，当我们在毒品商人那里当场抓捕的时候，他们都满院子奔逃。

我慢慢地从肩上摘下卡拉什尼科夫冲锋枪，好像真的要交出去一样，突然，出其不意地用枪托猛打领头的家伙的下巴。他摔倒了，手榴弹压在身底下。我发现，弹弦没拉上。打开保险，我就对着人行道在匪徒们面前来了一梭子。有一颗子弹反弹回来，轻易地击中了那小子的脚踝，他就倒下去了，疼得大叫。两个家伙立即撒丫子跑了。还有两个坐在地上。我用枪托挨个拍了他们的脑袋。收缴了枪和手榴弹，把刀都扔进栅栏里头，就走了。甚至没逮捕他们。

第二天，我向列契讲述了发生的事，他就坚持让我以后别一个人走路了。现在，总有两个同事和我在一起。列契本人也有警卫——4 个中年男人。我一开始还不明白，他们在真有意外的时候，怎么能保护上司呢。

"他们应当工作，养家糊口。"列契这样解释自己的用人决定。

他什么也不怕。在最近一次未遂案中，他的肩膀被打中了。警卫人员在原地就撂倒了两个攻击者。好像，老马确实识途。还有一个是列契亲自打死的。

我们的生活就像西部片。流血，枪击，追捕，每晚的酩酊大醉。

以前我去上班都穿便服。穿牛仔裤和短上衣，有时候穿打了领带的正装。但是，自从在阿福杜林斯基路上出事以后，我就在市场上给自己买了黑色的裤子和军警衬衫。自己在袖子上缝上伊斯兰共和国安全部的标识：红白绿底的伊奇凯利亚旗上有一柄剑在淡蓝色灌木丛中，旁边是拉丁文字母：M SH G B；上面也是拉丁文字母——NIYSONAN TUR 。头上戴了一顶没任何标识的黑色贝雷帽。脚上蹬一双系带的大靴子。

我留了小胡子。总之，我完全像一个战士或者拉丁美洲的游击队员了。如此这般的野兽派农民。

我不敢这副样子到父亲家招摇，去看父母的时候，我就换成便服，仔细地把手枪藏进上衣里。

列伊拉出事以后，父母都消瘦了，不知怎么迅速地变老了。妈妈身体越来越差了。她病了。经常卧床，起身已经很费劲。父亲亲自操持家务，洗衣服做饭。我劝他们搬到俄罗斯去。

"爸爸，妈妈需要正规的医疗，这你自己也知道的。"

父亲皱着眉头不说话。只是在秋天他才最终下了决心。我租了汽车，途经印古什，将父母送至克拉斯诺达尔，妈妈被安排进了医院。我们办不成什么，但母亲住在克拉斯诺达尔边区的亲戚帮了忙。他们给父亲提供容身之处，安排母亲就医，为来自动乱共和国的亲戚遇到的所有困难奔走。

父亲把家里的钥匙给了我，但我还是继续住在沙利的上游区。每周一次去检查父母那里是否一切正常。房子由邻居们照看。我坐在院子里抽烟，喂那只瘦了一半且孤僻了的公狗。受命保护我的年轻人坐在遮阳棚下。在父亲的房间待了一会儿，又回到自己的家，回到那空荡而简陋的土坯房。

完全剩我一个人了。

我还记得，有一夜我是在父母的房间度过的。这是新年之夜。

民警公民，你也过新年吗？也许，是过的。甚至一定是过的。和自己的全家一起点燃蜡烛，收看总统的新年献辞，在新年钟声的伴奏下开启香槟。然后整夜都看喜欢的娱乐节目，漫不经心地吃喝。孩子们围坐在桌旁，这天夜里不会赶他们去睡觉。也许，您会和朋友一起迎接新年？和同事一起，喝着伏特加，互相讲故事。这也很好。所有人都过新年。

而我不过。我会早一点上床躺下。堵上耳朵，好听不见烟花礼炮的轰鸣。反正会听见的。所以我总会梦见某场战斗。

我最后一次庆祝新年是在那一夜。那时 1999 年来临之际。那是新千年的最后一个新年。是伊奇凯利亚共和国的最后一个新年。

并不鼓励正式庆祝。在伊斯兰教中没有这种节日。伊斯兰法典对此没有规定。这个节日只是世界性的，俄罗斯式的。但沙利的许多人反正会庆祝它，这是从苏联时期保留下来的习惯。

1999 年即将到来时，新年在伊奇凯利亚会被正式承认。部长办公会议确认了《关于节日和假日日期的条令》，这个条令规定国家官方节日包括：胜利日（新年）——1 月 1—2 日，斋月——按阴历，春节和母亲节——3 月 8 日，古尔邦节——（某种按阴历的新年？我至今没弄明白这个——按阴历），复活节——按东正教教历。

12 月 31 日我在单位过的。晚上 10 点前，我就结束值班了。我没有回自己位于上游区的家。我放警卫们回家了，自己去了父亲的庄院。对政治不敏感、对伊斯兰法典也不坚信的村民们在往天空放信号弹，都是用枪来发射的。我缩着肩走着，为开枪的声音而叹息。所有这些礼炮、烟花我都不喜欢。只能嘟嘟囔囔：这些蠢货就只会瞎射一气。

家里又冷又黑。最近一段时间断水断气时常发生。最富裕的家庭都配置了自己的柴油发动机，他们在院子里轰鸣，能保证日常照明。这种东西无论我家还是父亲家里，当然，是没有的。

我有了一个不明智的想法，来个恶作剧。我想布置一个圣诞树。我们曾有过人造的圣诞树；我还是小孩子的时候，我们就把它放在庄院最好的房间里，那里有椅子、沙发、电视机，我们大家聚在一起。

除了节日，整个一年中，圣诞树都放在阁楼里。

我在板棚拿了装好电池的手电筒，把家里的木质梯子靠墙支到阁楼上。我小心翼翼地怕踩塌了小屋，用电筒照着，里面漆黑一片。

从前谁也不能阻止我夜里去阁楼，甚至怕得要死也会去。

那时候，我躺在自己床上，睡不着，竖起耳朵听阁楼上的窸窸窣窣的声音。我觉得，天花板上有人在走动。我几乎确信，在我家的阁楼上养着一群奇怪的危险生物。它们白天就藏起来，可能，会变成蝙蝠，头朝下，挂在铰链上。而夜里，夜里属于它们的时间就到来了。它们会露出自己的真面目。我觉得它们长得还好看。我害怕。夜里，它们聚集在一起，它们走动和交谈。如果一个人，特别是小孩子，要爬到阁楼去，他就会看见它们，就会一下子因心脏破裂而死掉。

据说，因心脏破裂而死掉是很容易的。瞬间——你就没了。这谁说得呀？难道他们体验过？

我不信。我一般都不相信会有轻松的死法。我看见过，人是怎么死的：人死的过程很长并且很难受。甚至在重要的脏器都被打穿的时候，在受伤害的躯体已经和意识分离的时候，人还会继续挣扎或者受尽折磨。濒死前的挣扎会持续数小时，我看见过这种场景。

也许，由于心脏破裂人会死得更快点。但快——反正不是容易。我们这个时代对于濒死者意味着什么呢？他不是按我们的钟点去死。

他仍会感到惊骇和疼痛，在我们看来，这会持续较短，但他陷入混沌，就像进入了永恒。他正在离开，他的眼睛还睁着，我们会从他的眼睛中，读出恐惧与疼痛，永远。

我的心脏又开始不舒服了。我感到难过，但能怎么办，我崩溃至此！疼痛的心脏，脊柱，头，胃无法进食，一半的牙都没了。而我 40 岁还不到呢。是的，我们是微弱的火苗。不能像我们那些老头子一样活到一百来岁，头脑清楚，身体倍儿棒。甚至就是没人动我们，我们到不了 50 岁也会死去。我们的伤病会致命。

我们自己臆想并扩散了所有这些童话：那些有关我们是不屈不挠的人的故事，那些有关我们的身体是铁打的传说，那些有关我们满不在乎、我们不懂什么是发怵的说法。我们全体人民都是超人的故事。

但这不是真的。我们非常不健康和虚弱。我们没力量再活下去。

您知道吗？现在在沙利最有赚头的商业门类——卖药。只在一条街上有售，在地区医院对面，一排有 8 个药店。任何一家都不愁买主。

但是，药也不是很管用。还在死人。人们得了所有可能得的病并正在死去，由于虚弱和疲惫。年轻的男人和女人在死去，儿童也在死去。

这从战争之后就开始了。在战争期间，紧张的状态支撑着人们，肌体的所有抵抗力绷得很紧。就好像，我们中的某人必须被打死，需要割下他的头，否则就不行。就好像，我们像猫一样生命力极强。

都说，猫有 7 条命。

但我们只有一条命。

当战争结束，这种不自然的紧张消退之后，好像所有的人都遍体鳞伤，病得不轻。人们悄无声息地死去。这些火箭弹和炸弹，它们巨大的杀伤半径，不止有空间的，还有时间的威力。爆破弹的碎片从过去飞至我们，刺入我们的心脏。让心脏就此停摆。

自从那次我和阿尔森落入联邦人员之手后，我的心脏就开始痛了。我们没有武器或者密码，没有任何罪证。我们甚至没胡子，我们的脸刮得干干净净。但是，他们，就像狗嗅狼味一样，察觉我们是敌人。也许，我们是碰巧误撞上的。他们是特警，非常凶恶：反政府武装在前夜偷袭了特种民警队。俄国人中有伤亡。而反政府武装全身而退。

这件事甚至奇怪，但是这是反政府武装人员在伏击特种民警队。尽管警察在这场战争中的作用不大：只是在在检查站执勤而已。但是伏击特种部队和内卫部队带来的损失就大得多。

我们去了阿尔贡，因为需要和支局建立联系。在盖尔曼丘克，光天化日之下，在公交站台上我们就被捆绑上并塞进了汽车。被带到了一个秘密的处所。就像其他成百上千的车臣年轻人一样，他们有的参加了抵抗活动，有的根本就与此毫不相干。没人能从这秘密的处所生还。这秘密处所有许多阵亡将士墓和无人认领的腐烂尸首，满是惊人的暴力的印痕。如果有谁从日常世界遭遇到这里，看到与现实同时存在的秘密处所的这种情形，他最可能会立即因心脏破裂死掉。

关押我们的秘密处所就在巴斯河岸上的小树林。我们是本地人，对我们来说，这不是什么秘密处所。但他对我们确是如此。就好比我们跨过了细微的光滑如镜的不同世界的边缘。

这就是我们童年时玩耍的地方。但是，被绑在树上站着的时候，我没认出周围地区。已经是这里，又不是这里了。我明白了，我落入了有去无回的境地。

阿尔森被绑到旁边一棵树上。特种民警队的一个中士，战斗艺术的行家，和战友分享秘密，吹嘘自己的能耐。

"小子们，要这样，一次正确的打击不仅可以打倒一个人，而且可以打死，并且不留任何明显的痕迹。最普通的——就是直接攻击心脏部位，就像这样打，往这里。"

中士指着阿尔森，示范他的动作，慢慢地，准确地标记打击的部位和用劲的向量。一个魁梧的，要比中士壮实一倍半的特警，不屑地从牙缝里吐出几个字：

"算了吧，看我的。"

中士看到了被绑的阿尔森眼中的害怕神情，就极短地吸了一口气，剧烈地猛击一下。

阿尔森痉挛一下，没喊出声，瘫软了。头垂到胸口。在呆滞无神的眼中凝固了惊骇和疼痛。疼痛和惊骇，永远。

"检查一下。"

一个灵活的特警走过来号脉，之后赞赏地宣布：

"死了，笨蛋！"

特警们围住没了气息的尸体，有人掀起了衬衫：

"确实看不见出血点！不进行专门的技术鉴定鬼都发现不了！"

"这叫'心脏应激骤停'。"中士自豪地宣称。

我看到和听到了一切 。我因害怕而木然不动。我的所有器官都极度虚弱无力，裤子里一小股屎尿都流出来了。倒是被一个不理智的念头魇住，那就是杀人犯们忘了我。

但是，他们转向了我。中士，粗野地龇牙咧嘴地笑着，对大块头说：

"再来一次？"

"尿就尿完。"那家伙漫不经心地回答。

他就站在我面前，量了一下，尽力准确地模仿师傅。

于是，出拳了。

我好像被一辆每小时 100 公里在高速公路上飞驰的载重汽车掀翻。就像探照灯直刺脸上一样，疼痛剧烈清晰。疼痛吞没了一切，只剩疼痛。一切都结束了。

当我醒来并睁开眼睛的时候，我什么也看不见了。只有黑暗。我害怕了，以为我失去了视力。但这时只是夜里而已。又过了几个钟头，夜幕降临了。

我小声呻吟着，转过身来，欠身起来。眼睛四处张望。我躺的还是被绑的那棵树的旁边的地上。阿尔森的尸体躺在旁边。绑我们的皮带被解开了，就直接扔在一边。没殴打，没向头部开枪。没有任何伤口，甚至没有被殴打的伤痕。

只不过是两个死于心脏骤停的人，同时。也许，是因为看见了人不该看见的东西。

您见到了吧，我活下来了。可能，他们没有好好检查我的脉搏。可能，我的心脏当时确实停跳了一段时间，然后又重新慢慢启动了。但我挺住了。

而阿尔森真的死了。

我弄不动他的尸体。我勉强拖着自己的身体。一开始我是爬，然后站起来沿着河床走。不记得我走了多久，但挣扎到了盖尔曼丘克那个医生的家门口，就是那个给我做个包皮手术的医生，在他的门口失去了知觉。他把我藏起来了并护理我。过了一个星期，我就离开了。

从那时起，我的心脏就经常疼痛不已。我不藐视那个特警，他出拳不错，很内行。我活下来是因为他的猛击动作在时间上有所延迟。我的心脏随时会停摆。

如果放在从前，我的大脑不会炸开，五脏六腑都不会失灵。

这还要往前追溯。在我就着手电筒的微光，往阁楼上爬的时候，我的童年的恐惧就曾忧伤地出现。那上面谁也没有。阁楼是空的。

我找到了圣诞树。它被收拾得整整齐齐地放在硬纸板箱里。在旁边的另一纸箱子里，有新年玩具和彩条。我把两个箱子摞好抱住，背靠梯子小心翼翼地下来。在我家庆祝家庭节日的房间里，我点上了煤油炉和两支蜡烛。整理了圣诞树并在它的塑料树枝上挂了装饰物：亮光球，冰柱和彩球，玩具兔子和小象。尽管没电，我还是把各种花色的一排小彩灯挂在圣诞树上，还在最上方冠以红星。

五角星黯淡地闪耀着反射光，蜡烛的火苗在镜子一样的球面上跳跃。然后，我就坐在那里一直看着圣诞树。我想象着列伊拉和我坐在一起。我拉起她的手——列伊拉的手很凉。列伊拉的膝上坐着我们的儿子。他睡着了，脸藏在妈妈的怀里。列伊拉和我说着话。她回忆起，我们在空荡荡的教室藏起来，躲着老师，我笑了。她说：好啊，这一年就这样过去了！这一年里有太多的痛苦。不应该说这些，列伊拉，我回答她。她同意：我不说了。明年我们只会有好事的。所有的好事都在明年等着咱们。对所有人，对我们家，都将是不错的、幸福的一年。我们都会很幸福。

就这样，这一年来临了，1999 年。最后一年。我觉得这是最后一年。对于我，对于我的生活，对于未被承认但又据说是事实存在的共和国，都是。也许，1999 是数字的魔法——第二个千年的最后一年。

尽管报纸上不断地登载解释，说，这不是千年的最后一年，准确地说，最后一年是 2000 年。要知道，正是它，2000 年，以它来结束我们纪元的第二个千年，我们的纪元是和先知耶稣一起到来的。不仅是我们，整个星球都认为 1999 年是最后一年。于是就准备迎接 2000 年，就像迎接新的千年——我们得知了这个新词——"千禧年"。是的，我们知道了。很多联邦电视频道播放了，即使有些节目屏蔽了，我们这里俄罗斯新闻是有的——它们以私人购买的方式运作。不光我们，整个世界都为这个数字着魔。

但不仅是数字的事。也不仅是神秘的预见。应该用清醒的头脑来分析我们周围的现实，我们不能不清楚：很快一切就将结束。

在一场足球赛中，在伊斯兰教徒的混合代表队和议员代表队之间，在场地上代替比赛用球的很快就将是砍下的人头，我们和大多数沙利人一样，都拥护议会。因为支持世俗政权和不喜欢阿拉伯人和他们的车臣应声虫。还因为，议会的主席是沙利人——鲁斯兰·阿里哈德日耶夫。1997 年他从沙利选区当选议员，3 月成为议长。

沙利人老早以前就眼光独特，温和，对文明极度向往，有别于那些乖戾和盲目信仰的维捷诺人（住户或者维捷诺区的庄稼人、维捷诺年轻人或者有才华的维捷诺人）和高加索的山民，因为，就像我们认为的那样，因为他们的无知。这是使车臣社会割裂的一个裂痕：平原车臣人和高地山民。沙利人是典型的平原居民。据说，沙利——这个名字本身就是来源于"走"这个词，是"平坦的地方"，平原。我们认为自己不只是比偏远的、荒僻的山村更有文化和现代性。我们还认为只有自己才是"真正的车臣人"。他们觉得正相反，真正的霍尔克斯人——正好说的是他们，而我们，是平原人——离经叛道的人，是已经俄罗斯化了的人。就像列契所说的那样，已经同化了。

可以说，这还是一套老规矩。您肯定是对的。但是正是从那些山地村征召了大量的不屈服的武装人员，正是在这些地方，瓦哈比教派寻求到了更多的支持。而平原上的车臣人总是抱怨，野蛮的山民把权力据为己有。我们，苏联政权抱养大的知识分子，当杜达耶夫将没文化的群氓从山上带下来的时候，既羞又怕，开始拥有权力和威望的这群人，使我们退居次要地位了。

1月15日，在办事处，有坏消息等着我。

"昨天阿斯兰别克在格罗兹尼遇刺了。"列契阴沉地通知。

"他怎么样？"

"只受了轻伤。但这只是开始。撒旦们不会让长官安宁。很快我们这些专门打人的人却得顶着铜盆出行了。"

"别这么说，列契！你也遇刺过。我们还不是照样继续工作。"

列契挥了一下手：

"啊，谁向我开枪？这些贼骨头，真是猎人的耻辱。因为夹住他们的尾巴而被报复。这我们都弄清楚了。阿尔谢耶夫想搞垮其他武装。你知道是谁。我们搞不定他们。马斯哈多夫也拿他们没招儿。他们不原谅阿尔谢耶夫和亚玛达耶夫7月在古杰尔梅斯解除了瓦哈比分子的武装。亚玛达耶夫从1月6号起就住军医院，现在是阿尔萨耶夫。他们不会让他安宁。或者打死，或者罢免。"

列契的话很有先见之明。阿尔萨耶夫的部长没当多久。

斋月的守斋在进行——穆斯林的斋戒期。我像一个真正的穆斯林一样，连续禁欲生活。按规矩，直到最后的夜里，没吃没喝任何东西。那时，我喝了水就上床。几乎根本没有吃东西的欲望。欲望比饥饿更折磨人。我吃斋也没有放下工作，但这3天没有参加比较激烈的活动。我一直待在区内务处大楼的射击场里，用自己的马卡罗夫式手枪打靶子——就是那把从"小骗子"手里夺来的，我留给了自己。打靶减轻了欲望和饥饿，时间到晚上会过得快一些。列契，似乎，从没有严格持斋，他够厉害，这次在整一个月里完全没喝酒。

1月15日，持斋结束了。开斋节来到了，这个节日在中亚被叫作古尔邦—拜兰节。我们这里没人这么叫。从童年起我就记得，传统的做法是，村民们互相祝贺，带着食物来到邻居家：麦尔赫廓布尔多伊尔颂！——即您的禁欲生活已记录在册，合格！

从来如此，在社会主义无神论时期和国际主义大行其道时期都是这样。开斋后，我们的邻居都会带来食物，而在复活节，我的母亲，是东正教徒，会烤馅饼，涂彩蛋，并把它们送给邻居。两个节日里所有人都会大饱口福。

爸爸那时是一个坚定的共产党员。从不参加宗教仪式。但是，他既喜欢在拜兰节吃特别美味的食物，又在复活节吃馅饼。

我们不觉得，这些无辜的民间习俗能成为敌意和分裂的理由。

我们在办事处庆祝节日。宰了两头羊，就径直在少年宫旁边的公园里串烤羊肉。列契搬了一箱子伏特加。他自己喝多了，把一个月内漏喝的酒都补回来了。他醉醺醺地、不省人事地被送回了家。

而在1月21号，根据我们的情报，在邻区乌鲁斯—马尔坦发生了重大事件。马斯哈多夫任命了新的乌鲁斯—马尔坦国安局分局长。原来的局长是伊斯兰法典的拥护者，不愿意离职。一队总统的国民卫队冲进了村子。在对射中，有几个人受伤了。

我想立即奔向乌鲁斯—马尔坦参加此事处理，站到总统一方。

"先坐下，没你布尔什维克也行。"列契，沙利国家安全分局的局长制止了我。

我的职务现在是"副局长"。在国家安全局沙利地区分局我是叔叔以外职务最高的人了。为了支持他的权威和让那些心情波动、急于摸枪的下属们的头脑不致混乱，我服从了。

没这事儿我们也够烦的了。

1月23日，总统在格罗兹尼召开了记者招待会。他宣称，在共和国内没有哪支武装可以实现国家政变。

这可太不像是真话了。

才刚到第二天，马斯哈多夫本人就在地方行政长官和清真寺伊玛目参加的特别会议上，布置在每个村落设点收编武装后备队。以消除非政府武装部队夺取政权的可能性。马斯哈多夫在寻求一支可以依靠的力量。他期望，第一次车臣战争的老兵会成为每个村庄和地区稳定的保障。

但是，不仅是稳定不够。所有的一切都不够。首先是钱不够。1998年伊奇凯利亚的财政恶化。1999年伊奇凯利亚就更没钱了。

沙利的大多数企业都不开工了。"高加索"禽产品工厂被毁了。碎石工厂被毁了。啤酒厂被毁了。俄罗斯空军在第一次战争中把它们挨排轰炸完了。以前的国营农场——现在的国家农场"高山牧场"也风雨飘摇。那里曾经收获了破纪录的牧草，生产了多少吨的肉类和奶制品！国家农场的土地悄无声息地被沙利人"私搂化"了，但是，除了玉米，那上面什么也长不出来。

好，如果只长玉米也好。玉米可以喂牲口，可以用它磨面做饼——叫西斯卡。玉米饼——是车臣民族食物。穷人的面包。许多车臣人，没怎么读书和受过教育，如果对他们说，自古以来的很多世纪，我们的祖先在地球上就没种植过玉米，他们一定会感到惊奇。说玉米是不久前才出现并且是——想想都可怕——从美洲运过来的，在那里玉米完全是由其他民族——印第安人种植的。但是同样可以说土豆还是由俄罗斯人种植的呢。

在赫鲁晓夫执政之前的时期以及到他推行的全国"玉米化"，玉米成了车臣田野里的王后。这是极易生长的草本，在栽培中非常简单——玉米可以种在"一锹深的土层",简单地铲开撒种即可。神奇的植物——一颗种子可以长出几个果穗和茎秆,茎秆可以喂牲口。什么也不糟践!

车臣人很早就喜欢上了玉米。您还记得吧,在那部轰动一时的安纳托利·普利斯塔夫金的中篇小说里,狠毒的车臣人用玉米穗填满了死去的小男孩那被炸开的肚子——拿去,吃罢,狗杂种,俄罗斯的杂种!真是噩梦一样的场景。它总是引起我们十分强烈的反驳。爸爸说,不会,车臣人不会对小孩子这样的……

但我要说玉米。

玉米几十年来拯救了车臣人,使其免于因饥饿而死。我的父亲回忆,在最困难的时期,在战后,当没有任何食物的时候,当数月见不到肉类和奶制品的时候,当一块小麦面包被视为不可多得的奢侈的时候,玉米饼,西斯卡饼家里是一直有的。只是因此才挺过来了。

什么时候车臣人从自己的土地上移走那些俄罗斯将军、穷乡僻壤的拯救者、政治家、学者、领袖和人民的训导者的纪念碑就好了。在每一个城市,每一个乡村,在主要的广场上树立玉米纪念碑就好了。只有它——才是唯一的和真正的民族拯救者。

我跑题了。请原谅我在农学方面的班门弄斧。我父亲是一名农技师。唉,要是我没有偏离平和的生活之路,要是我——我们所有人——都注定命系土地,向土地撒下金色的玉米种子,而不是弹片和子弹就好了——那厄运的铁齿钢牙,只能长出新的死亡,新的战争!

在沙利，带死不活地开工的，只有砖厂和食品联合工厂。食品联合工厂位于城市最中心，离我上过学的第八中学不远。毕业前夕的最后一个暑假，我曾被安排到那里当杂工。我们拖装有 4 罐 3 公升果汁的纸板箱子。那时正是与酗酒和嗜酒过度做斗争的时期。全国都在积极推行用天然果汁来替代酒精。沙利食品联合工厂制作了苹果汁、梨汁、榅桲汁和葡萄汁。绝对好喝的果汁！我们大喝特喝，直喝得晕头涨脑 。就像所有的苏联食品企业一样，食品联合工厂有一个规定：上班时管够吃喝，但是下班什么也不许带出厂！我们就是照章办的。

有时候会整夜到铁路支线火车站，去把果汁装上车皮。这是繁重但快乐的工作。干这活可以补休两个班的假。车皮开往北方，开往俄罗斯。

我回忆起了这些幸福的日子。这是幸福的、平和的年代。只是，为了理解这一点，我们就不得不再度想起国家的崩溃和战争。备受思乡病的折磨，我每次走回家的路，都特意避开食品联合工厂，尽管为此要在城里绕上不小的弯子。

大门是开着的。门卫室有一个穿迷彩、带着武器的人。生产车间好像还有汽笛响，但是一切都表明，联合工厂的最好时期已经过去了。

甚至没失业还在上班的人也没有钱可挣。几个月不发工资了。1998 年以来只给油田的工作人员发了拖欠工资的一半。其他部门的情况更糟。

私人"商户"只能忍受。在地下工厂里大量的各种型号的自制油品被生产出来。每个人都卖这种劣等的汽油。挨着路边都是塑料桶。在泡沫塑料箱上写着广告："向神发誓，正宗俄产72号汽油！"

我们应当同这种现象做斗争，但没有能表现出特别的热情来。有时候也现场破获捣毁了一些工厂或者非法油井，但是从不去动那些小的作坊：大家总得想招儿活下去呀！

1月16日夜里，一伙成分复杂的武装匪徒，碰到什么就抢什么的抢劫犯，对格罗兹尼热电中心的储藏库进行了野蛮的洗劫。警卫人员都被锁起来了。掠走了所有能卖的东西，一干二净。还留了字条：因欠发工资，我们还会再抢。致伊奇凯利亚公民周知。神至上。

我们沙利分局的同事没有急于赶往格罗兹尼的犯罪现场。谁也不会去找、也找不到有用的痕迹。最可能的是，电厂自己的工人出于贫困而犯案。

1月份，我们的工资被拖欠了。从前即使"电力工业职工"也是正常发放工资的。现在，连军队都十分自然地经营起来：种了70公顷越冬作物。

完全糟糕透了，但是1月底的时候，列契把我叫到他的办公室，数了5张面额100的美元。

"列契，这是哪儿来的？"我问。

"公民们出于感激送的，为汽车的事。"

不久前，我们查清了一伙偷盗汽车的犯罪集团的活动。在一个村子尽头的院落里，他们藏匿了不少整车和一个用于卖赃车的修理厂。不，他们不改发动机号也不重涂车身，为什么呢？做起来非常简单，伪装是最起码的。比如，换号：把偷来"伏尔加"牌号换到偷来的"日古利"上即可，而相反的，再把日古利的牌照换到"伏尔加"上就行了。一般没人关心什么手续。

我们把犯罪分子送进了审讯隔离室（他们过了一周就被放了），查获的汽车已经发还给幸福的车主。看起来，倒没全白干。

我生气地说：

"列契，这不合法！这么一来，我们自己成了匪帮了！"

"大家都这么做，"局长审慎地回答，"你想，就在俄罗斯，民警是只靠工资活吗？他们才挣几个钱？就靠一个月的50美元？"

"那又怎样，他们偷盗和受贿横行！我们应该有所不同！"

"我们应该有所不同！我做事是公正的。我们做的是好事，扭转了局势，所有人都理解，我们得到的份额是最小的。不是所有人都把钱塞到几个口袋里。一半的钱——都是共用款。如果有人受伤了，或者生病了，或者需要办丧事——用什么钱？不，所有的都是合法的！"

"合哪种法？列契？合盗贼的法！"

"哪怕就合盗贼的法也行。总比无法无天好得多。"

列契抽起烟来。

"你先别动肝火。你还好办一点，现在你就一个人过。而其他人都有孩子：妻子、孩子、父母。他们怎么过日子？"

我摇了摇头，没说话，表示保留自己的意见。但是钱，最终还是拿了。想起来了，自己也有家。

我让一个去克拉斯诺达尔办自己事的熟人捎给我父母200美元，100美元送给寄养列伊拉的儿子——我们的儿子的那家人。剩下的钱给自己在市场上买了食物和为我的马卡罗夫式手枪和新型卡拉什尼科夫冲锋枪配了子弹。

到处千疮百孔，那些我们要重建车臣的想法和不切实际的计划均如此。我们的思想家努赫耶夫在自己的书里提出了议案，用西方的方式建立世俗政权和按阿拉伯模式实行伊斯兰教统治二者必择其一。他号召回到原初，以民族传统为依赖。他的方案可以解释为血亲部族民主。按努赫耶夫的构想，"梅克赫尔"应当成为当局的最高机构，国家的议会，从最受尊敬的部落和部族中的代表中选出。"梅克赫尔"选出领袖"埃里德"，民族之父。9人为"图克互姆"的代表，也是家族联盟的代表，构成立法委员会，9位智慧之人组成审判机关，9个公正的人组成司法委员会。

这是很守旧和讨人喜欢的议案。但是，看起来是超现实主义。

怎么知道，也许，这是一个乌托邦式的民族国家设想，可能是我们地球上最好的配置。它已经在几个世纪里经受了时间的考验。血亲部族民主在某个时期能帮助人民维持和平，在陷入在东西南北的强国的侵略的包围中，能够保持平衡。

但是，历史不愿意重复。历史只会前进，向着新的战争，向着新的流血。

在2月初，马斯哈多夫总统签署了关于实行伊斯兰法典理政的命令。

列契的办公桌上放着一张政府发行的《伊奇凯利亚》报，上面有总统令的全文。

"这下，听着，塔尔梅兰！"

"别这样，列契！我已经读了。"

"不，你听着："

伊奇凯利亚共和国总统 1999 年 2 月 3 日第 39 号令。在车臣伊奇凯利亚共和国的领土上实行全面的伊斯兰教法典理政。

"全面的，你明白了吗？现在我们要全面的伊斯兰教法典化了。全面的，全……切！"

"列契！"

"继续听：

"凡不按安拉所赐审判和治理的人都是不信教的。以宽宏和慈悲的真主的名义。为了实现和平和车臣人民的团结，实行真主的法律，以神圣的《古兰经》和逊奈（C.A.C.）为指引。"

列契抚了抚不长的胡子并滑稽可笑地高高举起双手。

"你听一听，这都什么文笔！兜什么圈子！为了实行真主的法律！他在我们这里算什么呢，罗马教皇？真主在地球上的全权代理人？我不是把他选成代理人才投票的，是把他选成共和国总统！如果我需要和真主建立联系，我会去找毛拉，我会去找神职教长，会去麦加做朝觐！而不会去总统官邸和部长们的办公室！"

"嗯哼，我呢，我……"

你听着：

"现决定：1. 在车臣伊奇凯利亚共和国的领土上实行全面的伊斯兰教法典理政。

2. 在车臣伊奇凯利亚共和国的所有国家机构中的所有范围内引用与伊斯兰法典相适应的规范。

3. 从此命令生效时起，在车臣伊奇凯利亚共和国的所有国家机构中按专门拟就的计划实行普遍的伊斯兰教改革。

4. 命令从签署之日起生效。

5. 我保留对此命令执行的监督权。

车臣伊奇凯利亚共和国总统马斯哈多夫。"

"怎么样？"

"什么怎么样，列契？"

"你这个法律专家对此有何评论？这应该叫什么？"

"这叫：宪法政变。更正确地说，是反宪法的……"

马斯哈多夫的噩梦又重新来了，血腥的车臣男孩在内讧中互相死掐。马斯哈多夫实行伊斯兰法典理政是为了警告反对派。马斯哈多夫实行伊斯兰法典理政是为了立即满足各方利益并制止社会的分裂。

马斯哈多夫谁也没安抚好。所有的依靠和支持都失去了。

民族民主主义力量，被马斯哈多夫的第 39 号总统令剥夺了立法职能的议会，都拒绝接受马斯哈多夫的总统令。议会继续自己的工作，成了总统的反对派。

代替议会，马斯哈多夫组建了"舒拉"。

我们在办事处把它叫作"舒拉—穆鲁"[1]。在自己的舒拉中，

1　即暧昧，秘密活动。

马斯哈多夫邀请了有影响的野战军指挥官，其中就包括巴萨耶夫。但是，尽管因为伊斯兰教法典的全面胜利而解散了自己的"自由运动"党团，巴萨耶夫还是没有进入马斯哈多夫的"舒拉"。取而代之的，是巴萨耶夫宣布成立自己的"舒拉"，在这个里面他自然成为阿米尔——主席了。

安抚瓦哈比教派没有奏效。瓦哈比教派组织贾迈特发表了只有一个意思的观点：马斯哈多夫实行伊斯兰法典——只是企图欺骗真正的信教者，为他自己涂脂抹粉。不，教徒不能满足于他的这种小恩小惠。他们应当进行圣战，直到在全世界都实行伊斯兰法典理政，没有任何总统。

而伊斯兰法典在伊奇凯利亚境内大行其道！2月中旬总统下令禁止转播与伊斯兰教法典相抵触的俄罗斯第一频道和俄罗斯电视广播公司无线台电视频道节目。准许广播只在上班时段播出资讯节目……

禁演"野天使"类的事件迭出。

车臣妇女都看传奇剧 。她们吃力地承担家庭的和共和国的经济，疲倦不已，受尽折磨。《野天使》是她们唯一可以享受的麻醉剂，解闷的渠道，通往理想和童话一样的世界的窗口。

禁演《野天使》——这意味着挑动妇女们造反，这是毫无意义的和残忍的。谁也不能做这个决定。所有人都怕妇女：政府，武装人员，还有伊斯兰教的信奉者。

妇女们就成了伊斯兰法典胜利前行的障碍。她们拒绝戴阿拉伯式的面纱。她们说了：别把娘们儿的破布往我们这儿塞，把你们自己的事先弄明白吧——去抓贪污犯、酒鬼、抢劫犯、淫乱犯。我们的破布——就当最后一件事吧。

为履行法令，清查开始了。有的部门已开始行动。对1995年至1996年被占领时期进入机关的和对俄罗斯政权忠顺的执法机关的官员和工作人员进行了审查。

列契没受到怀疑。他在1996年刚从监禁营出来，就立即进了抵抗部队。甚至在劳改营他就是一个完全的反派人物，不和积极分子交往，不结交干亲家。我也没有受到特别的怀疑，我回到车臣已经是在第一次战争结束之后。

但是，我们在伊斯兰伊奇凯利亚国家安全部沙利分局的几位同事被部里下命令免职。这些都是最好的工作人员，是有经验的民警，工龄很长，很老练，在多次的动荡中久经沙场。是的，他们是在区内务处工作过，也在俄国人手下干过。他们是警察，他们没有别的工作，也不可能有别的工作呀！

清查让机关失血严重，没有清查这档子事我们情报系统还人手不全呢。

然后，议会冻结了清查令，叔叔又把被免职的大部分人恢复了职务。

2月18日是我的生日，我从来不过生日。2月23日是伊奇凯利亚的官方节日——民族复兴节，早前——是哀悼日。是1944年车臣人被驱逐出境的周年纪念。在格罗兹尼举行了游行阅兵式。我就连这个节日也没庆祝。

节日早就随着童年在我的生活中消失了。

我连续几个晚上，都坐在院子里看着烟火。油井在燃烧。我想起了少先队的队列式：让篝火升腾吧，蓝色的夜！……

于是我想道：这不，升腾了……我们都被烤熟了，我们使劲祈求，使劲召唤，自讨苦吃地让这古老的地火从地下升腾而出。

石油在燃烧，而经济却停滞不前。按新的总统令，将为所有的预算内人员发放已经拖欠至1999年1月的工资。这样一来，我们12月份的抱怨就烟消云散了。但是其他人就更糟糕了：文教部门的工作人员只发放了一个月的——1998年10月的工资。

预算内并没有钱，它们是从某处挪来的。这个国家有多么可笑！

还有，正常的工资在去年的债务注销之后仍不能发放。

很多人却是连吃饭都无以为继了。

在车臣就发生了前所未闻的事——到处是无家可归的流浪儿童。不是俄国的流浪儿，是车臣这里的谁也不要的孩子。在战争中失去了父母。被父母抛弃——父母酗酒和吸毒。近亲不愿意抚养，至于一个村子的人——其他成年人更不会愿意了！

因为没有亲戚？或者因为亲戚本身就没什么可吃？……

他们中的许多人重新当起兵来，并将和在第一次战争中一样，在第二次车臣战争中，在格罗兹尼街道上炸坦克和装甲运输车。

小流浪儿们。

我觉得离这些在战争与革命中的男孩的浪漫很遥远。就像卫国战争中的阿尔卡迪·盖达尔和他的同龄人。就像手持长柄火箭筒在柏林街头的希特勒青年团。就像在战壕持火箭筒的车臣男孩。

我只知道一件事：18岁——不恰当的入伍年龄。

已经晚了。

入伍最好的年龄——13 岁。就那个时候我们老幻想打仗，渴望流血！我们那时还不懂得生活，所以不看重生命——无论是自己的还是别人的。我们就是像小孩子一样残忍，但已经和成年人一样，很有力气，很诡诈了。我们非常想使自己筋疲力尽。

以后就在 13 岁征召入伍吧。我们这里就不会再有思想倾向有偏差的人了。18 岁上的男孩子已经有了对自己的爱恋和自身对另一个肉体的缠绵。他的理智是模糊不清的。他想拥抱的是姑娘，而给到他手里的却是枪！简直是大挫败！你们不会得到士兵，倒是会弄到一群令人担忧的不成熟的心理残废的好色之徒。

13 岁时，我们都纯洁又天真，我们坦白而自然，我们是真正的士兵，我们谁也不爱，我们非常想杀人。

这是原始文化中的成人仪式。

但是，还有什么比现代战争能更好地充当年轻的男人的成人仪式呢？

所以，马斯哈多夫宣布从 13 岁起征召入伍。后来在战争开始的时候便是如此。

那现在呢？现在这些无家可归的孩子就到匪帮中容身。他们有武器。他们抢劫小货摊和商店，殴打成年人，互相打架，买卖和使用毒品。

1999 年的冬天异常暖和。春天来的也很早，还在 2 月份就来了。等日历上的春天在 3 月到来的时候，已经是阳光普照和干燥的时节了。花园已经绿意一片，丁香花都开了。

泔水池发臭了。在市政无所作为的情况下，到处垃圾成堆。动物的尸体，食物残渣，建筑垃圾，日常废物——这些废弃物在荒芜的空地和街道的尽头堆积如山，不停地发酵，散发出恶臭，释放出毒气，就像被摔倒在地上的生了病的恶魔的肠子，肮脏龌龊。

格罗兹尼的居民，回忆起了苏联时期的生活经验，走出家门，开始和臭水沟做斗争，大搞星期六义务劳动。我们沙利从来都禁止往街道上扔垃圾。那把垃圾扔到哪里呢？人们都是在自家的菜园子里烧掉垃圾。因此村落总是笼罩着灰蓝色的烟雾，就像是波罗金诺战役的战场一样。

我的朋友，几乎已经 10 年过去了，没有伊奇凯利亚，没有伊斯兰法典，完全是宪政秩序，而在沙利，就像没有往哪放垃圾这个问题一样，至今该没有的还没有。还在菜园子里烧垃圾，一年的任何季节里都弥漫着灰蓝色的烟雾，垃圾的气味散到空气中，在风里，在云间。散到天际。不亵渎了天空吗？要知道，可不是点着一堆垃圾。而拿那些玻璃、铁和石头怎么办呢？

3月5日，格罗兹尼"北方"机场，不明身份的人员劫持了俄罗斯内务部代表根纳季·施比古纳少将。不明身份的人员劫持并把他带至不知名的处所。对，就是那处地点。

在1994—1996年的战争期间，施比古纳少将是"古沃什"——联合军队集群司令部的领导者。这个词对成千的车臣人来说是通往地狱的大门的另一个代名词，是不知名的去处的缩写。有人在作战总局被拷问，有人进到集中营……对不起，是进了被甄别人员的集中营。有时候作战总局总遭到猛烈射击。

把内务部代表根纳季·施比古纳少将任命为驻格罗兹尼的全权代表是俄罗斯当局不太明智的决定。是往独立的伊奇凯利亚脸上故意吐的一口痰。据说，在劫持发生的前几周里，马斯哈多夫请求俄罗斯领导层撤回施比古纳，让另一位替代他。但没有赐以答复。将军被从飞机直接扔到跑道上。再扔进一辆乌阿斯就不见了。现在，他亲自去那种禁闭之所完成一次旅游——不知名的处所。

俄罗斯内务部部长斯捷帕申发誓，要找到并解救自己的被保护人。他威胁要对车臣武装人员营地进行精确打击并空降特种部队的伞兵，实际上——就是打一场新的战争。少将和那些隐没在"古沃什"的年轻人一样，也是别人游戏中的一副牌。俄罗斯在车臣的作战行动开始得比较晚，但是直到 2000 年 3 月，它用的还是这类借口——拯救大兵瑞恩[1]。只是现在不是救一个大兵，而是救一个将军。实际上，没人想救他。

事实上，当一年后他的尸体在伊土穆—卡列附近的坟场被发现时，他已死了 3 个月了。他死于心脏衰竭。他的心脏停止跳动了。他在不知名的处所，看见了一个活人不应该看见的东西。或者是被劫持者打死的。或者因逃跑而冻僵在山区。

3 个月里尸体已经高度腐烂，真相已很难厘清。而且也没人需要真相。

共和国开始在马斯哈多夫的秋千上飘摇：一会这样，一会那样，一会靠近伊斯兰法典，一会要远离伊斯兰法典理政，一会拉拢巴

1　《拯救大兵瑞恩》，美国经典战争电影之一，由斯皮尔伯格执导。

萨耶夫，一会又不干了。感到自己签署了伊斯兰法典理政是砍掉了自己本身的合法性，是自作自受，马斯哈多夫又开始接受反对派的严厉批评。3月10日，总统宣布，"舒拉"中只有一个阿米尔，沙米尔·巴萨耶夫于车臣国家有害，提出要把哈塔布本人从车臣驱逐出境。

是的，哈塔布。一个谜一样的大脚怪。我见过他一次，就一瞬间，在沙利的市中心。高个子，英俊，黑胡子。见到他的姑娘们都惊叹。哈塔布对女孩子们目不斜视，对自己的妻子很忠诚。或者对四个妻子都忠诚？这是一个坚毅的男人。左手缺了几个手指——是在喀布尔或者贾拉拉巴德附近被手榴弹爆炸炸掉的。

奇怪，不是吗？1987年哈塔布在阿富汗作战，反对苏联军队，苏军中也有车臣人，甚至就是那些人现在和他站在一条战线上，一起反对俄罗斯。在一次接受采访时，哈塔布说，"圣战显示了自己的力量，力量并不在武器之中。"那力量在什么呢？兄弟？——这位谢尔盖·巴德洛夫[1]的主人公问道。然后自己回答："在真理中。"这就是哈塔布，但每个人都有自己的真理。

尽管每个人都有自己的真理是不对的。

真理永远只有一个。

"这里不是阿富汗，在俄罗斯这里没有真理，没有思想，没有战争的目的。"他知道，在苏联时期的阿富汗有信念，有思想，有目的。"但我们有目的，如果俄罗斯想要战争，那现在的战争

---

1 谢尔盖·巴德洛夫，苏联和俄罗斯导演、演员。执导过《高加索俘虏》《战争》等。

就会是永世的。"

可能，战争会是永世的。人们总是在打仗。但哈塔布本人不能永生，他当时所剩时日不多了。

他被称为"阿拉伯之妖"。据说，他出生在沙特阿拉伯。还有人说，他是纯种车臣人，来自约旦——那里居住着很多革命前出走的车臣人。

他是从美国广播公司的报道中得知车臣战争的。他看到了电视画面。于是出发来参加圣战了。也是信息技术和直播秀的牺牲品。在车臣伊奇凯利亚共和国他被授予上校军衔。也不是非常突兀，想象我们这里准将和将军有多少呢。还被授予"英勇军人"奖章。已经获得两枚"民族荣誉"勋章。马斯哈多夫想把他驱逐出去。但后来被迫与他合作——经由哈塔布，国际伊斯兰中心资助了车臣抵抗运动。

过了一年，在 2000 年 3 月，哈塔布带领车臣武装力量的残部，就从阿尔贡峡谷突围，在靠近乌鲁兹—科尔特海拔 776 米处，将空降部队的普斯科夫师第六伞兵连全歼。

联邦军队震怒了，发誓不惜任何代价要抓住哈塔布。哈塔布付诸一笑："来抓大脚怪吧。"

没有抓住他。但打死了他——也是在 3 月。在过了两年之后，3 月，3 月，3 月。3 月——欠债——死亡……就在 2002 年 3 月，阿米尔·易卜·阿里·哈塔布，沙米尔·本·萨利赫·阿斯·舒维伊利姆，"阿拉伯之妖"和"大脚怪"，伊奇凯利亚"舒拉"最高军事组织的阿米尔，收到了信，收到老母亲的信啦。在这封信里，他会读出什么呢？

你好哇，儿子！愿真主赐予你长久的生命！我的儿媳们过得怎样？我会很快见到自己的孙子和你吗？我可怜的孩子？回家来吧，你的叔叔阿卜杜拉赫曼病得越来越重了，他想在永远闭眼之前看见你……

据说，信纸上浸了毒药，哈塔布很快就因为中毒死了。就像伊玛目阿里·阿尔—里达，就像哈利发欧麦尔二世，就像耶路撒冷的贝都因三世，就像罗马教皇克利蒙特七世和瑞典国王埃里克十四世；就像哈扎尔帝国的列夫四世，死于先帝的皇后之手，沾染了尸毒；就像被自己的妻子毒死的小罗曼二世；就像那不勒斯的国王弗拉迪斯拉夫；就像安提帕·伊杜梅雅尼，就像斯捷潘·班德拉[1]，就像亚历山大·利特维年科[2]——均死于 4 年之后。

据说，这是俄罗斯联邦安全局一次非常机智的行动。还有人说，这是一次反政府武装成员之间因想为车臣分裂武装筹到更多的圣战资金而发生的清洗行动。或者也有说法，这本是内部的一次清洗行动，但俄罗斯联邦安全局也插手了并扮演了自己的丧门星角色。

有人说，哈塔布是在和俄罗斯的特种部队军人的战斗中受了伤并因伤口发炎、血液感染而死，而收到妈妈来信的故事——谣言之一种而已。

1　乌克兰政治家（1909—1959），乌克兰民族主义者。1959 年在西德被暗杀，尸检显示死于中毒。
2　前苏联克格勃上校，俄罗斯联邦安全局中校，曾批评部门高层受罚，2000 年离俄国前往英国。2006 年入英国籍，疑因金属钋中毒，于同年 11 月 23 日不治，事件引起国际关注，并为全球媒体所报道。

谁也不知道得十分准确。没有人在任何时候都十分准确地知道任何事。

杜达耶夫、马斯哈多夫、巴萨耶夫、拉杜耶夫、卡列耶夫、哈塔布……

我们所知道的所有人，——只是知道这些人死了而已。

有时候，就连这一点我们都有所怀疑。

但是，在那时，在 1999 年 3 月，哈塔布还活着。他主持一个军事教学中心"高加索"的工作。恐怖分子的训练营位于谢尔任—尤尔特，即过去的少先队夏令营。有谣传说，在谢尔任—尤尔特的哈塔布基地藏匿着乌萨马·本·拉登本人，最大的恐怖分子和人类的头号敌人，撒旦之后的第二号魔鬼。主要的俄罗斯媒体夸张地渲染谣言。用这种狡猾的手段达到了 3 月 19 日轰炸弗拉季高加索市场的目的，当时有十几个无辜的人死去，爆炸被与"车臣印记"联系起来：是乌萨马·本·拉登组织的恐怖活动，不会是别人，恐怖分子就藏在车臣。不会在别的地方。

新闻记者们要是想在车臣藏匿乌萨马·本·拉登、萨达姆·侯赛因、阿道夫·希特勒、大脚怪、尼斯湖水怪、火星人和特罗列[1]，最好的地方——就是哈塔布的营地。谁也没有进去过里面，谁也不知道，那里发生了什么。

我曾经去过这个营地，真正的少先队营地。如果准确说的话，这不止一个少先队营地，而是一个高山河的沿岸上散落着的营地

1　特罗列，斯堪的纳维亚民间传说中的超自然生物（往往是巨人），通常与人为敌。

群落，河水很浅，清澈无尘。营地的名字都像在苏联时那么寻常："清泉"，"黎明"，"曙光"，"霓虹"，"友谊"……我在"友谊"营地度过了暑假。我至今还记得这些地方。是的，是建军事基地的好地方。

在哈塔布时期，我没有能到那里去。我们与哈塔布和他的学员接触不多。他们有时会到沙利，到市场上买食品。到公共澡堂子，站在有益健康的硫化氢水柱下洗澡。我们还经常能听到少先队营地那个方向传来枪声和爆破声——训练一天都未停止过。

我亲爱的，我已经厌倦了您的这些"战争回忆"。我听到它就感到恶心。什么战争，你在说什么呀？没有什么战争，就像没有和平，没有这个敌人，没有这个伊奇凯利亚国家一样。别人对我说，我有虚构症，说我把梦境当现实，但是我什么都记得，什么都知道。这是你们发生了幻觉，和整个俄罗斯一起，和整个世界一起。

"我亲历战争"，"而你亲历过战争吗？"，"他在第二次车臣战争中战斗过"。

恶心。

你听着，如此在俄罗斯有上百万的男人经历过与"车臣"的"战争"。如果不是百万，也是几十万。亲爱的，他们在哪里作战，和谁作战？只在自己的梦里，和自己的噩梦。现在，他们是作家，或者记者，或者一般的普通人——地道的农民。会高高在上地傲慢地说，他们理解——他们是舍身为国！这就是我亲历战争的原因……

或者就在院子里——不久前出门，遇到一个醉鬼，烂醉如泥，"老弟，给根烟！"给了。他就说，我们喝多了，和战友一起喝的，你自己懂的……谁打完这仗还会正常？就喝吧。

是的，喝酒，还有座谈会："我们亲历战争……"

我童年时有一个邻居，是个小男孩，他后来被炸弹炸死了，那么你让他这样说行不行：我长大的时候，我去猎过狼！

他们就是这样。

他们参加过的是一场什么样的战争呢？

最经常的是到车臣出两三个月的差，当过特警队员。坐在检查站，根本不露面。可能，参加过两次清查平民的行动。某一天，检查站遭枪击了，也会有的。谁踩上地雷了，也稀松平常。如果完全走运，会赶上突袭——自己还没来得及弄明白，战斗冲突过去了。及格。

他们也许会参加大规模作战。比如，一个由 3 人组成的武装人员小组，都是十七八岁的男孩，被有炮火支援的、由空军掩护的、有内卫团和两三个空降部队亚美尼亚营协同的重型师团包围在村子里；这还不算警察呢。于是，他们所有人经过长时间、英勇地作战，消灭了这 3 个不走运的男孩子。因此获得了勋章、奖章和称号。

很好。但这不是战争。

当你说"战争""我亲历过战争"的时候，就会给人产生一种印象，这里说的是经验，是参加过卫国战争的老战士们讲的意义相同的经验，他们从布列斯特到莫斯科，从莫斯科到柏林，在战壕里防御，回击坦克的进攻，冒着战火渡过宽阔的河流，进行短兵相接的肉搏战，忍受漫长的阵地战。

我亲爱的，要知道，这根本不是这样，你们在瞎说。

要是你讲你自己，就要诚实地说，就要往对了说：我在讨伐队服役。

但这样说不那么好听，不够浪漫——姑娘们不会惊叹。

所以，关于战争——你们就一直瞎说。

别再扯谎了。到了该有良心的时候了。发生战斗的次数并不多。真正的战争——是对格罗兹尼强攻。那时街道上燃烧着坦克，房屋在一天之内几度易手，就像在斯大林格勒一样。在那里战斗的人，他们才能说——我亲历了战争。无论俄罗斯人，还是车臣人。

但是，这样的人很少。这是相对于那些初出茅庐的"参加过各种行动的老兵"而言。能存活下来的少之又少。

车臣人从不吹嘘自己参加过战争。原因很清楚。而且总之——有什么可吹的呢？发生了战争——我们战斗过。这就像千百年来一样，赶上了。这又有什么可说呢？

我们对所有这一切感到恶心。

当和平完全到来的时候，我们就不再自豪，我们感到羞愧。为我们参加了战争而感到羞愧。或者甚至很简单——就在家门口的不远处参战。

我们的情报和强力系统被经常的改革、重编、联合、重组、更名和其他的官僚主义的传染病弄得动荡不安，日常工作变得更复杂了。我们还未来得及习惯自己的称谓、袖标和证件，就又赶上新的改革了。

3 月 14 日，马斯哈多夫关于建立新的伊奇凯利亚共和国国家安全部的命令签署。新的安全部的构成是：国家安全局、反劫持人质局、交通安全局和其他特种办事机构。国家安全部的部长由陆军准将图尔巴－阿里·阿特格利耶夫担任，他是内阁副总理，强力机构的总监，马斯哈多夫的左膀右臂。

我们现在就有了图尔巴－阿里·阿特格利耶夫领导的国家安全部和阿尔萨耶夫领导的伊斯兰教法的国家安全部。为了不重复使用"国家"一词，我们部就开始叫伊斯兰教法安全部。要区分权限的时候，就完全不甚明了了。就好像国家安全部——是苏联安全部克格勃的类似机构，要不就是本身即特务机关。但是，以前这个任务都由以易卜拉欣·胡尔特格夫为首的国家安全委员会负责，而现在它列入了国家安全部编制部门的权力之中。如果国家安全部——就是扩编的国家安全委员会，那么为什么把交通安全局给它呢：不客气地说，直属的警察局才管交通局？总之，国家安全部和伊斯兰教法安全部有什么区别呢？为什么弄两个工作内容重复的情报机构呢？所有这一切看起来就像是说胡话。

或者，这只是人事游戏。这种游戏规则是，如果想撵走某位官员，不是宣布将他解职，而是新建一个平行的部门并任命其新的亲信担任这个新部门的领导。

有时候，原来的官员，明白了，最主要的作用已经失去了，自己就走人了。

阿斯兰别克·阿尔萨耶夫在国家安全部建立了两周之后才递交了辞呈。是根据个人意愿离开的。这是官方的说法。我们都明白并在办公室里议论纷纷，说阿斯兰别克是被"撵走的"——迫使其让出自己的职位。

与此相同的是5月初外交部部长阿赫雅德·伊季格夫离职了。他证实，他的外交部只在纸上存在，连办公室都没有。政府里有一个平行的全权职能部门——对外关系管理部。

阿尔萨耶夫没有消失，没有消沉。他回到了他赖以起家的老部队。

陆军准将阿依达米尔·阿巴拉耶夫成了我们的新部长。4月11日，我有了一个见到他的机会。那天，安全部沙利地区分局（那时我们还那样叫）的武装人员在我的领导下（列契留在办事处）击溃了一伙在一个距阿尔贡市不远地方抢劫油井的匪帮。警察们和不肯退出油田区的匪徒对骂不已的时候，突然残酷的对射枪战开始了。流弹打穿了我头上的贝雷帽。我立即扑倒在地，用卡拉什尼科夫冲锋枪向匪徒的方向猛烈射击。没瞄准，出于恐惧和气愤。"石油帮"打伤了我们两个人，跳上了他们用无线电话叫来的汽车，边跑边开火。我们，好像，也打伤了一个——就在刚才匪徒上车的地上，一大摊血汩汩流淌着。过了一小时，阿巴拉耶夫到发生枪战的地方视察了。听取了我的汇报，直点头。告别的时候，像亲戚一样，亲切地拥抱了我。然后就回格罗兹尼去了。

阿依达米尔·阿巴拉耶夫是19世纪伊玛目阿里别克－哈利发、车臣民族英雄的后裔。在第一次车臣战争中，他指挥了一个山地步兵团，在诺斋－尤尔特地区作战。1996年他与萨尔曼·拉杜耶夫一起占领了基兹利亚尔。阿巴拉耶夫曾是巴萨耶夫、哈塔布和所有其他瓦哈比派分子的对头。

在第二次车臣战争中，他将重新回到诺斋－尤尔特地区作战。他那时几乎就要占领阿赫马·卡德罗夫的全部阵地，迫使其放下武器了。但是哈塔布死后，他又重新与俄罗斯人作战了。2002年，在与总统会商之后，他的"尼瓦"牌汽车遭到伏击，他就死了。俄罗斯媒体最初宣布，是联邦当局的一次清剿行动。后来又把暗杀嫁祸给马斯哈多夫。

很快，4月24日，根据总统令，伊斯兰教法国家安全部——国家安全部都更名了。怎么更？对。改回去，变成内沃德（内务部缩写音），变成内务部。转了一个圈又回来了。内务部——国家安全局——国家安全部——伊斯兰教法国家安全部——内务部，我也有可能记漏了或者记混了什么，在我们情报系统不停变换招牌的情况下，这也毫不奇怪。

列契，当然，不能不挖苦几句：

"就是把鸡称作老鹰，鸡反正也是不会飞的。"

这种不大好听的玩笑性质的话，他只是我在场的时候才说几次。可不止我一个人听说过呀。

就像故意做对似的，恰巧这个时期，马斯哈多夫在正式的报道中经常不被称为总统，而是被称为人民精神的导师，"伊玛目"。如此一来，叔叔的笑话显得轻薄而不庄重。

5月1日，新的总统令又出炉了。马斯哈多夫就像烙馅饼一样，来回用自己那套法律规范来替换议会的立法活动。但是，五一法令总的来说有点特别。第128号总统令是要进行考评——这是新的"清洗"——在法院和执法机关里。这次，针对的是"涉及刑事犯罪的"相关工作人员。从今以后，有犯罪记录的公民不能进入司法和执法机关工作，目前此类的工作人员属于清退系列。

很明显，这是阿特格利耶夫怂恿总统干的，他已经公开宣称不让犯罪分子以及非职业人员进入政府机关。按他的意见，在司法和执法机关工作的应该是训练有素的法律人士，而不是只有小学三年级文凭的教会学校或者伊斯兰宗教学校毕业生、抵抗运动中英勇的参加者。

听着好像都对。像以往一样，都是不可告人的算计。

只悄悄地清除了我的叔叔列契。官方说辞——他有前科。当然，这对谁都不是秘密。经历了这么多次"清洗"的叔叔，被以官方荒谬的理由解职——这是清楚的，他早就不是罪犯了。他在和犯罪做斗争的时候，贡献了多少力量，洒下多少鲜血！这太不公平了！

实际上，我坚信，是叔叔不拘小节和天性自由的表现、他对所有问题的个人看法被人记了仇。包括他对伊斯兰法典与"非洲法律"的评论。还有他对犹太问题的特别的立场。也有关于鸡和鹰的笑话。这个笑话可能是压垮他的最后一根稻草。

车臣共和国在继承社会主义好的方面的时候，也得上了苏联的遗传疾病，像得了带状疱疹一样，迫害那些说笑话的人。

至于说到训练有素，列契在法学方面非常专业，尽管他并非法律系毕业。他在失去自由的地方研究权利——在犯人中间这是一种时髦。如果算一下，他坐了多少年牢，那么，他不仅大学毕业了，连研究生院都读完了。都完全能进行论文答辩了。

列契实际上对俄罗斯联邦的刑法典和刑事诉讼法典非常了解，起草了与其文本相近的许多逐条解释材料。他熟知犯罪侦查学，甚至都能教授犯罪学。他比坐在书斋中的教授更透彻地了解犯罪行为心理学、犯罪团伙的组织原则和职能划分。

那天晚上，知道他的离职后，我真诚地向叔叔倾诉了这一切。列契拿出了几瓶酒，召集了最亲近的同事中的朋友；我们陪了老板整夜，在他的办公室，在少年官。我们喝酒，玩闹，根本不怕被告密到伊斯兰法院去。我们大家都使劲夸奖和颂扬列契，特别是我。临近清晨，我已经不管叔叔叫别的，只称呼"大教授"了。所有其他人也就开始这么叫了。

这，使叔叔特别受感动。他承认：

"我的伙伴们！这太令我贴心了，无论是上边，还是在辖区，我还没有这么合适的称谓。称名道姓，或者简单说——就是车臣人。而你们——叫我大教授！这是非常好的名字，很般配！直接加冕！"

从那时起，这个后起的名字就一直伴随着列契。在有作战行动期间他是被这样熟知的：野战指挥官普洛菲舍尔（即教授一词的谐音），代号——"鹰"。

第二天等待我的是预料之中的新闻。我应接替普洛菲舍尔的职位。作为副手，临时代理——主持工作。局长。但哪里的局长呢？

共和国的情报系统更名了。再也没有伊斯兰法国家安全部了，也没有罗什格勃 ——伊斯兰教法国家安全部沙利地区分局了。在内务部的架构中，地区分部应该称为类似罗夫特或者卢夫特，即内务部地区分部或者内务部地区分局。但是这样就完全和俄罗斯一样了。我们的伊奇凯利亚得耍耍威风。所以,我的办事处就叫——沙利警察局。

我一开始实在不喜欢这个名称。怎么,现在我竟然成了伪警察?

我坐在列契的办公室——现在已经是在自己的办公室了和穆萨·伊季格夫说自己的苦楚。他尽管也是伊斯兰教徒,有点傻里傻气,但好像和那些告密者不太一样。

"警察分局,地方民警机关——有啥区别呢?警察分局——也就是听上去好听点。就像美国电影里那样叫呗。"穆萨说。

"哎呀,你呀,穆萨!亏你还是一个穆斯林!你知道不,美国——是伊斯兰教的头号敌人!"

"是呀,"穆萨叹了一口气,"但是,电影好看啊!那到底有什么区别呀?"

"你懂吗,地方民警机关——这就是地方民团,这就是人民自己武装起来,来维持秩序。而警察分局是由国家武装,维持自己的国家秩序和政权本身,其中不含人民。就是这种历史区别。就是在苏联,民警局也早就没了,有的是警察分局。在俄罗斯,在我们这儿,都一样。但是,反正,这些词儿呢——它们自有其力量,这些词语都包含着传统。"

我的话里还有不少穆萨不太懂的词,但他明白了我的意思,就说:

"是的,民警局要好些。依真正的伊斯兰法典应该有的不是警察局,而是民警局!只是一定是真正的民警局,而不是像俄国人的特种民警队那样的，他们的特种民警队连自己的人民都作践。"

我只想给你们讲一个事件。想讲给你们听，我们是如何没有抵抗就放弃了沙利——我就是从这里开始写自己的小说，——后来又如何进入了沙利。后来，又因此发生了什么。并且说明，所有这一切为什么会如此发生。

要知道，我是一个微不足道的人。我不是将军，不是政治家，甚至很少和他们并排出现。我就住在自己的小城里，实际上是个村子，在沙利。我只见到了在沙利发生的事，——当然，还不是所有的事。我知道的只有这个，突袭沙利。以及猝然降给我的小城——不，怎么改名也是个村子——的痛苦。

我还想弄明白，有关我的一切是如何发生的。到现在我是谁，以及以后我会是谁。要知道，我只不过——是一个人，许多人之一。

我不认为，也没想过要解释清楚一切。我又不能像鸟似的从高处俯瞰 1999 年——我不是鸟，我在那里，在底层。

如果我是一只鸟，是一只燕子就好了！

要是我能飞走……

但是我想弄懂：为什么？我也明白，在我的生活中，在我的命运中，没有答案。如果说会有答案，那对它们寻找就只能直面整个车臣的命运及更远，只能直面整个帝国的命运，直面苏联的命运。只有在那里，才有所以然。

要知道，这一切的发生并不是因为，我在童年就不听妈妈的话或者学习成绩不好。我没有什么错！

但甚至我被看成是流氓也不算什么。再说，我早就是成年人了。

您知道的，只有小孩子才一切都责怪自己。当母亲死了或者父亲离家出走的时候，小孩子会真的觉得这一切都是因为自己的缘故，因为受宠惯了，任性惯了。所以他就哭，保证要表现好。只是想让妈妈重新活过来，只是想让爸爸回家来。

儿童相信一切都取决于他们自己。

但是，我已经是成年人了。我不相信。

我被大肆责难和侮辱。现在我想弄明白：这不断的侮辱是为什么。是因为什么。

但我还是得不到合理的解释。甚至翻阅自己严格地按时间先后顺序所写的笔记时，在浏览发黄的报纸剪报时，我看不到合理性和合法性。这不是火车头和车厢的一节牵引另一节的编组的历史。这更像是其他别的东西。

就是在地上滚雪球，把雪压实的同时，也把粘在上面的枯枝败叶和去年的草屑、小石子和垃圾都推卷进雪球了。就是这样——不是连接，而是众多事件的黏附。黏附，黏附，再黏附。达到一个临界质量。然后——就是断头崖，崩塌，高山上发生的冰川消融或者泥石流爆发。

3月21日，格罗兹尼发生了刺杀马斯哈多夫未遂案。7人受伤，其中就有总统的卫兵。马斯哈多夫宣布，刺杀是俄罗斯特种部队和车臣奸细组织策划的。甚至都没暗示巴萨耶夫有份儿。可能，巴萨耶夫确实与此无关。

然而，之前，3月6日，正是巴萨耶夫要求俄罗斯代表处的工作人员在8小时期限内离开格罗兹尼。要知道，巴萨耶夫可不是总统，驱逐使节和代表这种问题不应由他来决定呀！俄罗斯代表团就撤了。3月7日，完成了从格罗兹尼撤至莫兹多克和弗拉季高加索的行动。

4月26日，俄罗斯内务部部长斯捷帕申宣布关闭俄罗斯—车臣边境并有可能开始对车臣的军事行动。尽管俄罗斯总统不是斯捷帕申；他也不是总理。也没有权利决定战争和边界问题。印古什重申了与车臣边界的互通，公然与俄联邦部长背道而驰。但是，车臣方面对印古什民警局哨所的攻击迫使鲁斯兰·阿乌舍夫向伊奇凯利亚提出照会，要求保障边界安全，而印古什方面则开始用装甲技术加固哨所。

5月25日，发生了一起针对伊奇凯利亚穆夫提[1]艾哈迈德·卡德罗夫的刺杀案。爆炸导致5名警卫死亡。穆夫提甚至毫毛都未伤。

还没到他毙命的时候。又过了几年，也是在5月，车臣已经完全恢复了宪法秩序的时候，过去的穆夫提，现在亲俄的共和国首脑，就在军队和警卫部队的护卫中，在节日庆典时，被炸死在体育场。6月21日夜里，发生了刺杀国家安全委员会领导胡尔季格夫的案件。没有人受伤。胡尔季格夫对新闻记者们说，这是人质劫持犯和毒品走私犯的报复行为。白天，所有的强力部门和执法机关的首脑都转入战时作息，处于战备状态，日夜不撤地值班。我当时也在"首脑"行列，作为沙利警察局局长——已经不再代理职务。两夜都直接睡在办公室。我作为沙利伪警察的头目的最

---

1 穆夫提，伊斯兰教教法说明官。

后两夜。不过这已经是后话了。

过正常生活的所有希望我们都维系于伊奇凯利亚与俄罗斯的谈判。关于这件事谈论很多。还是在 4 月份，克里姆林官就同意总统们会见。后来总理们也想会见。一切都搁置了。一会儿是这件事影响了，一会儿是那件事妨碍了。

就像在弗兰茨·卡夫卡的小说《城堡》里一样，主人公想见土地丈量员，但是怎么都办不到。后来结果……竟是……要么他自己就是土地测量员，要么就还不知何故。总之，是一部荒谬绝伦的小说，卡夫卡嘛。

沙米尔·巴萨耶夫在阿布哈兹许诺说，阿布哈兹战事结束后，他会去从事专业性工作——他学过当土地测量员的课程。

矿山测量员巴萨耶夫。

您看，医生，我的脑子里，记忆中，车臣共和国的历史黏着这些东西，黏着一串串的关联的事件和事实。

这么说吧。最终还是有过会见的。但显然不是我们想象到的那样，而是偶然的，顺便而已。甚至是无意中发生的。6 月 11 日，印古什在庆祝新首都落成期间，在马加斯城。谢尔盖·斯捷帕申和未被承认的伊奇凯利亚总统相遇了，当时斯捷帕申已经是俄罗斯总理。说了几句要重申双方的爱和友谊的客套话，任何有效的公报也没有。

马斯哈多夫一直重复要尽快与俄罗斯总统会面、举行最高级别会谈的愿望。斯捷帕申点头，同意这个说法。是的，我们会为您与总统的会见做准备。斯捷帕申对一切都表示同意，都点头。

俄罗斯并不准备真的进行谈判，只是戏弄和安抚马斯哈多夫，在他的可怜的头脑中制造幻觉，而俄国自己在为入侵秣马砺兵，而不是为总统们的会见做准备。

伊奇凯利亚总统和俄罗斯总统的会见不会举行，永远不会。很快俄罗斯就将有一位新的总理，他会开始一场规模不大但不败的战争并在这个旗帜下取代现任总统的职位。过几年，他就将会打死马斯哈多夫。可能，他会看着被砍了头、眼珠上翻的车臣总统：怎么样，阿斯兰？如你所愿，我们这不见面了嘛。

也可能，一切都会以另一种方式发生。前总统们在最后的和最高的审判时会见。我不知道，是不是伊斯兰教法的审判，反正会是最公正的。当叶利钦出现的时候，马斯哈多夫已经恭候多时了：怎么样？鲍里斯？我们这不见面了嘛，虽然并不如你所愿……

6月19日，在车臣和俄罗斯边境斯塔夫罗波尔边区开始修筑工程建筑项目。封锁开始了。

与此同时，我和伊奇凯利亚执法机关不长的故事也快结局了。1997年我因自己堂叔叔的介绍，加入国家安全局。之后这个办事处几次变换招牌。1998年我已经是罗斯格勃（伊斯兰教法国家安全部地区分局）的副局长。局长，即我的叔叔被解职后，1999年，我成了代理局长，现在已经是在伊奇凯利亚内务部下属的沙利警察局。过了一个月，我被任命为地区分局局长。现在我是大权在握的首长，没有代理两个字了。我在26岁的年龄就做到了自己仕途的"制高点"。就是说，还是个黄口小儿，现在我才明白。那时的我，当然，认为自己是一个有经验的人和充满智慧的男人。

对我来说，"年轻人"指的是我的属下们，他们很多人都不到 24 岁，有的比穆萨·伊季格夫还小。

"大教授"列契离职之后，我们的工作没有任何变化，仍是不断地随着名头的变换而进行内部改组。大概新组建的国家安全部一开始就对绑架人质和毒品走私以及其他所有重要的国家事务表现出了极大的积极性。这使我们明白了，现在我们的事情就是当好纯粹的治安警察。

但这没有持续很久。国家安全部的力量是不够的。不管怎么改名，不管怎么改组，执法机关训练有素的干部并未因此增加。这就好比扑克牌——无论你洗多少次牌，反正一副纸牌就 36 张。不是像总统每次期待的那样，新的红人会在与犯罪做斗争时，会像魔术师或者赌棍那样，从袖口变出能量和花样。警察局重新在重要的战略战役中起作用。比如打击类似非法盗采和加工石油一类的犯罪。在石油综合体中一切都越来越糟糕。共和国境内到处是纵火和盗窃。大部分油井都被武装分子非法控制。只有十分之一的石油通过国企流通。其余的均以犯罪的方式流转。只有达吉斯坦每夜能运出 300 辆油罐车。

4 个露天油田日夜燃烧，一天天地，污染着空气，纵火使每昼夜损失掉的石油以数千吨计。无法扑灭油井大火。

任何在油田部门恢复秩序的努力都会遇到匪帮们残酷的抵抗。那些参加打击"石油走私犯"的执法机关的工作人员不是被打死就是被绑架。被带往不知名的处所。甚至谁也找不到他们的尸首。据说，他们都被扔到燃烧的油井中去了。还活着的时候。

我对自己的部下说，这是"石油走私犯"们自己散布的谣言，为的是吓住我们。

6 月 16 日，末日降临到库尔恰罗伊区。什么也看不见了，整个天空被巨大的黑色的云雾笼罩，燃烧的油井引起了不自然的日全食现象。当地的居民从那里抽"油渣"——石油凝析油。

5 月马斯哈诺夫被任命为格罗兹尼石油公司总经理。他成功地从匪帮手里夺回了 10 口油井。根据他的要求，油田的保卫部门已经不再是一个警察局，而是集团军部队。他们宣布，这是临时措施。这个世界上的一切——都是临时措施。伊奇凯利亚本身就是临时的，时间倒是所剩无几。

沙利地区的省长是伊萨·拉乌达耶夫。地方上有着双重政权，一方是村民选举出的由行政长官主导的自治行政机关，领地，另一方则是总统权力机构在地方的分支机构，由格罗兹尼任命的各局局长领导。就像在俄罗斯说的那样，"垂直政权"。

局长们既把财政大权抓在手里，又把所有的权限紧握，使地方自治管理机关的委员会只起装饰作用。就像在苏联式的区党委和区人民代表大会。这还是社会主义的遗毒。如果您明白我说的是什么，就好理解啦。

就是说，我们这里的省长是伊萨·拉乌达耶夫。我管他叫"狐狸"。他是那种滑头类型的。正是这位拉乌达耶夫，在 7 月，决定对非法占领和非法加工石油制品采取突袭斗争。马斯哈多夫发布了新的命令，提到要对持续盗采和非法加工石油制品的负起责任。拉乌达耶夫就需要拱到圈子里去，讨老板欢心。我理解他。只是完全不必要把我当替罪羊。

但是，事情就到这一步了。我们和拉乌达耶夫弄不到一块儿。而能让我躲事儿的列契又不在身边。"大教授"准备去国民卫队，但是暂时还处于过渡状态。简单说，醉着呢。

拉乌达耶夫进行了突袭，没有吸收我们，沙利警察局的人，参加行动。来支援的是从格罗兹尼国家安全部和内务部派的工作人员。这明显的是以此暗指我局与私采油田的贩卖者有营私舞弊的关系。

自然，表明了这是违规的。表明倒是不复杂。小贩子们就和自己的油桶一道站在所有村子的大路旁，从来不躲藏，甚至警车或者政府的车队就从旁驶过。官员们时不时地也要往油箱加油！

抓了一大批人，给了警告，交了罚款。总之，动静挺大，给格罗兹尼来的人印象深刻。而突袭一结束，我就被叫到省长办公室，要给出解释。

有人和我说了拉乌达耶夫采取的措施，我清楚等待我的是什么。我就平静地把自己武装好，从办公室出来，就向司机点头：

"哈姆扎特，去省长办公室。"

从隔壁办公室一下子冲出我的两个警卫，但我阻止了他们：

"待在家里吧，就去几分钟。省长办公室警卫够用。"

属下能为我冲锋陷阵，但我不想制造冲突境况。而且我公正地认定：不会遭到逮捕。不会有人直接在省长办公室开枪。骂一顿了事吧。最极端的情况——无非是解职。这样就无须太神经过敏。

我一屁股坐进黑色"伏尔加"公务车的后座，一次又一次地摇下贴膜的玻璃窗。很热。夏天嘛！

在省长办公室坐着几个陆军准将或者是从内务部和国安部来的几个上校。

"萨拉姆阿列伊库姆[1]，同志们！"这是我在报告。

"瓦……列伊库姆－萨拉姆[2]，塔尔梅兰，"拉乌达耶夫和我打招呼，让我坐下。

我坐下了。据新的臂章判断，一个来自国家安全部的同志，相当严肃，戴着毛皮高帽，满脸胡子，没自我介绍，开始了突然袭击：

"你怎么能让沙利的非法加工品买卖如此猖獗？给人的印象是，你领导的局本身就对犯罪商业有兴趣并且在为那些商人提供保护！"

"从来未从那些卖桶装油的商人那拿过钱。加油的时候，自己花钱。不然又能上谁那里去买油呢？汽车加油站总会是空空如也。我们总有任务要外出，我们不能等到国营企业的汽油供应都理顺。而你，如果想提出指控，请先出示证据。"

我确实从不为难街边小贩。我的属下我不能担保，可能，也有那样的情况出现过。但是，我们局整体上从未包庇过非法汽油商家，尽管没有特别尽力地阻止它。

我拿过钱，是的。就像列契教我的那样，那种实在"按概念上来说"，或者简言之，从公正的角度，是我和属下该得的——比如，

---

1 这是穆斯林之间的问候语。大意是：愿安拉赐你们平安！
2 这是穆斯林之间的问候语。大意是：愿安拉赐你们平安！

如果有返还受害人被盗的财产的那种情形。或者保护了某商铺免受匪帮的劫掠。

我不喜欢这样，但我也没有别的出路。不只是我需要钱，工作人员，我的属下都需要钱。买汽油的钱。甚至还有给我们的武器买子弹的钱。国家提供的保障实在微薄。

但我从来不欺负街边小贩，还没堕落至此。

老狐狸拉乌达耶夫试图缓和会谈的调子：

"没人说你个人拿了钱！但是非法流转的繁荣确实是在警察局的姑息下嘛，这你该同意！"

"玩忽职守，"来自国家安全部，戴着毛皮高帽，满脸胡子的家伙补充了这个有价值的词并瞪了瞪眼睛。

我大怒。

"你们惩罚的是那些小商小贩，那些可怜人，他们也要养家糊口！他们不过是养家糊口，他们没有任何别的工作，他们就整天带着塑料油桶坐在路边上。或者你们认为，是黑手党坐在那里？真正的'石油走私贩子'不会坐在路边，他们会坐着大吉普车，住在有单独空调的四层楼房里！你们为什么不惩罚他们呢？或者你们不是男人？或者你们没胆子干这事？或者你们只在和街边穷小贩、和那些战争中的残疾人和老人作战时才变得勇敢？"

"我们将和所有人做斗争。"安全部的人阴沉地回答。

"那就从主要的开始干，而不是装腔作势，摆样子搞突袭。真主在看着，我在哪里战斗，在应该战斗的地方，和匪帮战斗，而不是和老人！我在阿尔贡战斗中可没看见你，当'石油走私贩子'

打伤了我们两个工作人员，我的脑袋差点被打穿的时候，你在哪！"

我一气之下把自己的被子弹打穿了的贝雷帽摔在桌子上，走出了省长办公室。

伊奇凯利亚军队总司令部下设的作战总部号召合并所有的强力机构，让总统检查他有关强化责任的命令的完成情况等等。我就在这次汇报中落马了，这是拉乌达耶夫和他那批格罗兹尼来的客人们，尤其是那个戴着毛皮高帽、满脸胡子的家伙极力促成的。根据汇报的情况，马斯哈多夫解除了省长和市长的职务，并建议内务部长解除目前沙利警察局局长的职务。就是开了我。这样我有幸得到了总统本人的关注。

6月22日命令出笼了。俄罗斯历史上最后一次正义战争的开始纪念日当天[1]。

我很快就被解职。成了一个闲散之人。

只是在那时我才明白，我是多么疲于奔命地工作。工作占据了我多少精力和时间——所有的精力和全部的时间，这是真话。没留哪怕是一分钟停下来思考。

有时候这对我有好处，特别是列伊拉死后。但这不应该永远地持续下去，否则我会变成疯狂的机器人、劳工、还魂尸。

喘息一下正是时候。遗憾的是，这次被迫出缺仅仅是喘息的间隙。在新的灾难和考验来临之前。

是的，说到这次出缺，可正是时候。我两年来第一次休假。

1　1941年6月22日，德国入侵苏联，苏联伟大的卫国战争开始。

我从沙利长途电话站打电话给在克拉斯诺亚尔斯克边区的父亲和母亲。在沙利的市中心，在公共汽车站和百货公司之间，一个还是在苏联时期就有的邮局大楼和城际长途电话站。

早就不能进行直接联络了。但是在电话站的楼里一个很有办法的公民开了一个私人商店——提供与俄罗斯和地球上任何一处卫星通信服务。通话效果很好，没有干扰。只要卫星不从自己的轨道上掉下来，就不会掉线。很容易打个电话。只是很贵而已。还需要排很长的队。

在卫星电话旁排队时，我被认出来了，想让我到前面去。人们还记得我是一个大官。我礼貌地拒绝了：比我岁数大的男人、女人都在排队。就耐心地等待，轮到我了，才打电话。

我的姨妈接了电话，我对她说了我是谁，并问候了她的健康。她很激动，立刻跑去叫我的父母。

父亲拿起了话筒，说话声音很平静。告诉我，他们生活得很好。我定期托人捎的钱他们都收到了，谢谢。没有多少花费。妈妈马上有养老金了。在克拉斯诺亚尔斯克边区办好了养老金支付事宜。母亲是俄罗斯人。而父亲被拒了，因为他是车臣人。想按专业，农艺师，安排一份工作。也被拒绝了。尽管当地生产部门需要一位专家。人家直接就对他说，不录用车臣人。但这只是暂时的。父亲给各级组织写了很多信并坚信，他的问题会公正地解决。养老金的事也一样。

母亲身体好了很多，非常想回家。但是，据说，边境是关闭的。也就是说，过去可以，而返回是不行的。甚至需要紧急回来到医院就医也不行。

我说，暂时不需要回来。家里一切都好，我每周都过去看，也有邻居照看。很快一切会好起来，那时再回来吧。到时候我会过去接你们。

妈妈就在电话里放声大哭起来。

电视里说的都是吓人的事……儿子呀，你到我们这里来吧，怎么都行，从印古什或者达吉斯坦走呗。所有人都在说，要打仗了呀……

这里一切还好，母亲，一切都很平静。不会有什么战争的。相反，很快总统们就会举行会谈并签署新的和平协议。

我这样说。

我自己相不相信这件事？

不知道。当时是不知道。

但是非常愿意相信。

在被解职而来的假期里，我过得很好，很平静。太好了，生活给了我停顿！休息的时间，重新审视自己的内在，恢复身体。就是这样——享受生活原本的样子！

于是我就享受了，而且还是夏天。在我的院子里长满了水果和浆果：樱桃成熟了，欧洲甜樱桃，醋栗有红有黑，还有马林浆果！有3棵不同种类的桑树：黑色、白色和玫瑰色各一棵。已经成熟的还有杏树、杏干、苹果、梨、葡萄、李子、樱桃李！一定还遗漏了什么……希腊核桃？不，核桃成熟的要晚着呢，在秋天。

我重新开始侍弄园子，就站在街道上吃水果。从父亲的图书室里取书来读。有时候晚上去邻居那里做客或者在自己家里招待客人。

不想到任何地方去就职，连机关的门槛都没踏，就是满村子转，从上游到下游，从下游到上游——去父亲的家再返回。必须随身带着枪。我既没有上交卡拉什尼科夫冲锋枪，也没有交出手枪。我的武器也不是谁发给我的，冲锋枪是我买的，而手枪是从那帮小匪徒那里夺来的——既如此，我凭什么要交出自己的武器？第一件武器，那把斯捷奇金，是"大教授"给我的。但是，这是他个人赠送的礼物，而不是办公用品。

这样，就是在我被从机关解职后，我就成了"带枪的人"。这违犯了法律。有关武器的法律。但不是我一个，所有人都违犯了这个法律。很难找到一个家里没有任何用火药的射击武器的车臣人。

是的，最初的时光非常好。而后来，被解职两三周之后，身体急剧衰弱了。梦开始侵扰，开始噩梦缠身，也没有胃口，头痛。可能，两年来积聚在我身上的应激反应猝然出现了。这是我的病的最初征兆。

那时我可还是一个身体特别健壮的人！年轻，医生，年轻。年轻可以忍受一切——包括应激反应，被梦侵扰的作息，失眠，不规律的饮食，宿醉，非人的身心紧张，甚至受创和受伤。年轻的肌体承受了一切。或者只是看起来是承受着。要知道，只有猫才有9条命，而人——总共只有一条命，总是在熄灭的边界颤动着。伤痛和疾病，它们积聚着，甚至在青年时代也不会无痕经过。

所以，现在，过了 10 年之后，我成了这副骨头架子。

我患有脊柱侧凸、神经根炎、胃炎、胰腺炎、心机能不全、重度脑震荡等等，等等……这就是在冰冷的地上过夜、沉重的旅行袋和作战背包、干硬的口粮、外伤、震伤、感染、应激反应的结果。一切都成了留在我不幸的身体上的痕迹，从内到外。而精神状态……有什么可说的呢？您自己什么都明白。

第二次车臣战争只有几个阶段，最初可以称为作战行动。所有其余的：一方面是佯攻和游击偷袭，另一方面是讨伐战。

当冲突中抵抗的一方完全成为游击队和破坏者的时候，另一方就可以充任警察和执法宪兵的角色。这就不是战争——俄罗斯将军们的行为是合法的。

不过，如果狮群被驱赶到热带干草原上并用直升机上的大口径的机枪扫射的时候，——这是"狩猎"了，车臣的作战倒是——"战争"。

从前我简单地认为，战争所指的是或多或少可以相提并论的对抗双方的军队的对垒。比如，斯巴达克统率下的奴隶们挺进罗马并在田野上与军团的士兵交战，这比较像战争——尽管一群无政府的群氓与常规部队的冲突的结果几乎总是可以预料的。而当击溃起义的奴隶之后，整个意大利开始了大搜捕，一个一个地和一伙一伙地被钉死在路旁的十字架上，——这已经不是战争了，这恰是反恐行动。或者说是讨伐行动。这是毫无二致的。

现在，我已经什么也不相信了。话语的意义——弱于一切。目前每一个词语表达的都不是它应有的意义，而完全是某种别的东西，是根据情况和必要性而说。所以当战争开始的时候，它就被叫作反恐行动，而现在讨伐行动被称为战争。为的是好听和显得勇敢。

我都明白了，是的。俄罗斯，俄国人民需要这个神话：关于个人英雄主义，重新讲述自我牺牲精神，关于军队的复兴以及其他。这就是——俄罗斯民族思想。如果要是没有了车臣人，它们就只是臆想而已。不，第二次车臣战争还不只是简单地把一个官员送上了总统的宝座。但它拯救了俄罗斯！给了俄罗斯一个神话，一种信仰，一群榜样。这些狂热的士兵、为俄罗斯土地受难的人重新在地铁站游荡。唱着歌曲。纪念英雄的功绩的作品在电影院和首都公园长凳上上演。用苦难和心灵伤痕装饰过的浪漫的男人，比如，这使他们有权利狂饮伏特加，或者有权犯罪或者有权写书。

我认为，这场过去的战争会逐年生长和膨胀。它的故事会衍生出许多早前不为人知的细节。将会有越来越多的战斗故事。车臣人有了自己的防空部队，然后有了自己的飞机、自己的坦克师团、火箭部队。当然，还有原子弹——俄罗斯英雄们及时使之变得无害。我想，连车臣的国土都会生长——为了放置大规模的杀伤性武器呀。逐渐地，纯一色为车臣人的军队的人数也翻番为百万大军——这还不算在别处作战的 200 万阿拉伯雇佣军。

一般的俄罗斯的神话创作已经很多了。关于如何作战——不是靠数量，而是靠本领。靠英雄主义。如何用最小的力量遏制在数量上超出自己的敌人的猛攻。赤手空拳怎样逼停坦克。冲出包围圈。扑堵枪眼。当然，子弹永远不够用……

整个俄罗斯都不能没有这个，俄罗斯人民没这个不行。因此，碰上的是车臣人是再恰当不过了。这太好了，碰上了车臣人，要是碰上了中国人（安拉保佑，千万别是中国人），那么在俄罗斯民族精神复兴的过程中，俄罗斯这个民族就会被快速地从肉体上消灭了。

对，用打死在车臣的各民族的几万人的代价，换来了我们这个时代可以实现的俄罗斯民族自我意识的高涨（尽管有点装腔作势，很明显具有煽动性）。俄罗斯没有这个活不下去。我们将正视现实并直言不讳。

有人会想：有付出就等于有补偿。但不是我想的。因为"俄罗斯民族自我意识"对我来说无所谓，就像是车臣民族自我意识或者任何别的什么意识一样。我对"俄罗斯"也无所谓，就像对中国、伊奇凯利亚和任何其他"国家"一样。如果任何民族思想或政治教育都要求人们用死亡为自己的存在付出代价，如果那代价是受尽折磨的孩子的泪珠，如果是这样：野战医院里断了胳膊腿儿的儿童和妇女，因白发人送黑发人（非自然死亡）而哭泣的老人们，大量被埋藏的初出茅庐的年轻人，那么——你们听着——让这种思想和教育本身，无论它怎么称呼，——见鬼去吧！因为这种东西只在那里才有位置。

有一次我和自己的朋友谈话。讲到有关古代类似条顿勋章的话题。我说：你是从活在那个时代的普通人的观点来看的。但是如果从历史的观点来看……

而他说：不。看待历史没有任何别的观点，除了生活在那个时代的人的观点。

于是我明白了，是这样的。

如果他，那个时代的普通人丧失了家庭和房屋，如果他被拷打并被打死，那么这就已经是全部的历史。而能否克服封建割据，是否进行了进步的改革——这对上帝来说不重要。谁想出了"历史的必然性"，谁就早已远离了上帝。

于是我理解了，在第二次车臣战争中关于俄罗斯的英雄主义神话是为什么和如何发生并膨胀的。明白了，但不能接受。因为这是没人性的。

还因为，这简直就是胡说八道。而我知道，在车臣发生的一切实际情况。

我赋闲在家的时候，差点重新结婚。不，不是因为我爱上了谁，或者和谁常"见面"。只是经历了发病时期后，我想整理自己的生活。这对于狂躁—抑郁型精神病病人来说是寻常事。

狂躁阶段和抑郁阶段会交替，其后重新狂躁。在狂躁阶段病人会极度狂妄，计划妄图改造宇宙，改革国家，或者就这样哪怕改变自己的生活也好。我就是这样，想要修缮父亲的房子，经常在院子里挖来挖去，种东西，或者相反，都连根拔了。甚至想出来要迎娶一位新娘。

好在狂躁阶段及时地被冷漠取代，我也就没做蠢事，没有把一个人的生活损毁。这一切都不对，从一开始就不对：列伊拉不应该嫁给别人。她是我的并为我而生的，这是命中注定的。但是一切都毁了，混乱地纠缠在一起。不应该，不应该纠缠的东西更多。

一种生活———一种爱。

这不是宗教蒙昧主义，也不是民族偏见。我自己从前就是这么认为的。也相信过性革命和性器官自由。但是，这是欺骗，是错觉。根本没有什么革命与自由。人们就是天鹅。人真的就是天鹅。[1]

当我们交换配偶、互换的时候，我们在寻找某种新东西，我们只是把一切复杂化，迷失了，失去了自己原有的，当然，什么也没找到。所以，一种生活就只有一种爱。没什么更多可琢磨的。1999 年 8 月初，战争在达吉斯坦开始了。很快就成了车臣战争，第二次车臣战争。

6 月底，我被伊奇凯利亚执法机关解职。整个 7 月和 8 月我都待在家里，休息并平静下来。达吉斯坦发生的事件只是从媒体上和交流中得知的。

在楚曼达和博特林赫两个区一些地方，一些本地的瓦哈比分子差点就宣布了独立。就像早前，1998 年一样，在卡达河地带一些高山村庄被宣布为"特别伊斯兰领土"。大概，由于空气稀薄缺氧，精神分裂症加剧了。

另一方面，在这段历史中，也不是所有的人都是精神分裂症患者。棋局已定，角色已定，时间对好了。8 月初，从马哈奇卡拉向几个暴动的村庄派遣了联合民警编队。8 月 2—3 日民警和达吉斯坦武装分子发生冲突。8 月 5 日，内卫部队第 102 大队开始换防到楚曼达区。

---

1 天鹅多数是一夫一妻制，相伴终生。

两天后8月7日，那个想成为土地测量员而不得的沙米尔·巴萨耶夫，带着自己领导的解放过阿布哈兹的军队，从车臣的领土进入博特林赫区"给信仰之兄弟提供帮助"。"高加索"高等军事学校毕业生构成了该部核心，就是那所（位于河流上游顶端）谢尔任—尤尔特的训练营，由常任校长阿米尔·阿里－哈塔布领导。

他们训练有素，他们在等待可能与机会，在真正的事业中应用所学知识。这是一种必要的工作实践。

在达吉斯坦的战斗行动持续了两个多月。9月11日，沙米尔·巴萨耶夫宣布结束行动并于9月12日将遭受损失的军队撤回车臣。他沿着神秘走廊撤回，经过山间裂缝，穿过联邦军队的阵地，在天使翅膀的隐蔽下，撤回——在上天的庇护之下。

或者与俄罗斯将军们达成了协议。

肩拉背扛，往车臣带回了黑寡妇，战争。

在达吉斯坦作战期间，格罗兹尼官方不止一次声明与己无关。这些人看起来很荒谬。巴萨耶夫的武装部队从车臣开出去又回到车臣。就是说，马斯哈多夫政府要么卷入其中了，要么就是在共和国内部没有任何监督管控。不知道还有什么更糟糕的。

对外国媒体，马斯哈多夫讲了很多奇怪的话，即所有发生的一切都是俄罗斯和达吉斯塔坦的内政。共和国内部则批评主战派，批评巴萨耶夫派。将乌杜戈夫解职。力图在自己周围聚集忠心耿耿的人。

但是，我觉得好像是这样：事情不在于总统马斯哈多夫不能监督管控整个车臣领土和所有的武装部队。说他是事实上是被巴萨耶夫推翻了也不是真的——像俄罗斯的方面宣称的那样。马斯哈多夫还是总统，他掌控着共和国，政权的所有合法机构都服从他。

只是……我甚至不知道，如何来解释，但试一下吧。存在一个完成历史的站点。有可移动的站台，光明之站，或者是黑暗之所。有一个人完全是偶然地到了这个地方。但这是一处非常特别的地方，里面的每一次转动，任何对平衡的破坏，都会改变历史的进程并重构宇宙。这么说吧，伊奇凯利亚车臣共和国总统，阿斯兰·马斯哈多夫，早就从这个地方掉下去了。现在，占据这个位置的是其他人：可能是巴萨耶夫，或者是哈塔布，或者是普京，或者某个别人，也许，甚至是某个不知名的或者微不足道的人。

而马斯哈多夫能任免部长，能让成千的人处于战斗状态，或者，相反，能让几千人缴械，能确定自己共和国的政策，改变行政区内许多家庭命运，但不能做最主要的事：他无论如何丝毫也不能影响那些推动历史前行的事件的进程了，确定不移的历史就像一部笔直前行的沥青浇灌机。

历史把我们推向了战争。

俄罗斯需要战争。伊奇凯利亚需要战争。美国需要战争。伊朗需要战争。阿富汗需要战争。欧洲需要战争。甚至中国也间接地需要这场战争。

只有印度任何时候都不需要任何战争。可能还有新西兰。

有太多的国家需要这场战争了。为了战争制造出许多理由。多到过剩！

是的，太多了。入侵一次达吉斯坦完全足够。但是，他们决定自保：开始爆炸民房。9月14日——布伊纳科斯克，9月9—13日——莫斯科，9月16日——伏尔加顿斯克。

关于这些我什么也不会写。这些事我不知道什么特别的东西。有许多文章和图书来讲这些爆炸袭击。都是可以提交法庭的刑事案件。据我所记得的，在恐怖分子中间找不到一个车臣人。但这已经不重要了，在找破坏者的时候，战争已经及时开打了。

我只讲我们在共和国是如何理解在俄罗斯发生恐怖袭击的消息的吧。我们相当惊讶，心情沉重。重新有了必遭灭亡的感觉。

令所有人大跌眼镜的是那个喜欢抛头露面的、喜欢上电视的恐怖主义明星萨尔曼·拉杜耶夫。以前，他总是急于第一个宣称对任何一次在俄罗斯发生的脏弹爆炸负责，威胁使用化学武器和对核电站进行破坏。表现得就像是一个连环漫画里的人物邪恶博士那样。人们认为，正是这个人纵容属下并把恐怖行为当成自己的功绩欢呼，向俄罗斯提出最后通牒，等等。但是，这回所有的爆炸都是"孤儿"——没人承认是其主谋。而从古典恐怖主义的观点来看——这是毫无意义的：完成了一次成功的袭击，还不承认，不做吓人的声明，不提出最后通牒，而为了提出要求，说实在的，做了一切。

但是，拉杜耶夫拒绝承认参与了爆炸。而且，他表达了对死难者家庭的怜惜和同情，谴责恐怖分子的行动。

在我们沙利，大家都开一个黑色的玩笑：萨尔曼可没有白去治一回头疼病。治好了。现在应该连巴萨耶夫及哈塔布都送到那个诊所去，肯定也能治好他们。

在与达吉斯坦的交界处，马斯哈多夫召集了一个新编加强集团军。也许是为了阻止战事蔓延到车臣领土上，也许……大概，他自己也不明白，为什么。另一方面，火药味弥漫。在格罗兹尼的市场上，武器的价格翻了近两倍。

阿斯兰别克·阿尔萨耶夫被任命为边境集团军指挥官。于是列契，就是"大教授"，立即投靠了原来的老长官。像有预感似的，有两三天，列契都不喝酒了。阿斯兰别克·阿尔萨耶夫用大大的拥抱欢迎了"大教授"并任命了司令部的某个职位。

"去参军吧，塔尔梅兰？"叔叔问我，有一天晚上他过来做客。

"这不是问题。去哪参军？参加联邦国防军？或者参加法国外籍军团？"

"先去伊奇凯利亚国民卫队吧。到那里再说。"

"什么什么国民卫队？这是在非洲还是在波利尼西亚岛上？"

"真矫情。专门给你留了一个沙利后备队队长的职位。"

得承认，我已经在家待够了。钱也花光了。是需要工作。但不想参加任何战争，而且还在达吉斯坦，我反正不想去。

"列契，这种后备队能干什么？你也知道，我不想参战。没有我，让巴萨耶夫和哈塔布爱干啥干啥吧。"

"没巴萨耶夫和哈塔布他们的事儿。相反，这是马斯哈多夫宣布召集的后备队。在沙利还没有后备队。但是指挥官职位已设。薪酬和编制内人员一样。所以你想想吧，小侄儿……"

还能怎么想？连一个不存在的支队现役指挥官职位都完全为我安排好了。尤其是一步也不出沙利，只需坐在家里并领工资即可。

"叔叔，没你的帮助我能做啥呢？"

"别客气啦，都是自己人。你爸在位时帮了我很多。他想让我的生活走上正轨。努力让我远离犯罪行当。事与愿违，但我记得他为我遭的罪。而且，在行署大声责骂过人呢。"

过了 3 天，"大教授"带来了我任职的命令，同时我被授予国民警卫队大尉军衔。

列契本人获得了上校军衔。

达吉斯坦的冒险行动持续期间，动员工作不紧不慢地进行着。我定期到兵役局去，检查登记册。然后，核对报到集训的人员。应该说呢，名册上几百来个后备人员明显只能见到二三十人。如果按地址找过去，拟议中的祖国保卫者已经动身，去亲戚家了，在俄罗斯打工，而如果在家，则病得很重。哎，您是理解的，我也不特别卖力。

9 月 3 日—10 月 1 日俄罗斯部队越过车臣共和国的行政区划的边界并开始向纵深移动。即作战行动转到车臣本土了。更确切的是，开始了地面作战，因为火箭弹打击和炮火轰击车臣领土在达吉斯坦战事持续期间一直没断。

最初俄罗斯领导层宣布只是建立"防疫线"，即在车臣附近建立整理地带。但是一旦推进开始，俄罗斯就不停下来了。

很难说，"防疫线"思想是什么东西：是假消息以反宣传，是在信息化条件下的战争中的一个步骤，是真正计划的掩饰，或者是小心的尝试，是努力试探一下伊奇凯利亚对自己领土的防卫能力，不能成功推进的话就辩称"完成既定任务"就行了。

但是好像，马斯哈多夫相信了俄罗斯军队会止步驻扎在控制地带的说法。或者是不相信俄罗斯会完全大规模地入侵车臣。也可能相信了自己通过外交途径影响俄罗斯的能力，以为这种能力能够阻止和撤走军队。也可能，他明白自己的军队无法守住共和国的领土。

反正从马斯哈多夫的司令部没有下达防卫行动的指示。国民卫队不战而退，没有想和对方认真交战。没有捍卫边境，没有为每一寸祖国土地而战。就是不战而退了。没有任何有组织的进攻，只有一些小摩擦。

这种决定对车臣军队来说是灭顶之灾。就在马斯哈多夫决定不保卫边境的时候，战争就已经输掉了。

况且，在马斯哈多夫去过的阵地上，他下的任何指示对车臣军队都是灾难性的。您记得吗，这就和拿破仑是一样的？在波罗金诺战役中他决定不使用自己的后备队，一支老近卫军。"这里距离巴黎几千利约，我不能拿最后的预备队冒险。"这个决定对法国军队就是灭顶之灾。那么如果拿破仑使用自己的老近卫军呢？同样这个决定对法国军队是灭顶之灾。因为它注定失败。在波罗金诺，波拿巴皇帝没有站在决定以后历史进程的地方。站在这个地方有另一个人，可能，甚至不是库图佐夫，而是某个枪骑兵或者哥萨克更称职。

俄国军人也不想交战。他们用明显的恫吓的方式占领了几个居民点。靠近村子时保持距离，依赖炮火射击和大火力齐射来帮助他们从地球上抹去这个村子，但自己停留在对手可能的武器射程以外，将军把受到全权委托的村民代表叫过来谈判。给了这些使者明确的选择：要么不放一枪村子投降，要么村子就和全体村民一道被灭掉。

在第一次车臣战争和第二次成臣战争开始的残忍轰炸之后，俄军进行威胁并把任何一个居民点变成燃烧的墓地的意愿不容丝毫怀疑。武装人员走了，长者们叫村子投降了，将它置于总清剿之下。

这样一来，到 12 月，俄罗斯军队就将车臣平原的大部分控制了。伊奇凯利亚的武装部队退守到格罗兹尼和山区。在这个节点上，马斯哈多夫希望组织对侵略者的有效的反攻。

我重新又在沙利了。据说，在内务部地区分局附近发生了爆炸。人肉炸弹没走到地方就爆炸了，他只不过被炸死在外面的街道上。他一个人去了地狱，没带上任何一个同路人。据说，没有官方消息。车臣共和国的官方，如果看地区电视台"瓦依纳赫"，就只有车臣传统的拉甫扎尔民族歌舞、表现车臣风俗的筵席、辛凯尔和别尔禾类的节日晚会。密集的婚礼、节日活动和全民建房。没有任何死者的消息。

我本人也什么都没看见，没听见。尽管当时在市中心，就在商店里闲逛。穿着牛仔裤和迷彩上衣，头发剪得很短，胡子刮得很净，脸用很大的太阳镜遮着。尽管我不爱戴眼镜，一戴眼镜我就眼睛疼。但是它们可以挡住半边脸。我就像一个俄罗斯特种兵，买东西只说俄语。乔装得很成功——村民在我身上看到的是一个穿着便装的俄罗斯军官。

突然伪装就失败了：在中心百货商场，确切地说，是在那个有顶棚的市场，现在是中心百货商场，里兹万把我揭穿了。他在沙利时，我也不太了解他！他比我低一届，和我朋友的弟弟特别要好——就这些。但是他对别人的长相有非凡的记忆。

我已经从他身边走过去了，他从后边猛扑过来，大叫：

"塔尔梅兰！"

我转过身，摘下眼镜并笑了。我认出他了，我记性也很好。

"里兹万！幸会呀。"

我现在用别人的身份证生活，假履历。去沙利总是不理智的，有人会认出我。没有人专门找我，我不在调查名单中，我觉得，我更像是一个死人。毕竟还是有风险。有发生意外的风险：会有人怀疑，开始盘根究底，有人被认出来……在那里——在叛匪部队待过 10 年。但愿至高无上的真主保佑，千万不要如此！

最好立刻死去。

规避没有意义。这恰好会引起更大的怀疑和闲言碎语。我就寒暄了几分钟，问了生活上的一些琐事和亲戚。然后回到了家——奇怪吧，但我不怕邻居告密：那些对我很了解的人，要么已经牺牲了，要么就已经离开此地，而那些留下的人，经常把我和我的堂弟弄混。

把东西放进包里，准备回莫斯科。无论如何都不走格罗兹尼，而要经由印古什。

遗憾的是假期被打断了。在家多好。家里静悄悄的。

大炮声已经不再轰鸣！

就在之前，就在格鲁吉亚开始入侵南奥塞梯和俄罗斯随即入侵争议领土地区的前不久，俄罗斯炮兵第 58 军部队通过联邦公路，掀起夏日炎热的尘土，进驻沙利。显然，这是靠近紧张地区的提前换防。

车臣山区每天的战斗教练射击停止了。山区获得了暂时的喘息。现在炮火都集中在对奥塞梯—格鲁吉亚的高地射击。

有 1600 名沙利人报名，作为志愿军参加这场新的战争。都这么说。没有官方通告。格罗兹尼的官方还在坚持选宣称过的中立。没作任何声明。针对记者招待会上直截了当的提问，回答是，车臣共和国——俄罗斯的一部分并将在联邦确立的框架中行动。

所有这一切已经是：战争正在和格鲁吉亚进行中，已有车臣的志愿军参加。最著名的志愿军是沙米尔·巴萨耶夫。

格罗兹尼还记得。所以，不作任何声明，不作任何解释。电视上没有一个这方面的话题。"瓦依纳赫"电视公司那一天在重复播出伊拉克宗教事务部长访问车臣的演讲。一个大胡子的年轻毛拉将部长的话从阿拉伯语译成车臣语。翻译的辞藻花哨。我听了几分钟，什么也没听明白。把一种玄妙的东西翻译成另外一种实际也是玄妙的语言，听着是蛮奇怪的。

我换到另一个地方频道，意外看到一场令人惊奇的表演。这场表演名为"血亲的呼唤"。首先是对一个年轻人的调查资料，他在和平生活时期的照片——真行——留了大胡子穿着迷彩服的照片。解说：这样这样的一个人于 2006 年离家出走再未回来。据可靠资料显示，此人在加卡耶夫匪帮中，活动地区——维捷诺区。就这样一个一个地展示。看得出，取得了信息来源并在匪帮中有线人，弄到了名字甚至照片。

也就是说，在车臣是有匪帮的。至少在维捷诺区和至少有一个加卡耶夫匪帮。在并不遥远的 2006 年，在对极端分离主义者和瓦哈比分子取得了完全彻底的胜利之后，年轻人仍成群结队地去往森林。

在电视播出了有关儿子加入了匪帮的节目中，出现了其父亲和母亲。在 20 分钟的节目中用煽情的语言号召儿子放下武器回家。我感到奇怪：要知道，这等于让自己的孩子必死无疑呀。

然后，有人给我讲了，这是地方政权的一次特别行动：从森林中叫回自己的儿子，或者收拾东西离开他们所属的市镇，爱去哪去哪，直到去那无名的处所。

这又是非官方消息。

演得倒是非常真诚。

我回忆起，类似的人们也真诚地号召过人民参加圣战，那时说的是为自由而参加内战。据说，车臣人是天生的军人。但这是谎言。而这才是真正可信的呢——这就是车臣人都是天生的鼓动者。普通人没有受过专门的教育或没有公共演讲的实践经验，就能坐在板凳上滔滔不绝地、不断线地讲上 20 分钟，不会卡住，不会有语病，不用稿子和提示，讲一口生动的纯车臣话。昨天号召你参加战争，今天就叫你离开战争。又总是那么富有情感和令人信服。

我自己就是这样的人。因此才有我那经常的激情和宣传语调。但我会治好的，真的。我们大家脑子都需要治疗。做这个还不算太晚，就像萨尔曼·拉杜耶夫。

1999 年，在车臣的俄罗斯部队用最少的战斗和最小的损失占领了一个又一个的居民点。沙马诺夫将军指挥的集群从西部推进，特罗舍夫将军指挥的集群从东部推进。独立的伊奇凯利亚领土缩拢了，就像被刺破的轮胎。领土上还没有被俄罗斯占领的各个基地，基础设施项目（包括医院和产科医院），桥梁和城市与村落，被持续的火箭弹的炮火所覆盖。

按照战时法律，所有的全部权利都归于国家国防委员会——戈科。国家国防委员会主席为总统马斯哈多夫。只是主席叫成——"阿米尔"，按阿拉伯方式。所有的首长和指挥官现在都叫阿米尔了。好像都忘了伊奇凯利亚内部的摩擦与矛盾，在面对共同的敌人时团结起来了：无论是马斯哈多夫，还是巴萨耶夫，还是哈塔布以及其他人。他们在统一领导下和共同的计划中行动。

至少，伊奇凯利亚政权极力在自己的居民中，在俄罗斯军队中，在外国观察家眼中，并在自己内部制造这种观感。并在宣传中顽强地坚持自己的这一套，即使在完全被击溃并转入地下状态时仍如此。

其实没有任何计划。国家国防委员会没有任何国防计划。没有任何实用的战斗行动计划。主动权牢牢地掌握在俄罗斯方面的手中，车臣武装力量好像只善于地区性行动。

当焦哈尔·杜达耶夫还活着的时候，他的司令部参谋长阿斯兰·马斯哈多夫就在地图上标注了战斗行动计划，一个比一个更不切实际。这次，马斯哈多夫甚至连这种不切实际的计划都没有了。也没有这么疯狂的参谋长了。

所以，统一的领导是虚的。有对抗的联合。

尽管有些和反对派的联合是建立起来了。只是这不是反对派倾向于法定的总统，而是总统向反对派靠拢，反对自己昨日的支持者。

马斯哈多夫的同盟者（他们一直在与瓦哈比派和全面走阿拉伯道路的伊斯兰教法派作全面斗争）——亚玛达耶夫兄弟和车臣穆夫提阿赫马特·卡德罗夫倒戈到俄罗斯方面了。为了证明自己的忠顺，他们先给俄罗斯军队打开了古杰尔梅斯的大门。亚玛达耶夫纵队从今以后开始为反对极端分离主义者而战，站在联邦力量一方。

沙利的放弃就像之前许多居民点的情形一样。

我们未经战斗就放弃了沙利。

马斯哈多夫的使者所带来的国家国防委员会指示，比起作战行动计划，更像是一张传单。说什么一寸土地也不让，说什么让侵略者站不住脚，要进行人民战争和要进行猛烈的回击。与此同时有战斗能力的部队——国民卫队、哈塔布的军校生和其他部队不准备参加猛烈的反击。我们必须要用自己的力量让侵略者站不住脚。切断俄罗斯联邦集群通往沙利之路的应该是民警预备队、民间自卫队和其他民团。一句话，一群乌合之众。

这种情况下，特罗舍夫将军传给我们毫无二致的通告：要么沙利不战而降，要么只好怨自己。地毯式的轰炸，炮火袭击，火箭炮射击，随后是残酷的总清剿式的进攻。不一而足。去和俄罗斯将军会面的是自治市政府的首脑。当然不是警察局长。在战争一开始局长就感觉自己身体不好啦。

现在，正是这个自治市政府的首脑，与局长、警察局的领导，总之是全部的地区领导班子，都聚集在办公厅。我，作为预备队的指挥官，重新当上了局长。我也参加了会议。还有其他的强力单位的领导。列契没来。"大教授"离开了沙利，他在某地和阿尔萨耶夫在一起。

我们听取了局长传达的国家国防委员会的指示，一个像说唱演员一样的人给我们重复了特罗舍夫将军的最后通牒。所有人都沉默不语。每一个人都感到害怕——同时每一个人又都害怕被看成是胆小鬼。

我什么都不怕。所以就说道：

"应该后撤。我们，所有的武装部队应该离开沙利。"

立刻，一个戴绿色贝雷帽的青年站起来。不是沙利人，我不认识他。来自某个安全部门或可能是局长的私人警卫。

"这对你来说不是你的故乡俄罗斯！我们不能像俄国人面对德国人那样溜掉，退到乌拉尔和西伯利亚，然后再夺回所有失地。我们身后没有乌拉尔，没有西伯利亚。如果我们后退两步，那么自己的国家就灭亡了。我们应该交战，为每一米土地，就像哈立德所说。如果需要就战死！向真正的车臣人那样！……"

哈立德——是马斯哈多夫的伊斯兰教名。年轻人冷笑着轻蔑地补充道：

"你是不会明白的。你自己差不多就是个俄罗斯人。"

与会者都目瞪口呆。可能，都等待着我拔出自己的枪并开始向施辱者射击。但我平静地听完了英雄的话，回答说：

"你的车臣语学得这么好，我很高兴。还有车臣习俗懂得不少。你甚至还竭力教会我们如何做真正的车臣人！你那来自达吉斯坦放羊和收拾牲口粪的曾祖父要是能够看到，他的后人成了坚定不移的车臣人，一定会感到高兴的！"

看来，我击中了要害。这位英雄确实非本地家庭出身。他本人，当然，记得这些。他的脸色因愤怒和无力而变得煞白。我继续说，但已经是对着所有的与会者说了：

"我们的祖先在圣战中已经见识过这样的鼓动者，他们鼓动战至剩最后一个车臣人，然后就投降给俄国人作荣誉俘虏，出卖那些相信他们的人。不知为什么他们总是从达吉斯坦跑我们这里来！"

所有人都明白了，我说的是伊玛目沙米尔。

这是第二次不由自主地击中要害。原来，大家把挑拨离间者都叫沙米尔。在英雄瞪着狂怒的双眼要跳起来时，我看见局长制止了他。

大家都笑了。对我，这是最好的结果，最坏的结果属于年轻的沙米尔。他明白，他输了。现在，只要他向我开枪，大家都会记住他有多可笑。能战胜语言的只有语言。

沙米尔竭力保持尊严，坐下时含混地从牙缝挤出几句话：

"你说得倒挺多。我们看你作战咋表现。当然，如果你不藏到妈妈的裙子底去又当别论。"

"我们走着瞧，同志。有需要的时候，我们会去作战。我去，你也去。但现在为让俄罗斯人不要炸毁城市，我们最好是离开沙利。"

会上还说了一些诸如我们可以留在城里的意见。在菜园子里挖坑藏武器，制服藏到牛棚里。如此这般。但大多数的军人和强力部门的人都对这种建议报以讥笑。会被揭发的。而且自己的远亲近邻都会告密。有人会出于个人委屈、嫉妒，或很简单，就是习惯于向当局告密。

真有这种事情发生了。后来人们说，俄方的警备司令官已经大喊大叫了，说他谁也不接待，他厌烦死告密了！这样一来，那些热衷于此的人就把自己的告密内容写在练习本的纸上，里面包上石头，从围墙外扔给俄国占领者。

还有一个问题是不能完成总统的直接命令：保卫沙利。

于是，我说出了自己的想法。

"去禽产品加工厂。"

"什么？……"

"我们放弃沙利，但不是去四散奔逃。我们把废弃的禽产品加工厂占为阵地。武装力量的撤出要故意引人注意，在白天尽可能地让更多的人知道，这中间一定要有给俄国人提供情报的人。最好是往山区方向撤，往谢尔任—尤尔特去。然后让各方力量在禽产品加工厂秘密集中。这样我们就会从对平民的轰炸中脱身，还不违背国家国防委员会的命令。"

我的计划被接受了。

于是，我们就没有交战，放弃了沙利。

白天，所有的强力部门的人员乘着挂绿旗的卡车，全副武装——我的 300 人的优秀的后备队——我们走在去谢尔任—尤尔特的路上。集合点在沙利市中心，所有人都看到了我们的准备和出发的情况。

在去谢尔任—尤尔特城外，在森林里，我们停下了。立即进行了分组并随着夜色的降临，有人徒步，有人乘车并关闭了前灯，开始隐秘地返回并潜入废弃的禽产品加工厂的半坍塌的楼房内，那里正对着通往奥塔戈老城的公路。

第二天晚上，作战部队集合完毕。三百多人，到达地点的只有勉强的百把人。

是的，律师先生，我怕被揭发，就决定不走格罗兹尼，而是从印古什马加斯机场飞走。我的机会真的不多了。护照？我的护照不错。照片是我本人，在把苏联护照在解体后换发为俄罗斯护照时，我提供了自己的照片。办理护照柜台的姑娘们什么也没发现。如果她们经手的是邓尼耶夫的老照片，她们也不会发现有什么大的区别。就是说，对她们来说，我们所有人都长着一样的脸。但是邓尼耶夫是我的手下，也是挺远的亲戚。是不是这个原因，也可能是巧合，我们外貌挺像。

是的，我知道，医生认为这是精神分裂的前兆。我的瘫妄状态是被死去的塔尔梅兰·马卡玛多夫附身，控制了意识。实际上我什么也不怕——我确实是阿尔图尔·邓尼耶夫，所有的鉴定都证明了这一点。好，就让这个信息成为受保护的根据吧。

而向联邦安全局揭发我的里兹万，后来自己也承认，是弄混了：

我和塔尔梅兰外貌非常相像，我知道。

但我确实去了马加斯机场。我去了沙利市中心，和出租汽车司机谈好了。总共 1000 卢布，他把我送达。把包往老"伏尔加"汽车后座一扔，我们就出发了。司机是个上了年纪的人并且非常健谈。现在，在车臣只有老头和老太太才健谈，他们不大害怕扯点多余的话，特别是回忆战争。

我们还没驶出城，他就开始讲了。讲飞机的事。据他说，他本人在 90 年代就在电视上见过格拉乔夫，俄罗斯的国防部长。格拉乔夫说，在车臣的上空他损失了 200 架飞机。老头子激动了：你说说，武装人员怎么能打下 200 架飞机？他们都在哪儿？如果飞机都被打下来了，那每一块田地里就会都是残骸啦！车臣太小了，打下 200 架飞机不可能不被发现！这场战争如果真有飞机被打下来了，那也就一架。后来只不过在电视上播放了 200 多次！也有可能，是两架。无论如何不会再多了！而格拉乔夫，他把这些飞机的账记在战争头上，只不过是给卖了！通过格罗兹尼机场卖到国外去了！

像以往一样，和所有的目击者一样，司机只记住了电视新闻上的战争。但得出了自己的结论。

总之，就像民间歌手唱的：我看见了……

他的目光扫到了路旁的地界沟，就又回忆起了他是怎么参加送葬队的。在这里，在郊外的灌溉渠，他们在交战和轰炸后收死尸埋葬。葬的有车臣人，有俄罗斯人，有士兵，也有武装人员。普通的平民若没人收尸，也会葬掉。收尸队一开始是由清真寺自愿发起的。老头子相信，这是积德的善事。也有益处：不然，腐烂的尸体会传染疾病和发臭。

我们，他说，努力把每一具尸体都清洗干净并把一切该做的做好。但有时候真的来不及。毛拉用水喷洗一下，就读祈祷词——给穆斯林读，给基督徒读，也给那些认为自己不信教的人读，大概都一样了：现在谁还知道呢？死人又不会跟他顶嘴。这样就直接穿上找到的衣服埋葬了。并排把他们都放在渠沟中，然后盖上土。放了很多土，然后踩实。用脚。一边踩一边重复说："真主宽恕吧！"盖了树枝，以便不致让狗掘开。

我听着，沉默不语，看着路两旁的风景。这条路通往旧奥塔戈的，我已经不走这条路很久了。通常都走去格罗兹尼—沙利之间的公路，经过阿尔贡。而去马加斯是另一条路。

离这条路不太远处，有一座沙利精神病医院。所有人都叫它傻子楼。

当我们经过这个地点时，我打断了司机的回忆并问他：

"你们的医院，傻子楼怎么样啦？"

我那善谈的讲述者沉默起来了。他那生动的脸立刻拉长了，眼睛暗淡下来。

童年时我就知道有关傻子楼的事，即大家都说"你是傻子楼跑出来的吧？"或者"把你送傻子楼去"——一般不说傻子楼，而是说在去奥塔戈的新城路旁，砖墙后面那几栋黄色的楼房。

我现在才明白，这是一家非封闭型的诊疗所。没有带刺的铁丝和监狱般的作息制度。沙利的傻子楼不关押那些侵犯性强的危险的疯子。它，应该是专门的弱智收容所。傻子楼里住的都是一些各种智力发育不全的无辜的傻子。里面最健康的，会拥有一点自由，白天他们会在诊所附近溜达，甚至有时候会到村子里转悠。最严重的肯定是躺在自己的病床上，像植物般漠然。工作人员用勺喂他们并为他们更换身下弄脏的床单。

这听起来有些奇怪，但我回到沙利这么多年，一次也没有想起过傻子楼。不仅是我。所有人，所有人都忘了。

新的伊奇凯利亚行政机构顾不上疯子。在行政机构内部疯子就够多了，只不过他们蛮横而已——他们才应该被收治到封闭型的住院处强制住院。俄罗斯卫生部也忘了这家诊所。看得出，它甚至被从卫生系统运营机构名录中去掉了。车臣领土上的其他相关机构也忘了：这里还有萨马什金精神病医院，格罗兹尼老人院……但沙利的疯子楼是最糟糕的。

没有一所机构不计划疏散。所有留下的，都处于无资金拨付状态。但其他机构表面上能应付。老人院的常住者有人送点吃的：有时候是格罗兹尼的居民，有时候是联邦军队的士兵，有时候类似"红十字会"，甚至还有"新月会"的什么"施粥社"。

沙利傻子楼位于村外，离居民点相当远，离俄罗斯部队的驻防军更远，而慈善机构大概对此一无所知。

在第一次车臣战争中，傻子楼就遭到了炮击。财政拨款和医疗设备供应都中断了，工作人员渐渐都逃离了。医生和卫生员都离职了，回到俄罗斯或者是在车臣的家里。如果是在共和国有亲属的病人，也被接回了家。就是那些本地的病人。

诊所有许多来自大俄罗斯的病人，从整个苏联各个不同的地区来的。从前许多病人都送到车臣—印古什自治共和国来治病，因为这里有天堂般的气候，十分温和，有益康复。

他们变成谁也不需要的人了。无声息地没了。

我会经常想到那一天，当最后一个卫生员或者是厨师把东西、食品和还能找到和能卖出去的药品收拾到自己的包里，走出诊所大门的时候，留下了这些大敞四开的门户……里面留下的是几百名无助的人，他们中的大多数人不能够清楚地解释他们需要什么样的帮助，而还有一些人根本就不会站立和行走。

我也常想那样的一天，当能走动的人习惯性地、出于饱腹的本能来到食堂的门口，却没有找到任何可吃的东西和任何人。他们就像小孩子一样，他们会认为是因为自己表现不好而受的惩罚。

他们会怎样在走廊中逡巡，哀苦地含混不清地为自己无意的、然而是可见的／可怕的罪过求告。而卧床的人只能转动着眼珠或者睁大眼睛望着天花板，感到饥饿、口渴、寒冷和莫名的苦痛。

司机沉默了好几公里。

然后就讲了。

他每次送车臣人去印古什都走这条路。路旁总站着病人并向路过的汽车伸手乞讨。有时他会停下来，往这些伸过来的手里放点吃的食物，如果他随身带有食物的话。弱智者们含混不清地求告或者说着无法分辨的话（不是总赶巧会有）要到后就立即开始吃。

而病房里的那些病人，会有什么遭遇呢？有的不能起床，有的不能自主翻身，哪怕连他想吃想喝的意思都无法表达？

这谁也不知道。这谁也没打听。谁也没去病人的病房里。

谁也没看见，他们是怎么死的。

第二次车臣战争后，诊所大楼有军事单位驻扎。现在这里是封闭区域，禁止进入。

第一批进入废弃大楼的士兵们看见了什么？

砖墙之内，诊所里面，床上，走廊的地上到处是腐烂的尸体，被狗偷拽的骨头。

那里，那片，就有阵亡将士墓，有一个大坑收集了骸骨用土埋了。可能，上面还浇了沥青和水泥，建成了队列演习操场。

于是我看到了罪孽，我们因此受到了失败和死亡的惩罚。不是那些手拿武器、来到我们土地上的成百上千的联邦人的死亡。而是上帝的孩子，上帝永远的孩子，被我们抛弃和遗忘的无智、无助的孩子的死亡。

我和阿尔图尔·邓尼耶夫是在那里，在禽产品加工厂认识的。他比我年轻两岁。个子比我矮一点，但体形和脸都非常像。他长着斯拉夫人的温和脸型，淡褐色头发，浅绿色的眼睛。队里有人开玩笑，说，这是我曾祖父造的孽。

我的曾祖父别济是一位传奇式的人物。在第一次世界大战时，他上了前线，在编外师团当义勇兵。回来的时候骑着缺了左耳的白马，穿着难以想象的、有肩章的切尔克斯白袍子。村子里爱开玩笑的人就讲了，马耳朵是他自己砍的，是在回家之前，就是为了讲自己参加血腥的营地（即扎波罗热）之战，敌人的子弹从他脸边呼啸着过去了。有一次甚至都砍掉他的战马的耳朵了——他本人勉强逃脱。

实际上，他当的是治马的医生，兽医，相当有可能，基本上没怎么参加战斗。

听别济讲，他因功两次获得格里高利十字勋章，但是他拒绝佩戴俄国信仰的象征物，因为他是穆斯林教徒。他还似乎被提拔成了大官，军官。有那些漂亮的肩章作证。

那些奖章是怎么回事，迄今为止不得而知。别济是真的被授了衔还是从死人身上弄来的，也可能是换来的或者买来，——我不知道。一个来自车臣的人在编外师团不见得会获得士官以上的军衔。

别济的吹牛皮让他的后代都跟着吃亏：在卫国战争结束后，布尔什维克把我们家族的名字列入了阶级敌人的黑名单，像沙皇军官家庭或者是将军家庭那样。因为这个缘故，别济的儿子，我的祖父考工农中学都有问题，被迫改了姓氏。

别济本人倒没遭到特别的迫害。他平静地住在沙利，直至车臣人被迁到哈萨克斯坦。从德国前线回来后，他改了角色：从一个无畏的军人变成了医生。确切地说，是重操战时的兽医旧业。给马治病和给人治病，在别济这里没什么大的区别。都是他的患者。

别济用民间的医学方法治病。有时按照自己研制独特的方法。这样他治好了一个病人，这个人因应激反应瘫痪了。别济脱光了衣服，抹上炭黑的烟油子，举着火把，从窗户跳进屋，到病人跟前，大喊："着火了！着火了！"

这个瘫痪病人因为恐惧而忘了自己不会走路，从暖炕上跳起来就跑到房子外的花园里了。休克疗法。以毒攻毒——这还是阿维岑纳说的呢，但别济没读过阿维岑纳的著作，这一切都是他的脑瓜儿想出来的。

在哈萨克斯坦，别济再一次改变了自己的形象。现在，他是一个圣人，特权阶层，给人建议，做预言，拯救同族人免于灾难和苦痛，制造神圣的避邪物——往一个皮三角里缝那些摘自古兰经条文的纸条，再用带子系上。为了让避邪物的魔力为人所知，别济举行了相应的说明会。

他在一个冰窟窿旁召集了听众，并展示了写着阿拉伯花体字的纸条。然后当着大家的面，把字条撕成碎片并扔进冰窟窿。当碎片沉入黑咕隆咚的水里后，他在冰窟窿上方做了几个催眠师实施催眠似的诱导动作，于是，那张字条就又重新出现在了他的手里。还是那张字条。

不相信的人就说，这不过是变魔术而已。有一次，有个车臣人决定戳穿别济。他决定重复这个把戏，写了两张一样的字条，自己先撕了一张，然后从袖子里掏出一样的另一张，展示一遍：这就是那张字条！

但是，别济摇头并说：不，这是另一张字条。你写了两张，一张撕了，把另一张拿给我们看。而你撕的那张在我这里。

于是，他向惊讶的人群展示了用阿拉伯花体字写的小纸片，正是当着大家面那张被撕碎扔进冰窟窿的字条。

从这以后，再也没人怀疑别济那神圣和神奇的才能了。

从迁徙地回来后，别济继续自己的治病实践。现在，他专治妇女不孕不育。年轻的妇女结婚后，过了一年，又一年，却没有怀孕。任何一个男人都不会承认，怀孕的问题就在于他的能力不行。男人总是宣称女人不能生育并以此为理由甚至要解除婚姻关系。

但是，还有最后一个手段：到别济那里治一次吧。亲戚们把妇女领到别济跟前，说，她不孕。别济用智慧之眼看了她并下了诊断：她不孕，是体内盘踞着妖精，阻碍她受孕。妖精是要赶走的。

那时，别济已经是个老人了，况且有威望。所以不能有任何怀疑。年轻妇女就被留下和郎中单独在一起。他拉上所有的窗户的窗帘，熄了灯，就开始这一次驱除邪魔的行动，要赶走妖精。亲戚们在窗外站了一个钟头，或多或少听见那可怜的妇女的大声嚎叫和痛苦呻吟，板壁和屋子里所有的破家具都在吱吱作响，亲戚们就都同情地大摇其头：这妖精真厉害，不想就这么被赶走呢！

赶完妖精，年轻妇女就出来，笑盈盈地走到亲戚面前，而过了9个月就给自己的丈夫生了孩子。只是所有的孩子头发都是浅色的。

所以现在大家都开玩笑，说满沙利都是我的堂兄和堂妹。

别济活到八十多岁，本来能再活长点，但在严格的守斋之后，在开斋日吃多了，吃了整整一个小羊羔，就死于肠梗阻了。

老头子们都说，他倒是不兜圈子地直奔天堂了。

当着邓尼耶夫的面，大家就讲别济的故事，但是阿尔图尔才不难过，笑着对说笑话的人说，他们的舌头就像狗尾巴，动个不停。

邓尼耶夫是一个人到禽产品加工厂的，但带了大件的行李：整整一箱子东西。我们那些听话的人就咧嘴笑：你呀，阿尔图尔，不是来打仗的，倒是来出嫁的！在我们边区，新娘都把自己的嫁妆收拾到一个大箱子里。

邓尼耶夫平静地回答，他的父母不知道他来打仗，他跟父母说，他去俄罗斯打工并会努力安顿下来。所以才收拾了箱子。扔了可舍不得。

阿尔图尔没有武器：国家国防委员会发给沙利预备队的少量武器，我在沙利招募站就下发了：许多人领了枪，打仗时却没来。看得出，那些人在找机会卖掉武器。我把自己的冲锋枪和两匣子弹给了邓尼耶夫。我还有一支装满子弹的马卡罗夫手枪和几个枪械库发的手榴弹。邓尼耶夫本人来参战使我感到惊讶。他在后备队登记了，但集合时并未出现。我没有专门找谁或者是强迫谁来。

邓尼耶夫没参加第一次车臣战争。中学毕业后，他去了克拉斯诺达尔，在那里学习、工作、生活。只是在战争开始的半年前才回来。后来才弄明白了，他有了俄罗斯户口。

从我手里拿到武器后，邓尼耶夫用孩子般的感激和忠诚的目光看着我。

"要我告诉你这东西的构造吗？"我有点怀疑地问他。

我以为，年轻的车臣人会对我的帮助感到不好意思并拒绝。那还用说，要知道，我们每一个男孩生下来就会拆卸东西，弄一大堆弹药来玩！但是阿尔图尔老实而无助地说：

"是的。我手里从来没拿过枪。"

"好，那走吧。"

我们坐在半坍塌的墙后的石头上，我给小伙子讲，怎样把枪上保险,怎样单独发射,怎样连发,怎样换弹夹,怎样看着准星瞄准,调整准星。怎样正确掮枪,才不至于让枪管被无意触动。

"我们先不射击。观察一下消音器。"

阿尔图尔,好像有点沮丧。我给鼓劲:

"等正式射击的时候就会啦!"

我错了。

他没能学会。

我给的枪,既没有进行点射,也没有排射。他没急着换弹夹。甚至连保险都未打开。

他像个婚礼上跑了新娘子的新郎那样无辜。他是个童男。战争的童男。

当我们把整个城市都拱手献给联邦人的时候,已经是 10 月末了。特罗舍夫将军在沙利派驻了为数不多的军人,主要分布在警备队、特警队"充实力量",准确地说,是替换本地民警——就是不久前我还当局长的沙利警察局。开始了清查,其中就有我以前的那些想留在家里的同事,都被带去了不知名的处所。有些人成功地投靠了联邦当局。其他人都去躲风头了。

联邦人主要的力量用于其他方向:攻打格罗兹尼和山区。车臣的平原地区实际上很快就被全境占领。

我们同马斯哈多夫的总部保持了联系。我们向总部汇报说,我们换防到禽产品加工厂,是为了避免牺牲平民,总部听完汇报后责备我们说(保持着克制),我们没有准确执行国家国防委员会下达的命令,并接着命令我们,等待进一步的指示。为了通话方便，我们搬到了尽可能远的地方，以便我们的地点不被测定。此后国家国防委员会的通信员每周一次到我们这里来。

我们把汽车藏到了禽产品加工厂的一座楼里，上边有盖上了石棉板的屋顶。非常小心地使用照明和隐蔽噪声。

我们随身带的食品不够维持多久。但是我们建立了从城里来的供给线。我知道一条地图上未标出的道路，这是一条普通的土路，从田野边上的禽粪堆一直通往沙利郊区。我们派了我部的两个人坐着老"戈比"汽车，他们很快就带着从沙利市场买的食品和矿泉水回来了。我们有钱：我们从沙利带出来官款了。国库当时有一个队长看管，我不能叫出他的名字，因为他可能还活着。

战士们换了便装进入村子，看望了家里人并洗漱一下，在有人烟的地方休息一下。有的人就不回来了。我们队一天天地松散下来。

主要的灾难是寒冷。

12月到了。车臣的冬天，当然，并不像西伯利亚或是哈萨克斯坦中部那么严酷，但是对于在四面透风的瓦砾场生活也没那么温和。我们只能白天点篝火，非常小心，得确认天上没有飞机和直升机，烟不会在远处看到。夜里就裹在棉大衣和被子里，在睡袋里发抖。有几个人得了肺炎：我们把他们挨个送回了家。所有人都咳嗽，打喷嚏。靠运动取暖。还有靠伏特加。大家都喝伏特加。只有几个人拒绝喝，要忠实于誓言。喝着酒，认真祈祷，全队一起完成一天5次的乃玛兹。

反正也没什么可做的了。

还有一个问题就是卫生条件，也就是如厕。最初几天，大家大便小便都是随便找个地方解决，因此，营地里到处恶臭。于是，我们的长官就指示建一个室外厕所。按习俗，大便之所应该建在远离营地室外。但是长官摇头：不行，要像老鹰一样蹲住，联邦人会在外面发现你们并扫射的。找一个有屋顶遮掩也不远的地方吧，挖几个坑。

俄罗斯军人没有推进到禽产品加工厂。联邦人只是在通往沙利的主要道路的检查站值守并以此为既定任务。

但是，每一天，天上都有低空飞行的飞机，巡逻的直升机，监视下面任何移动的目标。这段时间，我们就藏在楼里，害怕风吹草动。我们暂时还幸运，空中没有发现我们。

只有一次，俄罗斯直升机悬停空中，在工厂上方，用反坦克火箭弹射击了。我不认为是飞行员发现了什么。更可能是，为了惩戒，来那么一下子。一颗火箭弹在地上炸出了一个漏斗坑，另一颗穿过屋顶，掉进了我们营地的茅坑。屎尿、土和碎石四处飞溅，落满墙壁。

真主保佑，当时厕所没人。

然而，又开始有难以忍受的臭气了。

战士们都恶毒地开玩笑：俄罗斯人完成了自己上级的命令——往所有厕所里尿一泡。

我和阿尔图尔成了好朋友。我们一连几个小时聊天。这就像在童年时一样，有一个好朋友在身边，你永远也不会感到无聊。

我给邓尼耶夫讲自己的童年，学校的事，讲喜欢上的女孩子，讲在俄罗斯时的生活，讲回乡和在伊奇凯利亚执法机关工作的事，讲我们遇到的所有的不幸与不公正的事。

阿尔图尔有关自己讲得不多。讲的主要是哲学和宗教。他对车臣的历史懂得很多。阿尔图尔给我讲了昆塔—哈吉·基什耶夫的故事。

这并不是因为我从前对昆塔—哈吉·基什耶夫一无所知。在童年时我们所有人都熟知他的追随者的教派——他们被称作"白帽子帮"，因为他们都把羊皮高帽缠上白布条。在整个车臣都伊斯兰化之后，有关昆塔—哈吉也有大量的宣传。在第一次车臣战争中，"白帽子帮"支持杜达耶夫并和联邦军队激烈交战。在哈萨维尤尔特协议签订之后，瓦哈比派经常公开批评昆塔—哈吉的学说和他的追随者：苏菲派、他们崇拜的圣物和他们对伊斯兰教的阐释对于瓦哈比派，或者如他们自己称谓的那样，对穆瓦赫图派是不可接受的，"人主合一论"是对严格信仰的离经叛道。

但是，以前教派之间的学说教义和分歧对我并没有什么触动。应当欢迎并倾听邓尼耶夫为了理解神圣的昆塔学说的重要意义而作的鼓舞人心的讲述。

昆塔·基什耶夫是有别于阿瓦尔人沙米尔和伊斯兰教长曼苏尔的车臣人。他的出身颇有争议，生于普通的贫穷之家。他接受了宗教教育，完成了朝觐——去麦加朝圣，在阿拉伯国家和土耳其旅行过。

他的传道对现代人来说是不同寻常和令人惊奇的。在那个时代，所有的伊玛目和教长都号召人民拿起武器，参加圣战直至全胜，而昆塔却使人们相信，应该停止无意义的与沙皇军队的对抗。他说，卷入结果可想而知的战争等于自杀，而自杀对至高无上的神无益。他请求放下武器：手持武器的人是有罪的，因为他不寄希望于神的仁慈，不把自己托付给神之手。

昆塔不是普拉东·卡拉塔耶夫[1]，尽管卡拉塔耶夫的形象是列夫·托尔斯泰从昆塔取材而来的：这个时期恰好是年轻的伯爵在高加索服现役的时候。昆塔的和平主义与和解精神不是没有底线的。他说：如果你们是被迫去教堂活着甚至是被迫戴十字架——那就戴吧，因为这不过是一块铁片，而在心里你们要成为一个伊斯兰教徒。但是，如果有人要玷污了你们的女人，迫使你忘掉自己的语言、文化和习俗，要消灭你们的人民——那就起来吧，抗争到死。

他是第一个真正的车臣民族主义者。他不想让车臣人民为一种思想体系牺牲，为任何的思想体系，包括伊斯兰教在全世界胜利的思想而牺牲。但是，为了民族肉体和文化的存留，他准备战斗到最后。

他对车臣人说：你们大家都等待着来自同教者们的帮助，来自阿拉伯人和土耳其人的帮助。我去过阿拉伯国家，去过土耳其，我看见了——这不是神在地球上的国度，那里也充满专制和伪善。阿拉伯人和土耳其人不需要车臣人，我们需要自己考虑自己的事。

昆塔教导自己的穆里德派信徒和弟子要成为道德典范。他说：你们年轻，健康，强壮。有许多人在生活中并非如此幸运。去帮

1　托尔斯泰的长篇小说《战争与和平》中的人物。

助那些寡妇、孤儿和老年人吧。把手递给穷人吧，至高的神通过穷人接受你的牺牲。

他告诫要使用非暴力和向善。告诫要珍视每一个生物，甚至植物。

沙皇当局十分不解。一方面，他的布道是和平的和不危险的。另一方面，布道者周围聚集的听他讲道的上千人又让俄国当局害怕。昆塔—哈吉被捕了，并被永久流放到诺夫哥罗德省的偏僻的小镇子。昆塔·基什耶夫懂阿拉伯语和土耳其语，精通先知的学说，但一个俄语词也不会。他无法在俄国的城市安顿好生活，经常不能说明白，他需要什么。

正如阿福杜林路上那所精神病院里的病人一样，他们都是上帝无辜的孩子。

很快，昆塔就因贫病交加，饥饿潦倒，死在了寒冷的俄罗斯。他才 34 岁。

他写给学生的信受到检查，未曾发出，保存在省档案馆。他的坟墓不知所终。

昆塔的景仰者们经常拜谒村子里她母亲的坟墓，伟大的圣人就出生在那个村里。

这样下去不是长久之计。早晚我们都会被发现。我们能这么长的时间就躲在联邦人员的眼皮子底下，已经足够令人惊奇了，我们所在地离被他们占领的沙利只有几公里。

不可思议的是，至今没人告密，而且我们经常派人去采购食品和水，战士们也探家。可能，俄国指挥部还没有来得及分析评估所有的告密者和情报。

至于他们还没顾得上我们，这个论据不令人信服。当然，采取军事行动，把我们弄去当俘虏，没人这样想：想不到或根本没想。战斗都在其他区域紧张进行，主要是和马斯哈多夫的正规部队，还有伊斯兰教的死硬分子。但是对于消灭我们这样的散兵游勇，不用配置更强的力量。就用炮火轰炸禽品加工厂就行了，从空中开火就行啦。或者是派两架直升机，空心装药破甲弹就足够让我们后备队停止存在啦。

但没人朝我们扫射了。尽管火箭弹、炸弹、火箭筒每天都在车臣轰炸不已，投弹无论白天还是黑夜从不停止。但，总是离我们较远。

就好像天使在我们头上展开了庇护的翅膀。

有时我会觉得，我知道，是谁召来了天使。

阿尔图尔·邓尼耶夫总是比其他人祈祷的时间更长，他坐在一旁自己那块小毯子上，在他特别开朗的脸上流露着不可思议的精神紧张探索的神态。

邓尼耶夫没有回家取暖。因为他家里以为他已经走远了，在俄罗斯了。他总是在营地。我为我们在一起而感到安心。

又一次，我没忍住，在他刚祈祷完就走到他跟前。小伙子正不紧不慢地专注地叠毯子。他的嘴唇翕动着，似乎他在继续祈祷。

"阿尔奇，可以问你点事吗？"

我开始管他叫阿尔奇，按美国方式。阿尔图尔——听起来有点热情过度，太啰唆。像其他高加索人一样，车臣人也好给自己的子孙起古怪的名字，那些名字从车臣语翻译过来，都这样——比如，列契，就是鹰，或者鲍尔兹——就是狼，以及那些取自伊斯兰教的名字，你在车臣人中会找到相当多的罗勃尔特、埃图瓦尔多夫、阿尔图罗夫。给孩子起俄罗斯名字会被认为是有失体统。尽管一个车臣人要是有一个亲近的俄罗斯朋友，他就可以出于尊敬他而让自己的儿子，比如，叫瓦西里什么的。还可以取敌人用的名字呢。第一次世界大战的德国前线战役结束后，车臣出现了很多德国名字。取自高加索人民的敌人、血腥的占领者、瘸子铁木尔的名字的也有，小男孩开始叫铁木尔、塔尔梅兰[1]的多啦，就像我一样。

有时候是出于对伟大的对手的尊敬，有时候是出于隐秘的愿望，希望在偷来名字的同时获得力量。

我给邓尼耶夫取了小名，开始管他叫阿尔奇。

"阿尔奇，可以问你点事吗？"

"好呀，塔尔梅兰？"

"你不是给我讲了有关昆塔的事吗？武器是血腥的，战争是毫无意义的。"

"是这样。"

"为什么你自己倒拿起了武器，为什么你参加到我们队里来？"

邓尼耶夫变得忧郁起来。他的眼睛好像深陷下去，形成了真空，

---

1 帖木儿（Tamerlane，1336—1405）创建了帖木儿帝国，对伊朗、外高加索、印度、小亚细亚进行了掠夺性远征。帖木儿在欧洲被称为"塔尔梅兰"，俄文名字译成汉语又称"铁木儿""铁木尔"。

进入黑暗的无底空洞中。

"因为我不得不……我们都不得不……"

我开始吸烟并走出大楼。天气不利于飞行，天空因鸟飞绝而空旷。我站在那里盯着田野看。

禽产品加工厂连着的田野旁，是一块倾倒禽产品下脚料、禽粪的地方。它的一部分修平了，一部分像小山堆着，上面已经长了草皮。我们自己产生的臭气就够受的了，但原有的粪更是在空气中增添了肮脏气息。地上尽是夯实了的厩肥，几乎什么也不生长。只有在原有的家禽粪上长的一些伞藁是有用的。夏天，它像绿色的森林长得很密。现在，是冬天，只有干枯野蒿草，伞藁的根柱像密实的围栏，立在那里。

我曾经和父亲一起开车到过这里来收伞藁。父亲割，我把带刺的整捆整理到"莫斯科人"的车后厢。我们用它们喂家庭农场的牲畜。

这是我和父亲交流最亲密的时光，干男人该干的繁重的体力劳动并单独在一起。我非常看重这些出行。

我和父亲走的是那条隐秘的道路，车辙压出来的路，我告诉战士们走这条路出去采买给养。

天空飘落了稀疏、凝重的雪花，落地就化成水，变成泥泞。太阳隐身在云层之后而不可见。

后来，阿尔奇说，连这段历史，都这么生不逢辰。

当昆塔被送去流放的时候，沙利聚集了很多他的追随者。他们要求释放至圣的导师，长老。沙皇当局拒绝了。

俄罗斯军队的驻地在村头的林地里。穆里德派信徒成群结队地向他们进发，带了匕首，没有枪。有人散布谣言，说长老使俄罗斯的大炮和枪充满了水。

但是，大炮和枪像以往一样，只充满了火药和弹片。

士兵们让穆里德派信徒走到很近的距离了，一个英俊的军官穿着笔挺的制服，挥了一下马刀，发令：放！流散弹倾泻而出，中弹流血的穆里德派信徒趴在地上痛苦地挣扎。一下子打死了近400人。

"400人……"邓尼耶夫说完就沉默起来。

"阿尔奇！"

"什么？"

他好像如梦方醒，就像梦到了这个可怕的场景。

"阿尔奇，你在吓唬我！我们可不准备手里只有匕首就去找联邦人。谁也不相信他们的枪和'格拉德'武器系统会射出热水儿！"

"是的，我知道……我知道……"

我们的散兵游勇之部一天天地涣散下来。应当做点什么。要么自行解散，要么就与主力部队会合。去打一场，多半是去送死。

但我们只是藏在禽产品加工厂的废弃的大楼里一直等待。我们能等到什么呢？

更多的是，我们在等待战争很快结束。期待将会有某种谈判。最好别像在哈萨维尤尔特谈的那样，但都一样。停火，休战。可能，马斯哈多夫会让步。承诺交出领土和进军达吉斯坦的组织者。或者俄国人对新的边界、新的同盟条约条件满意了。就让这些是一个坏的和平吧。战争也不会带来什么好的。无论是对一方，还是对另一方。

马斯哈多夫应该明白，他经受不住正面对抗。但是，俄罗斯的将军们也知道，这种游击战，就是在他们后方的经常性的破坏活动。他们应该理智，他们应该制止这种屠杀！

但是炮击一刻也不停，通讯员没有带来任何令人安慰的消息。

在新年前夜，我们等到了意外的礼物。但根本不是我们想要的和久等的。我们想要和平，但得到的是战争，带给我们命令，更像是命令我们殉葬。

12月31日，联队由阿斯兰别克·阿尔萨耶夫本人亲自指挥。和他一起到来的，有三十多位经验丰富的武装人员。和他们一起来的还有马斯哈多夫的指示：要求我们进入沙利。

我们联队里剩了近90个战士，他们中有16个是我的后备队员。其他的都是强力机关和特种分队人员、行政部门的工作人员。加上援兵，我们聚集了120人。阿斯兰别克·阿尔萨耶夫负责协调队伍的指挥和作战。我来指挥被命名为沙利阻击营的后备队。幸好不是一个团。按人数，我的战士甚至都不足一个满编的排。

所有的人编在一起叫混编集团军，好像说得至少有3个师一样；列契被任命为参谋长。我们有相当不错的武器，但只有步兵类的。除了冲锋枪、手枪、狙击步枪，我们还有火箭筒。没有迫击炮，没有高射炮，连一个可移动高射导弹系统也没有。

我们没有坦克、装甲运输车、步兵战车，我们都没有。我们所有的交通工具就是帆布盖棚的几部卡车，4台不能在公路上行驶的乌阿斯，还有一辆轿车，就是那辆采购食品的"戈比"。

我们的通讯有保障。有一部联邦频率的无线电台和几部卫星电话。

国家国防委员会特使到达那天，立即召开了指挥员会议，会上大体拟定了行动计划。

定于1月3日开始行动。与我们同时，另一集团军应进入阿尔贡。两项行动的目的在于将格罗兹尼方向的联邦军队的注意吸引过来。马斯哈多夫希望特罗舍夫把主力部队调往沙利和阿尔贡，使车臣军队得以在格罗兹尼集结，向俄军发起进攻，向山区突围。

就是说，在另外的地方还有一套军事战略构想的时候，我们应该吸引敌军，引火烧身。完全就像电影《营请求火力支援》一样。我们当时就明白这一点了。但平静地接受了，用不着歇斯底里。

在任务中没有设想沙利和阿尔贡攻防战会战至最后一滴血。最高委员会明白，这样做是无益的。我们只要尽可能地弄出动静，把联邦军队拖过来就行，没期望在所有居民点都被彻底封锁的情况下，冲出去，与主力部队会合。倒是答应帮我们开辟突围的走廊。怎么开——我连概念也没有。

我建议通过我们那条秘密村路夜间行动，渗透到村子里。但阿尔萨耶夫否决了我的提议。按他的计划，我们应该白天，走公路进村。我表示异议：在这条路上有两个特警队的加强检查站。

"别担心。我们会穿过检查站。"

我开始明显地不安。列契只好过来安慰我，他解释说：

"你要明白，塔尔梅兰，这不是搞破坏活动，这是心理攻势。"

我不知道什么心理攻势。我想起了电影《夏伯阳》中的军曹，排着队，穿着全套制服，在音乐的伴奏下，走向红军的阵地，用胸膛迎接密集的火力射击。这也令我想起了昆塔—哈吉的追随者的最后一次抗争。

在最后的总结中，阿尔萨耶夫同意，让一个班的武装人员徒步走密道，保障我们大张旗鼓地行进。反正整个联队里的交通工具也不够用。

新年之夜我们是在沉思中度过的。没有庆祝。篝火都没点，而且没有放烟花，向空中排射：保持声音和照明的伪装隐蔽。一些人喝了点酒，但是，阿尔萨耶夫的大胡子随从们没收了我们贮备酒并解释说，真主的战士是不允许忽视戒令并犯下罪孽的。

我发现，他们中的一些人自己就使用精神类药物。我碰到过一个人最私密的时刻：他躲在墙后头，挽上手臂，准备注射。在我问讯的眼光注视下，他说，他有糖尿病，得给自己注射胰岛素。

当然，也许，是胰岛素。只是他的瞳孔都放大了，脸上毫无表情，打完针后，他就回到了联队的驻地。

就是这么回事。但是，要是说，我们武装人员全都酗酒或者吸毒——那就是说谎。许多人真诚并坚定地履行誓言。一些人甚至是宗教狂。他们就是些普通的正常人。就像我、列契。就像阿尔图尔·邓尼耶夫。

在新年之夜，阿尔图尔坐在床板上，远离同伴们，裹在棉大衣和被子里，身体摇晃着，小声吟诵着什么。我走近他，小心地问：

"又在祈祷吗？"

乃玛兹的时间已过，但邓尼耶夫经常延长祈祷并超出了应做的 5 次。

"不是。我这是太冷了。"

"小声嘟囔什么呢？"

"没什么特别的……"

在电筒投射到地上的微弱光线里，他用类似花头巾的东西遮着脸，我觉得，阿尔图尔脸红了。

"不是吧，快说。"

"我……在唱歌。"

"你唱什么呀，阿尔奇？"

"嗯……'森林里长了一棵圣诞树'……你知道吧，我们童年时在幼儿园里教过这首歌。那时候我还不完全懂俄语。对我来说这歌只不过是一些声音而已。没有任何意义与思想。但却很有魔力！因为新年嘛……橘子和巧克力……总之，有一种奇迹发生的感觉。"

我笑了并点头。

"跟我来。"

他站起来了。我们穿过禽产品加工厂大楼巨大的板棚，来到一群裹得什么都有的男人跟前——到了沙利狙击营所在地。我叫了一个参加过最后一次食品采购的下属。

"亚当！"

"什么事，塔尔梅兰？"

"拿来了？"

"是的，都拿来了。"

指了指一个纸箱。

我们就打开了。

箱子里有橘子、橙子、锡箔纸包的糖果。

我的下属在水泥板上的坑里插上有枝杈的树棍。我们往上面挂了布头、水壶、彩纸条和代替彩色纸带的缓燃导火线。

我看了一下表，祝贺道：

"新年快乐，同志们！"

"真主至上！"大家的声音混杂在一起来回答。

"真主至上！"

2000年1月9日，我们就是这样喊叫着，舞着枪，冲进了沙利。

我们坐着大卡车和乌阿兹走公路进发，有一百多人。近120人。在俄国媒体中，对占领城市的破坏分子的人数有相当的偏差。一开始他们写的是真的：120个武装分子。后来，写了胜利请功的简报之后，数字就被改变了。

不能这样写：120个武装分子进入沙利，其中400人被消灭。

等发现数字对不上的时候，他们就开始说是几百人了。逐渐地我们队的人数上升至1500多人了。

当我们占领了城市的时候，我们的队伍壮大了。特别是，那些领了武器，并没有去禽产品加工厂，而是留在家里的后备队队员，都加入了我的歼击营。几十个战士听我的指挥，总共已经有近百人。但怎么也达不到1500人。

我们不战而退出沙利，我们夺回它也没放一枪。如果不算无序地向天空开枪的话，我们是让那种枪声伴随我们的归来，就像是举行拉甫扎尔歌舞、举行婚礼一样。

我们穿越了两个严密的检查站，没人试图阻拦我们，我们没有攻击检查站。我不知道，为什么，联邦人不试图阻止我们进攻检查站。我不相信，这个通道被收买了。也许，是被收买了——如果是这样，那么，决定这件事的，不是我们这个层面的人。而也许，联邦人是在贯彻自己上级的指示：避免直接作战。

不管是否如此，总之，俄罗斯人关闭了检查站，也没朝我们这个方向开枪，我们也不向他们那边射击。我们往空中排射，是的。

在前方有战斗，但是在另一个方向。

我们毫无根据地认为，我们的总部忘了我们以及联邦人只是偶然地没有发现藏于禽产品加工厂的营地。看起来，按总部计划，一场精心准备的蒙蔽战正在进行。

是的，我不了解所有的事。我们中的每一个人都是只了解他为完成总的计划所必需的信息。我的任务就是指挥歼击营，我知道的就是我们应按时占领沙利，尽可能地制造出更多的动静，尽量避免战斗和损失，然后，组织退却。

我们占领了沙利。我们就驻扎在市中心。我的营部署在第八中学的楼里。这所学校位置便利，与市中心广场和行政楼群毗邻。

这就是我曾经就读的那所学校。没想到会这样回母校。

我们的战士还占领了另一所学校，第三中学，离市中心和行政楼稍远一点。

联邦人开始在警备司令部筑街垒工事。

实际上这不是警备司令部。不过是在乡里俗语里这样称呼。要是准确地说，这是沃夫特——临时内务处。

穿过沙利市中心城市广场的那条路上，以前矗立着列宁纪念碑和看台——列宁纪念碑在杜达耶夫当政时就被挪走了，看台留下了——在苏联时期，每到 5 月 1 日、5 月 9 日和 10 月 7 日都要进行阅兵仪式，过了从广场延伸出来的这条路，就是卫国战争烈士纪念碑和刻着阵亡人员名单的大理石铭碑前的长明火。左边是银行，稍过去一点，是文化用品商店，那里卖书，我经常在放学后去买叶赛宁的诗集或者古代东方诗词的标准译本。过了商店不远——就是联邦安全局和临时内务处。临时内务处占据了过去地区警察局的办公地点，3 层楼。就是这个警察局被叫作"警备司令部"，联邦人员都聚集在那里，躲在沙袋后面。

我们从各个方向包围了临时内务处，但是并没有开始进攻。我们建议联邦人员交出武器并离开沙利。我们确实没有打算打死谁或者抓俘虏什么的。我们不需要战斗和流血，也没想过在身后拖着俘虏。这样一来，他们只能到联邦军队所在地去，就是要先缴械，以免生变。我们为他们提供安全"走廊"。

毫无问题，我们就将那些在新当局任职的地方民警缴械并打发回家了。但那里的内务部、联邦安全局的俄国工作人员和现役的军人拒绝投降。他们准备对进攻予以反击。

而我们没有要进攻他们。如果他们不撤走，我们就一直包围他们。

代替进攻警备司令部，我们在市中心广场上举行了集会。

谁想出来要举行这个集会的呢？这想法确实不是我的。阿尔谢耶夫作为我们队的指挥员下达了命令。不知道，是最初的战役计划里列入了这个集会呢，还是阿尔萨耶夫为完成弄出更大动静的部署而即兴安排的。

我不喜欢所有的集会。任何时候都不喜欢。就是以前，我也从不去参加集会。我们这里是有人喜欢开大会，但不是我，列契也不算是这类人。

是的，我们营驻扎在第八中学。我将一层校长办公室据为指挥所。立即任命第一个过来的小伙子亚当，他姓杰米尔布拉托夫，为我的后备队的参谋长。我想任命邓尼耶夫来着。但是阿尔奇不知去哪闲逛了，我在营指挥所没找到他。

是的，我的营就设在被我们打通的校长办公室。学校荒芜了，整个学校空无一人，甚至连个看门人也没有。我们在校长办公室的桌子上找到了其他办公室的和防火楼梯的钥匙。

我坐进椅子里，抓过先看到的练习本，撕下方格纸两张，并开始凭记忆画学校的草图。我还记得每一个办公室的位置。

"亚当，把各部的指挥官都叫过来。"

"我们还有各部指挥官，塔尔梅兰？"

"就是叫尤努斯、易卜拉欣、莫夫拉迪，还有……找到阿尔图尔。"

"这是新来的吗？"

"对，邓尼耶夫。"

算上我，营里已经集合了67人。我拟了一份名册。67个人——

勉强够得上一个营。凑一个连还差不多。但是，命令上说你是一个营，那就是沙利歼击营。营应该由连组成。最低该有3个连的编制。但是一个连少于20条枪，——在我看来，这完全是可笑的。我决定这样来编组：每26人组成一连，共两个步兵连。连长为尤努斯和莫夫拉迪。营部：指挥官，参谋长，通信员。通信员是阿尔奇。我想让邓尼耶夫在我身边。毕竟他还完全不会开枪。还……有点不大正常。

学不会开枪的人！可能，我认为自己是有经验的战士。尽管我没有参加过一次真正的战斗。我从前所知道的一切，——只是警局的一些案子。有时候会发生枪战对射。但我不能允许自己认为自己也是菜鸟。我可是指挥官呢。

还剩12个人。我们编了3个独立的小组，每组4人。一个狙击组，一个掷弹组，两个负责掩护的冲锋枪手一组。都由易卜拉欣领导。

学校的楼有3层。尤努斯连占据了一楼和学校的操场，莫夫拉迪连占据了二层和三层。易卜拉欣的几个组上了楼顶。

会议行将结束时，阿尔奇才出现。

"邓尼耶夫，你去哪了？跑市中心去了？亲戚会看见你的，会把你拽回家的！"

"我在这里，就在地下室。"

我还真忘了，学校还有地下室，锅炉房。

"好样的！你检查过了？一切正常吗？"

阿尔奇脸红了，低下了头。亚当笑了起来。

"他在那里睡着了，找个角落就睡。"

"好吧，咱不笑了。谁想离开驻地去看一下亲人，可以。只是别让女人的裙子缠住。如果有谁不想打仗，现在就说，我从名册上划掉他。把武器交上来。如果联邦人员在你们家里发现武器，你们自己知道后果。总之，和自己的战士要解释清楚。另外，每个单位不能有超过百分之三十的人同时请假离队。你们自己要掌握一下。"

"好的，塔尔梅兰。"

"是，阿米尔。"

阿米尔……谁教会他们这样称呼营长的？伊斯兰法典的狂热者都是如此。算了，阿米尔也好，少校也好……最终我还不就是阿米尔一样的少校嘛。

是的，在战事来临前，列契宣布我为少校。

我的连长们散会了。

"亚当，应当在学校食堂给所有战士做午饭。"

"已经做好了，塔尔梅兰！弄来了食品，叫来了两个妇女，他们立刻就开始做饭了。"

我想，这个杰米尔布拉托夫真是个聪明的家伙。

"轮流吃饭。易卜拉欣的几个组先吃，然后是尤努斯连，再后面是莫夫拉迪连。我们营部的单独吃。做好饭就立即把妇女们送出学校。我们自己收拾碗筷。"

聪明人杰米尔布拉托夫脸上有点不高兴的表情。

"亚当，我们的突袭已经众所周知了。我们的兵力部署肯定也是一样。每一分钟都可能开始射击和轰炸。"

"我明白了。"

"真见鬼！我们忘了下指示，要小心炮击或者导弹袭击学校！阿尔奇，锅炉房里放得下整个营吗？"

"放得下，塔尔梅兰。"

"放得下也好，放不下也罢。一个直落下的炸弹，我们就会都炸飞。这样：如果轰炸开始，一连占领锅炉房，二连和易卜拉欣的几个组在毗邻学校的院落里集中。轰炸过后——就在营部集合。亚当，向各连长传达我的命令。"

"是，少校。"

这听着嘛，好点。而动不动就——阿米尔……

过了一小时，我在学校里巡视，看窗户里火力点的设置。我从通常上锁的侧面的楼梯刚上了楼顶，留在营部（指挥员办公室）的阿尔奇就气喘吁吁地找到我。

"列契来了，找你。"

我从楼顶下来，在营部看到列契带着四个亡命徒。他们的裤脚都掖在袜子里。只有瓦哈比派教徒才穿成这样。叔叔按亲戚礼节拥抱我。

"怎么样？塔尔梅兰？在校长的椅子上坐熟了？你好像是在这个学校上过学吧？快承认吧，你因为表现不好经常被叫到这里来揪耳朵挨打吧？"

列契开玩笑呢。亡命徒们甚至连笑也不笑一下。乃玛兹的时间到了，他们放好行军用的小毯子并开始祈祷。

"有点是不一样的。我上学的时候，校长室在二楼，和教导主任挨着。我嘛，当然想自己当校长。这不，一个白痴的理想实现了。"

"我们外边说，别打扰他们。"

我们走出来。1月，外面还很冷。学校院子里的树都光秃秃的，枝杈清晰。地上没有雪。温度就在零上两三度的样子。水洼里的水还未上冻。我一下子明白了，学校的楼里还是相当暖和的。还好我的无所不能的营参谋长把锅炉房的工作组织得不错，没等他的蠢营长想起这个再做。

"列契，你究竟怎么想的？"

"暂时一切还都按计划进行吧。"

"我们有计划吧？"

"我不比你知道得更多。别做长久打算。两三天后，我们就会撤离。"

"往哪撤离？往山区？还是去格罗兹尼？"

"往山区。也许去格罗兹尼。会通知我们的。"

"明白了。一个不错的计划。"

"哈立德希望去欧洲呢。"

"哈立德？从前你只称呼马斯哈多夫第一个名字，阿斯兰。"

"习惯了。我们很长时间没见面了。你也得习惯。"

"嗯哼。马斯哈多夫——哈立德，我——营里的阿米尔。按新的说法，营部——就是舒拉？或者是大国民议会？我对阿拉伯语是不太在行的，这你知道。"

"和我呢，你就心里怎么高兴就怎么胡说吧。外人在的时候要管好嘴巴，侄子。"

"以前你自己也管不好嘴巴嘛。你就是因为这点才被伊斯兰法典的狂热分子撸了所有的职务的，你还记得吧？"

"我记得。但现在我们都在一起。我们没有别的出路。他们也一样。"

我们沿着学校的院子和操场走了一圈。沉默了一会。列契看着天空。

"乌云在聚积。大概，要下雪了。"

"列契，你刚才提到了去欧洲？"

"这几天欧盟正在开会。欧安会那一类的。哈立德希望他们能通过一个有关车臣的强硬的决议。迫使俄罗斯停止战事并开始谈判。"

这件事令人希望倍增。我们还不知道，一伙不明身份的人绑架了肯内特·克拉克，"无国界医生"国际使团的活跃分子。到底会怎样，我不知道。也许，事情并不在于克拉克事件。也许，他就是一切顺利，也什么都不会改变。俄罗斯不仅不服从西方，而且它已经停止听他们的使唤了。但是我们还在期待。我们应该有所期待。

"就是说，外国人要帮我们的忙？"我兴致勃勃地问。

"应当是要坚持不长的时间。"

"这还不错。因为我们也坚守不了更长的时间，列契。赤手空拳面对坦克和飞机是打不了多久的。"

列契撇撇嘴。

"行啦，塔尔梅兰！政治消息我们就到此为止吧。我来找你是有事情的。"

"这可不妙。"

"很快就会在中心广场举行集会。你挑 100 个战士为集会做警戒。"

"我一共就有 67 个人。还得算上我自己，在营部张罗事的参谋长和一个当营部通信员的好小伙子。"

"你算上补充的员额了？"

"连补充的都在一起——67 个。他们中还有 20 个人探家去了呢。"

"探什么家呀？他们才从家里出来！你的营里还有没有纪律？他们不服从你吗？我把我的人留给你来整顿一下秩序。"

"我可不要你的歹徒，列契！我自己允许他们回家待上个把钟头的，他们都坐在学校里干什么呢？"

"你集合所有人，再别给假回家！50 人——到集会上警戒！"

"30 人。"

"塔尔梅兰，你是因为什么才没有落到被包围的警备司令部里的！要有良心！"

"35 个吧。不影响什么的话，好歹给我们营里剩点人吧。万一联邦人员要突围呢。不妨让我们的战士和集会上的老百姓混在一起，然后我就不用召集谁啦。"

"好吧，就按你说的吧。过 20 分钟让他们去广场往西面集结。"

列契带着三个随从离开了学校。留下了一个家伙。为了联系方便。也可能，是为了监视我和我的营。我重新在营部召开了会议。

"取消所有的请假外出。尤努斯连的 17 个人和莫夫拉迪连的 18 个人——立即去广场的西面，警戒集会。由尤努斯担任队长。其他人和我一起在学校留守。"

"我可不可以也去参加集会？"

说这话的是阿尔奇。

"邓尼耶夫，你不怕见着亲戚啦？"

"不会让他们认出我的。"

阿尔奇从兜里掏出黑色的编织帽，只有两个露出眼睛的洞，戴在了头上。连长们都笑得前仰后合。阿尔奇活脱就像某部好莱坞喜剧中不那么走运的银行抢劫犯。

"我得去那里……"

"行啊，邓尼耶夫也去广场。要和营部指挥所保持联系。没有特殊需要不要使用电台——联邦人能监听到所有的频率。听懂了吗？没问题吧？"

"明白了，塔尔梅兰。"

"行动吧。"

我当然不知道，这几个小时里警备司令部，即内务部临时办事处里所发生的一切。就是现在我也不知道。我极力想弄明白，发生了什么，已经是几年之后、在我浏览过已出版的所有联邦人员的回忆录和分析家们的文章之后了。许多东西都衔接不上。总是这样，许多东西都不是真相。

主要的资料来源——是被许多刊物转载的军报上的文章，这些文章中使用那些天驻在警备司令部的国家安全局"通讯处"军官的口吻来描述事件。"因显而易见的原因"这个军官的姓氏未曾透露。

1月7日,一个志愿留下的军官带着一个小组来到沙利。恰好那时得知武装人员聚集在制管工厂。警备连乘3辆2型步兵战车扑到工厂。按照那个军官——或者是那个准备材料的记者的话说——武装分子们从基地被逐出。联邦人的损失是一辆步兵战车及乘员。

据我所知,他们没把武装分子赶哪里去。他们中了埋伏,损兵折将,回到了沙利。

制管厂的战斗。我应该详细地讲一下这场战斗。制管厂的战斗是我们突袭沙利行动的序幕。这才是理解的关键。

制管厂的战斗表明,我们没有被忘记,没有被撤编。国家国防委员会精心拟定了作战计划。我们的突袭是多种方式作战构成的。原来,我认为,马斯哈多夫谁也领导不了,他在这场战争中手足无措,是不对的?

不知道,我不知道。原来,战术计划在高层拟定。战略计划是没有的。

首先,我们的指挥部为让我们沙利支队所在的位置,能够在某种程度上蒙蔽俄罗斯人,采取了特别的措施。我们藏在通往奥塔戈禽产品加工厂的废墟里。联邦军队的东部集群司令部就设在阿夫杜拉,沙利的另一个方向,但距此总共只有几公里!谁也没发现我们。

这里有自己的逻辑：俄罗斯人没想过，要在离自己的司令部这么近的地方找我们。

但是，指挥部明白：有关武装人员在沙利附近集结的情报不可避免地会渗透到俄罗斯人那里。于是给敌人释放了假的动向。以前的制管厂基地在格尔梅丘克村附近，沙利以北。伊奇凯利亚车臣共和国信息部长，也是战时的蒙蔽报道部部长——莫夫拉蒂·乌杜戈夫在官方报道中宣布，沙利部队从制管厂基地组织了撤离。这不是真相：我们没有撤离制管厂，新年前谁也没在制管厂。

只是在新年前，制管厂才被占领，但不是沙利的部队。而是阿米尔哈塔布的士官生，数目在几百人。而且他们是从格罗兹尼突围出来的。联邦人对城市的围困相当不完善，漏洞百出。

这次行动是秘密的，甚至对我们都保密。我们只是在占领了沙利之后，才看见了从制管厂出来的队伍。这是瓦哈比派的，对，伊斯兰教狂热的极端分子们。他们从不废话。我们和他们没有特别的交好，交往只在迫不得已的情况之下才有。所以，关于制管厂的战斗，我是后来才从俄国报道中得知的。

仅仅凭着乌杜戈夫这一个消息来源俄罗斯人是不会相信的。有关武装人员集结的消息是经过其他渠道汇总来的，联邦人更倾向于信任间谍情报。最有趣的就从这里开始。

俄联邦安全局军官简短提及的关于制管厂的战斗都是谎言。但还有另一个说法。有一份材料，是关于雅库特特种民警队指挥官亚历山大·雷日科夫在格尔梅丘克附近死亡的报道，他从1999年12月起，在沙利的内务部临时办事处任职。

在用联邦安全局军官的口吻写就的文章中，据说——警备司令部的军官们知道，在区里的制管厂基地有人数为 70—80 个武装人员。只是知道了而已。不知道从何而知。不明白的是，为什么民警去了基地，而不是将武装人员的准确坐标交给炮兵。

材料中有关亚历山大·雷日科夫的信息也很简短：以作战简讯出现。但是信息本身说明得更详细：在地下室好像有人质，他们中间有几名当地民警局的战士。

我不太相信有关当地民警局的事。对俄罗斯人来说，所有的车臣人，甚至站到他们一边的人，都是异己。俄罗斯不会冒着枪林弹雨去拯救车臣人质的性命。更可能，被俘的是联邦人。或者，可能，是某个大人物，类似被劫持的施比古纳将军或者肯涅特·克拉克式的人物。

没直接说消息来源。但据说亚历山大·雷日科夫从最初就致力于促进边远居民点的发展，加强与普通车臣人的友好关系，与宗教界交流。正是由于这些与民警们的接触，有价值的作战信息才源源不断。

制管厂的战斗之后，1 月 11 日，在格尔梅丘克附近，离沙利较远的一个居民点，一名伊玛目在当地的清真寺遇刺。可能，那人正是普通车臣人中的朋友，宗教界的代表——有价值信息的提供者，因为这类信息，特警队的亚历山大·雷日科夫才中了埋伏。

如果相信安全局的军官的报道，战役是由 3 辆 2 型步兵战车和警勤连全体人员编组进行的，战斗由警备司令部的参谋长指挥。我已经说过，被俚语称为警备司令部的地方，实际上就是内政部临时办事处——沃夫特。安全局的匿名军官所指的这个下属的什么警勤连和什么参谋长——完全莫名其妙。

有关亚历山大·雷日科夫的材料更接近真相：为了在制管厂进行一场专门的作战，从沙利内政部临时办事处派去了作战侦察小组，由雅库特特警队和乌里扬诺夫快速反应支队负责掩护。赶去增援的还有伏尔加河沿岸快速反应支队。这支混合支队由亚历山大·雷日科夫指挥。

刚走到制管厂，民警们就遭到了交叉火力射击。有人等着他们。解释永远是：对手人数众多和火力超强，而俄国战士总是表现出神奇的英雄主义，站在齐腰深的冷水里，不知道为什么从灌溉沟渠里出来作战。

关于瓦哈比分子的人数优势——这是说的俏皮话。所有的都算上，在亚历山大·雷日科夫的联队里怎么也不少于上百名战士，而车臣人不超过一百。一切就在于埋伏。联邦人出现在不利的阵地上，他们只能挨枪子儿。

国家安全局的匿名者和亚历山大·雷日科夫中校的同事所做的损失报告和战斗总结截然不同。第一份报告里俄罗斯人的损失是一辆步兵战车及其乘员，还把武装人员赶出了基地。第二份报告中，联邦人员遭到火力袭击，死伤近50个战友，并自己撤退了。亚历山大·雷日科夫中校为掩护撤退而牺牲。

他被授予俄罗斯英雄的称号——追授。在他的故乡立了纪念碑。我认为，他是英雄这事，是真的。他的战友们也是英雄。但是，那些在制管厂布置了埋伏的人，——他们也是英雄。就像博尔赫斯所说，这是一个永恒的体裁：英雄就是那些包围和防卫要塞的人。在突袭沙利的历史中，制管厂的废墟就是第一次小型的特洛伊之战。而第二次特洛伊之战是沙利警备司令部。只是包围和防卫要塞的地点改变了而已。

1月9日清晨，"街道的荒芜和城中市场的寂静"震惊了联邦人。街上确实没有多少人。就说这寂静——这也未必。正好1月9日，我们进了一趟城。各种喧嚣依旧嘛，对沃夫特来说，这也不是秘密：检查站放过了我们，但是一定通过无线电台通知了我们的行动。

后来新闻记者写道，——阿斯兰别克·阿尔萨耶夫来到警备司令部并宣布了最后通牒。就是说，他出了门，在街上顺路，过来谈谈。就好像街上任何一个顺路的人，还是全副武装的人，都能被放进警备司令部（内务部沙利临时办事处）一样。俄罗斯人拒绝当车臣人的俘虏。就是这样写的。实际上我们根本没想抓什么俘虏：当时说的是，他们可以放下武器，离开沙利。

阿尔萨耶夫据说是宣称："否则的话，这里将成为血海和火海。"

如果他要知道，血海和火海意味着什么就好了。

沙利的警备司令向"东方集群"司令部汇报了情况。向自己以前的老首长，即集群指挥官特罗舍夫中将。指挥官特罗舍夫的司令部设在离沙利只有6公里远的阿弗图尔村。特罗舍夫手下有一个远东军区特种大队。警备司令部认为，上司会派特种兵驰援他们。好像特种兵们也准备好了。但是，特罗舍夫没有下达这样的命令。

为什么？

这里，离莫斯科有几千公里，我不能用自己的后备队冒险。特罗舍夫，有可能，是这样想的。特罗舍夫将军是沙皇的仆人，士兵的父亲——他珍惜士兵的生命。不愿意让他的士兵在战斗中牺牲。在和我们的战斗中殒命。

是呀，这有多么感人呀？

但是，要知道，他们是士兵！他们被教会了打仗。打仗是他们的职业。而我们就是敌人。但是将军不放他们参战。他不想用自己士兵的生命冒险。

取而代之的是，他准备打死成百上千的和平居民。他准备拿那些和平居民的生命来冒险，而这些居民本是他们——这些士兵——应该保护的，甚至是应该牺牲生命来保护的。

这就犹如一个消防队长拒绝让自己的人进火场一样。进什么呀，房子在着火！这是非常危险的。我们不会冒险。最好是眼睁睁地看着房子烧掉，让火舌吞没邻居的房子，他们最好是在旁边等待。

我们准备进行殊死的战斗。但是没人准备和我们作战，面对面地对决。

这名军官说，警备司令部被包围的保卫者们见机行事，反击了我们一次次的进攻。他用行话——"切尔克斯人"来称呼我们。他说，他们用密集的火力网阻止了我们的进攻，没有人，除非疯子才会冒险突围。他还说，他们仅有的装备卡拉什尼科夫式 74 型步枪，这种枪在复杂情况下使用效果不好，弹药基数总共只有两匣。而在警备司令部里没有弹药贮备。剩下的就令人纳闷，联邦人在 1 月 9—11 号，这整整 3 天里，是如何以这几条枪来反击武装人员不断的进攻、制造出阻挡式的火力网的呢，既然那每条枪只有两匣子弹。

卡拉什尼科夫式74型步枪可以装30颗子弹，在排射的情况下，很明显，几分钟之内，肯定会有建立起火力阻挡墙的效果。根本不够警备司令部的保卫者们进行一个小时的激烈战斗所需。

实际上，在11日之前，完全没有什么对警备司令部的多次进攻。只是在建议他们离开、放下武器、被拒绝之后，才有零星的互射。我的营所驻在的学校距离沃夫特不足一公里，我听到过零星的枪声，这怎么也不像是猛烈的进攻。

主要的交战在广电节目中出现并且由联邦安全局的通信员来讲述，这看起来，会更真实。最初他们利用的是"安卡拉1号"短波基站。但后来改用公开的无线电台来转播消息。一个卫星通信联系广播站就在警备司令部。

联邦人就是以此获知了集会的消息。坐标并不复杂——城市中心广场后的一个小广场。但是，他们还知道了时间。一定是围困在警备司令部以外的朋友，通过电台通讯或其他方式告知了他们细节。关于集会的密码电报则直接发给了莫兹多克的北高加索联合作战集群司令部。

在特罗舍夫将军自己的回忆录中，他宣称为导弹袭击负责：据他说，他收到了情报和使用战术火箭的指示并下达了命令。但是，这未必是真的。第一，联邦安全部的通讯军官证明，就此事他们没有和在阿夫图尔的"东部"集群联络，而是与莫兹多克的联合作战集群司令部联系的。想必是这发生在他们对从直接上司那里获得帮助已不报任何希望之后。第二，部署在北奥塞梯的导弹部队不归特罗舍夫指挥。他们一定是只属于莫兹多克的联合作战集群司令部。

1999 年 10 月，格罗兹尼的市场遭遇了这种导弹袭击。后来，对于何人核准了使用这种战术导弹的问题，沙马诺夫将军，即特罗舍夫的同僚，当时负责指挥"西部"集群，他说：这是上级首长的指示。他自己不能下达这样的指示。如果沙马诺夫在自己的辖区不能下达这样的指示，那么，特罗舍夫在自己的辖区也不能下令使用战术导弹。

沙马诺夫和特罗舍夫的上级首长是在北高加索指挥联合作战集群的卡赞采夫上将。有可能，特罗舍夫汇报了自己的想法。或者强调了导弹袭击的必要性。但是，发射的命令只能由卡赞采夫上将下达。

我觉得，只有在莫斯科同意之后才有可能。只有总部同意才会发射。俄罗斯军队总司令，总统鲍里斯·叶利钦同意才行。而更有可能的是，是经总理弗拉基米尔·普京同意才有可能的，普京那时候靠着生病且衰弱的叶利钦的庇护，已经实际上掌控了国家事务，特别是在车臣的战事。

为什么在特罗舍夫的记录中一切都如此简单：我收到了消息就准许了？他自己过于激动？还是他被命令要承担责任？如果真有此事，那么，在车臣的将军们有罪。与莫斯科，甚至与莫兹多克，都无关。

结果是，他们都在害怕。反人类罪没有起诉时效。他们害怕或早或晚都会因自己的命令成为绞刑犯。他们为自己准备了一条后路：是特罗舍夫下达的命令。

但是，特罗舍夫将军如何能给无论如何也不归属他指挥的、布防在北奥塞梯的导弹部队下令呢？

大概，完全是出于偶然，但特罗舍夫不能在这件事上做主是对的。他不能解释自己回忆录里这些荒谬之处。特罗舍夫将军已经不在了。2008 年 9 月 14 日，特罗舍夫将军乘坐的民航客机在彼尔姆上空解体。空难。一桩寻常的空难。某个发动机失灵，或诸如此类。

一些目击者说，听到过密集的枪声，一些专家确认，非常像是从地面发射的普兹尔克，即可移动高射导弹系统击落的。但是，这是未经证实的消息。他们与官方的信息相矛盾。

见证人特罗舍夫将军在飞机中被炸死，完全是偶然的，不过是一件不幸的事件。

和特罗舍夫将军一起遇难的还有 82 名乘客和 6 名机组人员，死难者中有妇女和儿童。

2011 年 9 月 11 日之后，全世界的乘客如果看到他们中间有阿拉伯人都将拒绝登机。2008 年 9 月 14 日之后，俄罗斯乘客开始害怕乘坐有俄军将领，特别是在车臣打过仗的将领的航班。

导弹飞越时间。正是那种由"焦点加速器"系统推进的战术导弹，在 2000 年 1 月 11 日落在沙利之后，过了 9 年，在下诺夫哥罗德的上空又重新上演了。

联邦安全局的军官对记者讲，导弹袭击的结果是，敌方只有

217 人死亡。当然，所有被炸死的都是武装分子。定点武器。定点的程度是，甚至在轰炸的是人群的情况下，其中大部分人是非武装人员，那炸死的也只是匪徒，而平民，大概，只是震昏而已。

一切都是谎言，一切。

独立的资料来源确认：炸死的人数有三百多，大部分都是平民。

三百多人死亡……与空难中死亡的 88 人加在一起——这又是四百多人。这和 19 世纪昆塔—哈吉的追随者们向沙皇军队驻地进发时，被打死的信徒们的人数一样多。

我没有在集会现场。我说过：我任何时候都不喜欢集会。我的营的 36 个战士，算上通讯员阿尔奇，参加了这次大会。还有阿尔萨耶夫的半个连队的武装人员。

我们是和禽产品加工厂的联队的 120 人一起进到沙利的。还有一队是从阿尔贡方向过来的，约有 100 人。在城里，我们的支持者从自己家中过来集结，但不是很多。我们的人数开始近 300 人了。不是所有人都参加了集会：有站岗的，有保障第三和第八中学的，有一部分战士紧紧地包围着警备司令部。就是说，也就三分之一。不超过 100 人，不超过 100 人的武装人员在维持秩序并组织集会。

集会上总共聚集，1500 人。

百十来名武装人员，战士。

其余的都是平民。老人、妇女、半大孩子，甚至儿童。

都是昏头涨脑地从城市的各处来集会的人。许多人不知道会议的目的和意义。一些人出于杜达耶夫时期形成的习惯来开会：

就是在一起喊叫，跳舞。一些人来领武器——可以领一条枪，但却不去打仗，在黑市上卖掉，啥钱都得挣呀。其他人听说，会发养老金和补助金。在市中心嘛，也有不少是偶然路过的路人。

这样一来，都未能幸免。

我是这件事发生后几分钟才获知的。

我没看见爆炸。

我坐在校长办公室，面前是沙利地图和学校示意图。但我没谋划什么。我找了一本小书——叶赛宁的一册诗集——就在柜子的搁板上。就拿来读了。

然后我又看到了年级名册。旧的年级名册。于是我开始翻阅起来。读到的名字，有的熟悉，有的完全不记得。为变得暗淡的5分、4分高兴，为2分、3分黯然伤神。

比如，这里，哈苏哈诺娃·阿伊娜。数学全是密集的3分！而物理和化学——相反，都是5分和4分。可能和女数学老师没搞好关系……

一开始导弹袭击的震波打碎了窗户，震倒了柜子。只是在这之后，我才听到了好像天要崩塌的巨大的轰隆声。

我坐在办公室。我没看见爆炸。

后来别人跟我说，直接就在广场上方，出现了带着一团白色烈焰的火球，就像又升起了第二个太阳那样令人眩目。

在下一瞬间里，几百平方米内，就笼罩在骇人的残骸碎片中。

我在爆炸后听到的声响与任何噪声都不像。叫喊声和成百上千人的呻吟汇合成了绵延不断的哀号。这声音不像是人发出的。

像是，整整一大群受伤的野兽发出自己临终的哭丧的嗥叫。

我明白了——发生了某种可怕的事情。那种能够发生的最可怕的事情。我立即跳了起来，跑出办公室。亚当在走廊迎面跑来。

"发生？？？什么事了？？？？？？"

我的管家参谋长什么也不能回答。他抱住正在流血的脑袋——他被玻璃碎片刺伤了。

"亚当，叫大家都到锅炉房去！我去广场。"

广场很近，太近了。集会进行地点更近，但在行政楼后边——广场在警备司令部的射程里。从学校院子里跑出去，我立即就看见了。

我不知道，地狱是什么样子。我的信仰很脆弱。有时候甚至不相信，除了这里这个样子的地狱，地球上还有什么别的地狱。我不知道，到我死之前，是否还有这样的想象力，能够想出比我现在看见的场景更恐怖的画面。

成堆的尸体，成堆的濒死的人，成堆的死人。被弹片截断的残肢断臂，碎裂的头颅和胸廓，受伤的人毫无意义地爬行在血流成河的柏油路面上，跪着的人，就像砍断的树戳在那里。在这之上——就是哀鸣之声。

还有帽子。各种颜色的暖和的编织帽。爆炸刮掉的帽子，散落得到处都是。

他们还会在这广场上躺上几天。会有人来收尸。那些被炸弹碎片击出洞孔的、被火烧焦的帽子，染上了鲜血或是完好无损的帽子，仍会在广场散落着……

　　我完全瘫了。就站在那里，无力挪动一步，没想去帮任何人，无法明白——在几百个伤者和死者中我能给谁帮助，这还有必要吗。

　　我的战士们没有听从我的命令，没有躲进锅炉房。很快我就在自己身旁看见了他们：他们搀起伤者并带他们进到学校。他们首先是找我们营的小伙子们，但是不认识的人也抬回来了。

　　人们从四面八方跑向广场，附近民房的居民都过来了。他们找亲戚和熟人，把他们带走，抬走。

　　而我就像生根了一样站在那里，稍稍转动了头部而已。

　　可能过了有半个小时。或者一个小时。时间已经不存在了。我不知道，我就这样站了多长时间，战士们喊了我多少次，死者旁的人有多少次恳求请我帮忙。

　　但是，后来，我看见了阿尔奇。就在离我几米远的地方，他侧身倒着，身体蜷缩成一团。他的身体在抖动。我根据这个怪诞的抢劫犯式的面具认出了阿尔奇。我跨过某些人的尸体，走近他。

　　就像在梦中一样，我拾起他的枪，斜挎到背上。然后抱起他。我感到阿尔奇的身体很轻。他还活着。我抱着阿尔奇，把一只手夹在腋下，另一只手托住膝盖后面的腿弯处。阿尔奇抬了抬头，张开嘴，就像要对我说什么。

　　但是，他什么也没说出来。他的嘴里满是血沫，流了出来。头歪向一边，在面罩的孔洞中的突出的眼睛变得呆滞了。突然间，他的身体变得沉重了，就像生铁铸的一样。

　　如果人有灵魂的话，当灵魂离开身体的时候，死人就应该变得更轻，哪怕只轻 100 克。但是死人都很重。他们比活人还要重。

我不知道，为什么事情会如此。这不科学。如果人没有灵魂，那么死人的身体就该和活人有一样的分量。为什么灵魂离去的时候，就像往身体里灌了铅一样呢？这是什么——死亡的重量？

阿尔奇已经死了。他死在我的手中。我没明白。我只是感到他很轻——突然变得沉了，变得这么沉重，以至于我的双手都不听使唤了。我就抱着他，走到其他战士们送伤者的地方。

在锅炉房，亚当，仍然是那个亚当，很快从震惊中恢复过来，布置了一个医疗所。我们有一些包扎裹伤用品、抗菌剂和止痛药剂等。几个小伙子成了卫生员：他们处理伤口，不太熟练地包扎起来并打针。伤者就直接躺在地上，连从学校的办公室里拿几张桌子都没来得及，在桌子上怎么也会方便点。

我放好阿尔奇，声音嘶哑地说：

"给他包扎好。"

一个卫生员看了看我，摇头。立即转身去处理另一个伤员了。我拍了他的肩。他转过身来。我从阿尔奇的头上摘下了头套。小伙子看了看。

"这是邓尼耶夫？"

"给他包扎。"我嘶哑着嗓子，又说了一遍。

"塔尔梅兰，不用再给他包扎了。他已经死了。把他从这里弄走吧，这里都是活着的呀。死的人都放到院子里，学校的围墙边。"

我跪在尸首前。解开了他的衣服。这才发现，阿尔奇的胸部被挤轧碎了，肋骨断了并刺穿了肺部。就像是有一颗巨大的陨石，流星石，以宇宙速度飞降，直刺入他的体内。我默默地重新抱起他，从锅炉房来到外面。

十几具尸体已经排放在墙边。我把阿尔奇的尸体放在边上。用手掌抚摸他的脸，并合上他的眼皮。我在他面前跪了一会，大概，有两分钟。然后，脱下自己的上衣盖上他。

站起来后，蹒跚着，去指挥所。

我再也看不到阿尔奇了。

我们没有埋葬死者。这事由清真寺的收尸队召集的本地志愿者来做。

在那件上衣的内袋里，有我的护照。

在沙利歼击营的指挥所里，沙利第八中学校长办公室，我的指挥所里，列契·马卡玛多夫，我的堂叔，阿尔萨耶夫联队的参谋长，上校，呼叫代号为鹰的人，秘密外号"大教授"的人，就站在这里，皮带上是一支卡拉什尼科夫，腰上有无线电台，有4个身穿迷彩装的战士陪伴左右，站着，就那么站着，用手抱头，紧紧地两手按自己的头，仿佛这脑袋是成熟了的，现在要挤胀并流出粉红色汁液的果肉。

我呆滞了。我一言不发地快步走到列契跟前，抓住他胸口的上衣襟使劲摇晃。战士们猛一下地凑近。列契用手势阻止了他们。直视着我的眼睛。

"塔尔梅兰，俄罗斯人发射了导弹……"

我这才喊出来。

"俄罗斯人？？？俄罗斯人？？！俄罗斯人？！！这是我们，我们，这是我们干的！我们在所有事上都有罪！！！为什么？？？

我们为什么要来？？？我们就知道，我们知道，会发生什么！！！这就是因为我们，一切都是因为我们，所有人，所有人，所有人，都因为我们，被打死了！！！"

列契一下子把我拉过来，拥抱我。

"我们不知道哇，塔尔梅兰，我们不知道会……"

进攻开始了。绝望被愤恨和复仇的渴望所代替。我召集了营里所有的狙击手和掷弹手，我们步行至警备司令部并开始猛烈的射击。联邦人绝望地开始抗击。他们明白，现在——在导弹袭击之后——不会把他们活着从警备司令部放走了。不会像之前允诺的那样，放他们出沙利了。如果他们投降做俘虏，他们就会被打死。他们会被慢慢弄死。很久才会死去。

在警备司令部那里，没有机会坚守了。他们也叫不来第二颗导弹——现在我们队的大部分人都在离沃夫特大楼相当近的地方。弹药储备不多了。他们的援兵还未到。

但是，很快我们自己就被迫停止了进攻。

村落遭受到为警备司令部解围而重新布置的自行火炮的密集的射击。自行火炮不仅开火，而且火力范围覆盖了市中心。村落再次遭到火箭炮的猛烈轰炸。

村民们刚刚才把受伤严重的伤者挨户安顿在市中心旁的房子里，这些房子就又被榴弹炮和迫击炮击中。

我们从警备司令部撤退了。

联队分散驻扎到村子的不同位置。

我们要是夺取了警备司令部，我们就会被直接和俄罗斯俘虏一起炸死在那里。如果我们没夺取下来，继续用主要的力量进攻沃夫特，俄罗斯人就可以夹中覆盖这个正方形，消灭我们和他们自己人。导弹袭击集会之后，我们明白了，如果需要，就是原子弹，俄罗斯人也会扔过来的。向自己开火。沃夫特就准备要求向自己开火。但是，不用他们同意，如果我们继续进攻的话，他们也会把警备司令部和我们一起消灭的。但是，明白了我们准备向他们报仇的时候，他们要求向自己开火。这是一种轻松的死法。

这次谁也不会死。联邦人中谁也没死。

我们撤退了。

但是，我们不仅仅从警备司令部那里撤退了。已经决定放弃沙利了。阿尔萨耶夫向部队的指挥员们传达了从村落撤出的命令。

突袭沙利的任务就算完成了？

是，又不是。

我们将俄国军事指挥部的注意力吸引到自己这边来了。但是，没有将格罗兹尼方面的主要部队诱开离去。俄国将军们选择了不接触的战斗：炮兵轰炸，火箭炮打击，导弹袭击。

继续作战已经没有任何意义。很清楚，俄军各团不会走到纯粹的战场上和我们厮杀。我们将被远距离消灭，和偶然的人质——本地的居民们一起。

我们不是一下子都突围出来的。在导弹袭击那天，在进攻警备司令部未果之后，阿尔萨耶夫的主要部队就往山区去了。几个小队还留在村里。为了掩护撤离，对道路进行了管制。我的营留下了。我的营仅剩的部分人马留下了。

　　加上我是 67 个战士——在导弹袭击前是这么多人。在爆炸中死了 9 人，11 人受伤严重。进攻警备司令部期间，迫击炮又打死了 3 个，打伤 5 个。我们留下了伤员。我们不能带他们一起走。我们期望，联邦人不会把伤员算作武装分子，那天受伤的平民有几百个。

　　算上所有受伤的和牺牲的人，我们损失了 28 个战士。也就是说，我的手下只有 32 个人了，我呢——是第 39 个人。

　　但是，在指挥所里集合的只有 27 人，总共 27 人，还算上我。12 个使徒奔回家了。我该怎么办，用绳子把他们绑回来？遗憾的是，逃兵们没有交回武器和弹药。不仅俄罗斯人，我们也需要弹药储备。再说这很愚蠢：联邦人员在住户家里哪怕找到一颗子弹——好吧，去过滤营 [1]，同生活告别吧。

　　我们还在沙利停留了两天。我们在通往阿塔戈的路上侦察。我们的指挥所仍设在学校里。

　　当联邦人最终进村的时候，我们开始了战斗。就在这里，在学校。

　　两辆步兵战车从市中心广场方向开过来了。半个连的冲锋枪手。学校被扇形占领。我们没有被包围。我们被逼出来应战了。我们完全能离开。

　　但是我们没走。

　　没有那么快。

　　一开始，易卜拉欣领着狙击手在楼顶对付冲锋枪手。然后，

1　指甄别、审查参战人员的特务机构。

是莫夫拉迪从二楼教导主任办公室的重机枪打击。尤努斯从一楼的窗户里向走近的联邦人排射。

联邦人的步兵战车及时躲避了我们的火箭筒的可及地带。他们向我们开火了。几次炮击之后，学校已经没有楼顶了。易卜拉欣的人都牺牲了。火箭弹直接从机枪所在的窗口进来了，根本没有给机枪手活命的机会。冲锋枪的火力和机关炮使尤努斯连的一半战士都殒命了。学校的战斗总共进行了20分钟。我就已经明白了，我们中活着的已经不到10个人了。

我趴在学校一楼的窗户旁的地上。亚当和我趴在一起。我不时地起来向敌方打上一梭子。亚当没有起来。他的头上有两个小洞：子弹往额头里打出两个整齐的窟窿，又从后脑勺穿出——颅骨被打碎了。轻松的死法。我抬眼望着与学校毗临的房子的屋顶。这所房子以前住的是我的一个女同学。是的，在三楼，就在这个屋顶下……现在，在屋顶上，有一个俄罗斯的狙击手。

我紧紧靠在角落里，摘下了腰里的便携电台。

"我是涅斯托尔！所有人听着：火速从消防通道撤离，从运动场出去，从面包厂右边到院子里去，一个一个撤。"

从消防通道到院子里总共只有100米，到了院子里就可以藏身，隐匿起来。这个方向没有火力控制。学校一直没有被完全包围起来，没有封锁住。

在第二次车臣战争中，这种情况不少见。联邦人甚至在完全能够包围并消灭我们的联队的时候，也是选择了战术"挤压"。可见，上层有人并不想让战争太快结束。

我们在逃生门旁集结的有 6 个人。我们互相点头致意后就匆忙分头突进,从学校的院子里突围。

在学校里还剩下了两个战士。可能,他们想掩护我们离开。或者他们不知道撤离:不是所有人都配了电台。我们听见他们的枪嗒嗒作响。后来有火箭筒的爆炸声。嗒嗒声随即停止了。

但是,我们已经安全了,穿过了花园,翻过菜园子,衣衫褴褛,浑身是血,散发着焦煳味,拿着武器,在被我们的样子吓呆的院子的主人面前跑过去,远离了学校,远离了市中心,远离了沙利,再远,再远,到森林去,到山区去,到未知的去处。

就这样,老弟,一切就这样结束了。突袭沙利。战争呢?战争还在继续。

1 月 12 日,在欧洲,在慕尼黑,欧洲安全理事会召开会议,马斯哈多夫对此次会议寄予期望。看来,完全是徒劳的。欧安会没有通过任何有关车臣问题的特别决议。即使通过了决议,在新俄罗斯,谁又会拿它当回事呢?

保卫格罗兹尼再也没有任何意义了。于是车臣人突围了。就在这会儿,一切又混淆了。要么是联邦人骗人,说是"出让了走廊",而自己又布置了地雷阵和埋伏;要么就是相反,车臣人自己的过错——偏离了指定的线路,决定抄近路,就落入了地雷阵中。5000 人的格罗兹尼集团军不到一半战士突围出来,近 3000 人遭遇了地雷。沙米尔·巴萨耶夫被炸断了一条腿。

车臣军队的撤离是对他们有计划的消灭。

但是,也有很多离奇的战斗。饥饿行军、疲劳已极的哈塔布的士官生在乌卢斯—卡尔特附近竟全歼一个空降连。

到 2000 年 6 月前，伊奇凯利亚武装部队被全部整体消灭。

医生，您知道吗，我就在那里。在学校里。后来，后来。完全不久前。学校里面我没进去。我就在学校的院子前站了一会儿。然后沿着足球场边的跑道走，还有那个学校里的小花园。

在学校的小公园里，我出现了梦游症状。您对这个一定感兴趣。您曾问过，我是否经常出现幻觉。我回答过：不，好像，没有。只不过我有时会梦见过去的事。有时候我会梦见未来的事。有时候我梦见不存在的东西，但那些有过的，却梦不见。还有，有过这样的事，我会想梦见那些别人要是活着也能看见的东西，我却不行。如果一切不是这样就好了。幻觉？不，我没产生过幻觉。

学校……是的……学校修好了。安装了新的屋顶，镶上了红色的金属瓦。击穿的地方已用砖封好，墙面用柔和的奶油色墙板装饰了。换上了白色的塑钢窗。

院子以前是柏油路。现在镶上了花纹方砖。

再没什么了。没有弹片的划痕，没有弹坑。一切都隐藏了，隐匿不见了，就在花纹方砖下，就在奶油色墙板下。

而这就是那条沥青跑道——他还是老样子，我们班在上面跑过的，体育课要达标。还有足球场。那个粗粗的焊成字母"Π"的球门柱子，深深地埋在土里，还是那样，在这么长时间里，一点也没变……这么长时间里……而到底过了多长时间呢？

还有学校操场里的树木。白杨。它们变少了。那些长在学校旁边的，靠近院子的树，因炸弹、榴弹和火箭弹而面目全非。它们被连根弄断。甚至连树桩都被掘出。以便不致破坏整体美景。

而那些稍远一点的树，在足球场边生长的树，几乎全都安然无恙。还是那些树。现在长得的老一些了。它们的枝干更粗壮了。我还记得我们在植物学课上学过年轮。年轮更多了。多了多少呢？……

我站在操场和白杨旁，就在跑道的白线上。一个方向写着"起点"，另一头则是"终点"，只是从不同的方向看，字母是反转的，如果从起点看的话，终点是反的，——或相反，从终点看的话，起点的字母是反的，我就站在终点线上，往操场里看，看那些树，看见了孩子们，看见了小孩、半大孩子他们到院子里照毕业纪念照，蓝色的及膝裙子和裤子，白色小翻领的衬衫，蝴蝶结，红色的斜肩"毕业生"字样的缎带，他们笑意盈盈，是5月，5月，5月，又一次来临的5月，重新打了最后一遍铃声，还有毕业生的中学舞会，太阳，蓝天，鲜花，像太阳一样明亮，像天空一样湛蓝的眼睛，像蔷薇花瓣，蔷薇花，像你的手掌，细嫩得我不能触碰，但你碰了我的手并看着我的眼睛，我就……

我晕过去了。

但我没倒下。

我一直站着。不，我的眼前没有发黑。不如说，一切都明晃晃的，火星四溅……幸福。知识。永恒。

是的，医生，您是完全正确的。癫痫病患者描述过类似的感觉。我也读过关于这个……先兆……是的，我知道……这通常在发作前出现。但是，我没有倒在地上，没有惊厥抽搐，我嘴里也不流口水，我不需要人立即就帮我把舌头从喉咙处复原。

我站在白色的跑道线上。我望着那些中学生们。一开始我只是感到……这个卷发的小男孩——这是安佐尔！我们班的。而那个棕红色头发的小女孩……梳两个马尾辫……当然，是拉丽萨！一般来说，我能认出我的同班男女同学和同年级同学。能认出同时和我在一个年级就读的平行班级的同学，或者是比我低一个年级的同学。所有我能梦见的人，都是出现在这个地方，但时间是那时候。

20年。整整20年前。

是整整20年前，那时我有过最后一次下课铃声，毕业照，毕业舞会。

医生，我完全没想过，我会真的看见他们。我记得，已经过去了20年，现在我的中学同学，还活着的那些人，看上去……有些不太一样了，是的。就像我自己也一样。

我懂得，大概，只是长得像……只是偶然性的事件……结果如此……或者，可能是亲戚。甚至是孩子。

但是，我还是细看，我还找一个人……您懂的。我……找我自己。

但是，没有我。

所有人都有，就是没有我！

我感到郁闷，我甚至想大哭一场，于是我哭了。

要知道，这很难为情，我几乎是一个成年人了，很快就中学毕业了，却在哭——完全像个孩子，为了不让人看见我在哭，我用手捂住了脸。

那时，她的手触碰到了我的手。她温柔地把手从我脸上拿开。我睁开了眼睛，她就站在我的面前。我明白了，我是坐在水泥墩上。是的，以前在跑道旁边的水泥基座上有高高的长凳，水泥墩把足球场和花园分隔开，从课堂跑出来坐一下，非常舒适，或者和平常一样，它没了，被人清理掉了，要是突然它出现了，我就不是站着，而是像往常，有许多次那样，当我从嘈杂、喧哗、忙乱、拥挤、老师、课堂中逃跑出来，走到花园里的时候，就坐在这里，在水泥墩上，想诗行，或者，想哭。

她就和我并排坐着。不是非常近，不。但，对着我，半侧着身。看着我。我也看着她。蓝色的裙子，及膝。白色的小翻领女衬衫。嘴唇紧闭，睁大的眼睛，蓝色的，蓝色的，蓝……蓝的！还有——蝴蝶结！蝴蝶结在辫子上，白的！

但，这怎么可能？

要知道，我快40了，再过3年半吧，就是说，她——也三十多了！谁在这样的年龄戴蝴蝶结、扎小辫呢？

她不仅扎小辫。

她刚满15岁！

是的。如果我是毕业生，那她就是14岁！

当她笑的时候，我就……噢，这种感觉还没有哪个癫痫病人描述过呢！

但是，突然恐惧就会袭来。感到痛苦。感到绝望。

我在说话，但我双唇是干涩的，它们只是在翕动，吐词十分费劲儿。

"列伊拉……你……我……你和我……你知道……我们再也不能……我们……"

"不。不！这不是真的！！！这不可能！！！看看周围——春天，5月，太阳，鲜花！青春！爱情……我从来没和你说过，但……你自己是明白的，你感觉得到。你和我。一切都会变好的！难道不是这样吗？难道会吗？为什么会发生这些，为了让这一切都结束——春天，5月，爱情，为了让谁也不存在，为了让爱情仅仅成为记忆，为了让我们只剩下记忆，为了让我们走不出这个院子，在这里，永远，为什么，发生了什么，到底发生了什么呀，亲爱的，亲爱的，亲—爱—的！！！"

现在，她已经哭了，眼泪从她蓝色的眼睛里，顺着她苍白的、苍白的脸流下来，黑眼圈变得模糊了，而我什么也说不出来，什么也不能说出来。

他们出现了。

亚当站在她的左边，而阿尔图尔站在右边。

他们没穿学校的校服。他们穿成士兵的样子。他们的迷彩装破烂不堪，身上鲜血直流。

"我们走吧，妹妹。"

阿尔图尔把手递给她，手掌上有一条手帕，以便不触碰到她的手。她撑住他的手，站了起来。

他们为什么把她带走！去哪儿？！！

我跳了起来，我想大喊：

"放开！"

她转过身来，扭头看着我。她又笑了，她的眼睛明亮，湛蓝，湛蓝，湛蓝！他们进了操场。我向操场里张望。

他们每人靠着一棵树，站住了。

有几个人手里拿着电台，他们在用电台不知和谁交谈，而两个人手里没有电台，他们就空手站着。

一直有人在开枪，天空已经有两个大太阳，但是，那另一个不发光，寒冷，潮湿，彻骨地冷。我已经开始剧烈发抖，但这是因为冷。这是因为太冷，医生。

我听见了铃声。

就苏醒过来了。

这是一个大休息时间，现在孩子们跑回去上课了，学校的院子和花园空了。

我也走了。

我感觉怎么样吗？

我有点恶心。

这是一个，医生……谁也不知道的地方，但是，这是一个奇怪的地方。应当通知相关部门。就在学校旁边，孩子们在的地方。应当建围墙。建好一点的院墙。通电流的。他们在那里，他们所有人——全都在那里！您懂吗？他们至今还在那里，全都在呢。只有我不在。我吗？我不想啊，医生。我不愿意。不想。不想。

不想，不想……

不——不。一切还好。我平静了。什么都不用。明天，我还会在这个时间来。再见。

我后来怎样了？我参加过突袭沙利之后，从沙利出逃之后？

我们沙利歼击营所剩的 6 个人，用了两天时间，到达维金区山上约定的地点。哪还有什么营，如果可以这么说的话，已经解散了。也没有让我领导其他的战斗部队。可见，作为野战指挥员，我没有用最好的方式推荐自己。也许，显示出叔叔是任人唯亲了，就像以前一样。我被看成是走裙带关系的。

我再没有参加大型的作战行动。我只有份儿参加过几次小的冲突。我不止一次面临生死边缘，与死亡只一步之遥。那次，在巴斯河岸的树林即是。常有的事，我们宿营在森林里，与战斗部队完成了突袭。有时候，也会在我们自己人的家里留宿。我经常从一个车臣部队到另一个部队去，要经过联邦人占领的地区。携带着国家国防委员会的通知、指示或者计划——记在我的脑袋里，须口头传达。

但是，我这个时期的战斗生涯很快就走到了尽头。过了几个月，战争就结束了。就是战争。就像我理解的这个词本身——战争。这是当两支军队作战时，其中一支占领了自己的领土的时候。伊奇凯利亚既没有军队，也没有领土了。武装人员转入了地下状态。都成了游击队员。破坏分子。恐怖分子。

我又找到了新的用武之地。

又是列契推了我一把。最后一次。就在他死之前。2000 年 8 月，列契牺牲了。在别尔戈塔村，我不知道，他怎么进入到那里、和联邦人发生冲突的。据俄罗斯当局的消息，著名的野战指挥官、绰号"大教授"领导的 11 人武装分子小组被全歼。

那时，在沙利，在企图夺取警备司令部之后，我和我的营回到了自己的指挥所，就是学校。我坐在校长办公室里，一个战士，我已经不记得他叫什么名字了，拎着阿尔奇的手提箱。

"少校，这是邓尼耶夫的东西。怎么处理？"

"放这儿吧，我会看着办。"

我想了一下。交给亲戚是不行的。那得通知他的死讯……如果他们自己不知道，那，可能，就这样不知道对他们比较好……

打开箱子，我找到了证件、钱、亲人的照片——我把所有的都装进了自己的兜里。剩下的都塞回箱子，并把箱子放到桌子底下。

只是在维金区的集合点，我才想起自己的证件。没找到。对。我把证件放在上衣口袋里，而那件上衣我盖在了阿尔奇的身上。然而，我在自己身上找到了名为阿尔图尔·邓尼耶夫的证件。结果是，我和他互换了证件。互换了性命。但当时，我还不知道。

在与森林中的兄弟们见面之前，我营里的战士们都知道我真正的身份。在国家国防委员会——我和列契还见过面，很短，有两次。列契建议我使用阿尔图尔的证件和履历，方便在联邦人的占领区往来。

后来弄清楚了，邓尼耶夫被当成我埋葬了。清真寺的收尸队在他身上找到了证件并把塔尔梅兰·马卡玛多夫登记到死者名册上。

他们把这事通知了我的父母。比我报信说，我还活着要早。我没来得及呢。母亲的心脏受不了了。父亲变成了一个头发花白的羸弱的老头子……

在这件事上，我是有罪的。只有我一人是有罪的。

为什么我继续做这些事？我相信什么呢？我们能达到什么目的呢？

老早，我就什么也不相信了。只不过……我别无选择。

我确实别无选择。学校战斗之后，我在车臣度过的几个月里，当我成了与"林中兄弟"有牵连的人的时候，我还能有什么选择呢？回家？说：我就是塔尔梅兰·马卡玛多夫，突袭沙利的参加者之一，不是普通的参加者，而是一名野战指挥员，伊奇凯利亚国民卫队的少校？说了这个，我还能活几天？

您会说，可以投到联邦一方去呀。这样的投敌分子有时候生活和自由都有保障。有时候……更经常的是送到切尔诺科左沃去送死，如果没有被立即打死，就待在军事单位某个不受重视的位置上。

保命要靠那些被认为是有影响的人。而我谁也靠不上。我的指挥位置和少校衔都是因列契而得来的。我身后没有任何族群和帮派。谁也不用对我客气。简单到就像拍一只苍蝇。

我就藏在森林里，在武装分子那里当通讯员。这既不是自觉的斗争，也不是什么英雄主义。只是肉体生存战术而已，就在这里，就现在。无论这说出来有多么卑鄙。但我将诚实地说——正是如此。我只不过想活下去。

而我所相信过的一切，都在我的眼前垮掉了。就在这片森林里。在"林地中"。

我们说，是隐藏在森林和山区。但这是隐喻说法。这个隐喻就像"地下"是一样的，——地下工作者不总是在地下室藏着，他们也能生活在顶楼，甚至在寻常的家里或单元住宅中。那也是我们的"林地"。

您知道，在森林里生活很不方便。这完全不浪漫。有时候我们一连几天都睡在地上，只能拿干树枝和短上衣当铺盖。一下子就着凉了。联邦人凭左肩上掮枪留下的青瘀辨认我们这些人的身份。但还可以更简单：浑身冻透、直流鼻涕的就是游击队员。

森林里没有热水。可以用小堆篝火烧军用饭盒来煮茶和面条，也害怕山谷中的炊烟被侦察到，会暴露我们所在的地点。但是，只烧两小桶是不够的。所以，没有洗漱用水。过去3个昼夜之后，你就臭了，身体发痒，衣服肮脏不堪。

伙食。就是干硬的口粮：牛奶巧克力糖、洋铁罐装的浓缩奶、面包干。甚至这样的伙食也是费力弄到的。买倒是简单多了。但是，这可需要钱。哪里弄钱去呢？伊奇凯利亚一直是一个穷国。当伊奇凯利亚定居到森林里去了的时候，它已经是赤贫了。伊奇凯利亚纵队的财政状况更加捉襟见肘了。

我们只能指望平民的支援了。我们也指望上了。但是，这种支援一天比一天变得更少。

只要情况允许，我们就到居民点去一下：为的是，在有人烟的地方睡个觉，躺床上，用热水洗一下，吃顿家常饭。是的，都是自己人，到处有同情我们的人。一开始，同情者很多。但是，出乎意料，联邦人的恐吓本应当增加我们支持者的人数，结果相反，他们的人数日渐其少。

越来越多的人面对我们关上了大门。阴郁的主人夜里出来应付我们的敲门，小心地关上门。目光躲闪，求我们快点离开。我有家，有孩子，有上了年纪的父母……

如果这样，那还算不错呢。

有时会是另外的情形。就像在谢尔任—尤尔特一样。

我们的营地在山毛榉林中，在黑山上。我们在山丘下挖了一个窑洞。上面盖了树枝和草土块，便于伪装。不远处，离营地一公里，有一条小河奔流在白石岩上。这里的水是在上游地带，晶莹纯净。在这个小河里，我们做饭、打水、在河里洗自己的衣服。本来一切就像童子军营地一样。

但是，那条河充满危险：联邦人把河床当成进山的道路来用。坦克和装甲运输车沿着浅河和多石的岸边行进很容易。任何向岸边森林靠近的举动都会招来猛烈的火力射击。如果我们想射击联邦人的队伍，他们就会调来重炮，招来空军，方圆几里的林地就会倾泻下来各个种类的弹药。只是还没有像美国人在越南那样，用直升机往森林里扔凝固汽油弹。

所以，我们去自己的小河边都提心吊胆。总是夜里去。先派好巡逻哨。战斗常在离营地远一点的地方展开：有时候先埋伏在去维捷诺的路旁，经常是布设地雷。

这时候是 8 月，2000 年的 8 月。在月初，联邦军队"东方"集群猛烈攻击我们的森林区。每天飞机大炮轮番打击。我们坐在基地，尽量不露面。我们的营地没有被发现，没遭到直接打击。只是脚下的地面因火箭弹、航空炸弹和反坦克可控火箭弹的轰炸而抖动。驻扎在离我们 10 公里远的山上的另一支队，就没那么幸运了。不是幸运少，而是完全不走运。看得出来，联邦人得到了有关他们准确位置的情报。可能，借助投降的逃兵的帮助，或者是武装人员把自己暴露给了空中侦察。几个小时里飞机一直俯冲他们的方向，爆炸声轰隆隆响起。我们想极力通过卫星电话联系上他们，但是，邻队一直没有回应。当轰炸停止的时候，夜里，我被派到他们的驻地恢复联络。

和我一起去的是一个来自谢尔任—尤尔特的小男孩。名字和我差不多——叫铁木尔[1]。在俄罗斯人结束轰炸，空降兵行将登场的时候，过去有点冒险：我们陷入了没料到的困境。心情抑郁。

黑夜里，密实的树叶使我们很隐蔽。我们靠边穿过林中空地，尽管在夜间，我们也会被空中发现。反正我们也不开手电筒，就在黑暗中移动。月亮隐藏在碎云中，天空纯净而平和，联邦人在这样的夜里不会发射照明弹的。我们两个人，我和铁木尔，在黑暗中看得很清楚。

大多数车臣人的视力都很好或者非常好。我能回忆起的我们学校里戴眼镜的人不超过两三个。以前我的视力也很好。能在 1000 米外读到广告板上的字，能在不开灯的情况下认清字迹。现在不行了，现在我，视力很弱，大概，要怪罪电脑。

2000 年之前，我没有任何电脑。我在警局服役时，我们办公室有一台电脑：都用它打视频游戏。而审讯笔录都是手写。

1　参见第 281 页注 1。

我们把道路看得很清楚。没有指南针和 GPRS 就确定了方向，只是按内心的感情方位测定而已，只是运用地形知识而已——这里是峡谷，那里是要越过的山丘，这里要下到洼地，再走要经过一片灌木林就是一条小路，这是在和平时期被摘熊葱的人踩出来的一条道。还有采雪莲花的人常走。

春天，当冰雪渐融、大地回暖的时候，黑山上的林地中就会有雪莲花盛开。它们非常漂亮，花是白色的，植株向下，似在祈祷。它们散发出清新的气息，犹如新生命的气息，胆怯，细腻，就像初恋。

我们总是会摘一大抱雪莲花的。当然，尽管我们进山并不是为摘雪莲花而去。我们是去摘熊葱。会摘到整桶、满包，熊葱很轻。然后，回家，女人们会坐下来，摘掉熊葱头上"鞋花"，洗好，放油煎炒。整个屋子都会充满味道很冲的蒜味。熊葱味道刺鼻，但很香！

我沉迷其中，甚至觉得我闻到了香味——熊葱的香味，不是雪莲花。我们走在一条窄道上，我在前，铁木尔在后。一路上我们都没有说话。但，我突然说：

"这是一条老路。大家走这里是去摘熊葱。喏，就是以前，你懂的。"

铁木尔说：

"是的，我知道。我知道这条路。我们就在这摘熊葱。所以我才被叫了跟你去，帮忙，怕你会突然迷路。"

我说：

"我才不会迷路呢。我到邻区已经 5 次了。我可是联络员。"

铁木尔说：

"是的。但我还是最好走你前面吧。"

我们就换了前后位置。

我问他：

"你们只摘熊葱吗？我们在小的时候，摘熊葱总是还摘几株雪莲花的。尽管谁也没让我们去摘。雪莲花有什么用处呢？它们不能用来烧饭，废物而已！"

铁木尔回答：

"我也摘过雪莲花。我去摘熊葱时，总是和成年的女人们一起去的，就是因为可以摘到雪莲花。"

我问：

"那为什么你要摘雪莲花？"

铁木尔什么也没说。

他在前面走，我跟在后面。并继续聊天：

"知道吗？我那时候想过，我要是能把花送给我喜欢的女孩的话，一定会送雪莲花！但是，你可知道，咱这里根本不兴送花给姑娘这事儿。我读过太多俄罗斯的书。那里总写给所爱的人送花。我也就幻想着。我自己几乎是个俄罗斯人。在姑娘和鲜花这事上，我更像是俄罗斯人。你呢？铁木尔？你给姑娘送过花吗？"

他猝然停下了。突然的。使我吓了一跳：以为他发现了险情。一动不动，我握紧了自己的卡拉什尼科夫冲锋枪。

但是，他什么可疑之处也没有发现。就是停住了，向后转，对着我，说：

"她叫谢达。"

我们已经离要去的地方不远了。他停住一动不动。有几分钟的时间。月亮透过云影和树叶，穿过厚密的树枝，洒下清辉，月光就像牛奶，从一片叶子上滴落到另一片叶子上，我在这皎洁的月光中，看到了他笔直的、端正的身材轮廓。我开始感到不安，差点像美国电影里那样问一句：想谈谈这事吗？

但是，铁木尔重又转过身，背对着我，开步走了，小心地挪动每一步，尽量不让靴子踩到树枝，避免发出声响会暴露。他说的话从前面传到我这里声音很小，柔和的森林回声使我听到的声响就像是从四面八方传来的：

"她就住在附近。我摘雪莲花就是给她的。整条街的人都笑话我。谢达的哥哥——他有一个哥哥——有一次还打了我，那时我跳过围墙，想把雪莲花放到她卧室外的窗台上。那时我们还完全是小孩子。甚至她的哥哥也还在上学。"

为什么你没娶她？或者没结婚？我想问，但没有问。还好我没问。

他继续自己的讲述。

"秋天，联邦人在谢尔任—尤尔特搞清剿。就在谢尔任—尤尔特的废墟，——这村子两次被从地球上抹去。她的兄弟，就是她那个哥哥，在哈塔布那里。这所有人都知道。联邦人在搜寻他，以为他躲藏在柴棚或者是地下室里。但是，他没藏起来，他和哈塔布在不知道的某个地方，在作战。柴棚里躲的是谢达。"

她长得像小孩子那么矮……总像小孩子一样，尽管她已经19

岁。而我在盖房子，想把她接到新房子里。我家的老房子反正已经在第一次车臣战争中就炸塌了。

"她长得漂亮吗？"

我问了。

"长得就像星辰。"

他回答说。

"谢达"——要按俄语发音，意思就是"星星"。我想了一下。

"她被打死了？"

"她被抓去了。他们把她带走了。他们说，要审查，也许，她是狙击手呢。"

"那……后来呢？"

"没人知道。我愿意相信，她已经被打死了。"

铁木尔是在我们到达森林之后才来队里的。

"那房子呢？"

"什么房子？"

"你的新房？你建好了？"

啊……没有。为什么还建？

我们已经走进支队所在地的近前。没有发现一个巡逻放哨的人。越过不大的一个山丘，我们看见了营地。

我们已经明白，我们能见到什么了。我体味过的刺鼻的熊葱的气息，混合着弹药爆炸过的和人肉烧焦以及鲜血的气味。营地被击中，灭顶了。不用试射和校正，正中准确的居住地点。完成清除匪帮部队的行动连空降兵都不用。

　　几棵树已经倒在地上，其他稍远一点的树也损毁过火了。地上就是杂乱的漏斗形大坑，草土皮翻混在一起，里面的褐色的黏土都翻转过来了。在这个景观中，横七竖八地散落着尸体和尸块。

　　我们小心翼翼地穿过整个被炸毁的基地。走得很慢，努力不踏到可疑的物体：有可能是未爆炸的弹药。找到了联络站——它已经被炸毁。

　　不，医生，我没有呕吐。铁木尔也没吐。我们就冷漠地走着，一副公事公办的样子，就像在肉类联合企业参观。他们所有人都是死的……死得太惨了。尸体都炸碎了，炸散了，炸得焦煳。我们数了，有近 30 具尸体。

　　"应该收集一下未损坏的武器。"铁木尔说。

　　"没必要。我们怎么带走它们呀？拿上两支冲锋枪就行了。"

　　只一会儿，我们两个人就感到头昏，要晕倒。当我们看到紧靠山丘的地方，被炸弹炸翻转的地上有 4 具尸体并排放着时候。这些尸首基本是完整的。每个人的额头都有整齐的枪眼，这是抵近射击造成的：伤口处的灼伤能够说明这一点，我作为犯罪侦查学家清楚这个，——这些灼伤是枪管在子弹射出爆炸时的火药燃气造成的。

　　我们数出了近 30 具尸体，据我所知，支队大约有 40 个战士。就是说，不是所有人都牺牲了。有人离开了。但是，他们没有去找我们，而是去了另外的方向。

　　并射杀了伤员。

　　也许，他们没有打死所有的伤员，只是伤得最重的伤员。那些拖走反正也没有什么意义的伤员。我认为，可能，他们剩下的也许就 ,3 个人，没怎么受伤，还有 10 个伤员。他们不可能带走所有伤员。可能，他们就这样带走了 6 个还可以挽救性命的伤员。而这 4 个，是毫无希望救助的。就中止了他们的痛苦。他们一开始甚至努力救他们——所以才把他们弄到这里，弄到山丘上。可能一开始，他们把所有伤员归拢在一起。后来不得不挑选。这 4 个人不走运吧。不过，也许，他们比其他要忍受痛苦折磨然后——早晚都会死的人，更幸运呢。他们只是中止了自己同伴的痛苦……

我给自己解释一番。

毕竟。

他们打死了伤员。

我就这样和铁木尔认识了。正是这个铁木尔，带我们去了谢尔任—尤尔特。在 8 月末，是的，这是在接近 8 月末的时候，已经是在选举之后了。

8 月 20 日，在车臣进行了俄罗斯联邦国家杜马选举。炮声隆隆，到处在激烈地战斗和清剿。而这里——在选举。"选出了"一位以前的民警。8 月 23 日，沙利和谢尔任—尤尔特的长老联席会议宣称，被怀疑为武装分子（就是我们）帮凶的居民，将会受到惩处，包括强制迁徙搬家。联邦人散发了这样的通告。有那么一些长老。我不知道，这些长老是干什么的。总是会找到两三个脑子有病的老头子。居民们不愿意帮助我们，这倒是真的。但是，我们还不清楚与这些长老有何干系。

铁木尔说，我们可以去谢尔任—尤尔特，到他的亲戚那里去，洗一洗，吃点东西。我们6个人一起去了。我们就说是去侦察。我们也是这样和联队指挥官说的。

我们去做客的房子在村口。当时是夜里。一开始是铁木尔敲门。他过去时没带武器。我们都伏在排水沟里。过了15分钟后，铁木尔过来找我们。于是，我们进了院子。主人来迎接我们，礼貌之至。真的，他们家人都被急忙叫起来了。主人说，他们到亲戚那里住一宿，我们会更方便一些。我们就一点也没有起疑心。

我们在厨房里找到了食物。一大锅乔尔普汤，羊肉汤，面疙瘩和肉。还有又软又新鲜的面包。侦察兵们狼吞虎咽地吃起晚餐来。用牙撕开羊肉，往嘴里塞面包，手里拿着一整个的大面包，大口喝乔尔普汤。我们轮流在浴室里洗了澡。可以进入梦乡了。软软的床铺！暖暖的被子！还有枕头！我们就好像进入了天堂。就差仙女了。

有两个人值班放哨。说好两个小时换岗，这样每个人都可以在天堂里睡4个钟头！

听到声音的时候，正好是我值班。我坐在院子里遮阳棚下。在铁栅栏外有人说车臣话。后来是马达的噪声。像是步兵战车啊。我向另一名哨兵做了一个手势，他抱着枪坐在院子的另一头。他悄悄进了屋子，好不容易叫醒了全体同伴。

来包抄的人甚至不想无声无息地抓住我们。火箭筒轰开大门的爆炸声一响，就开始了突击。步兵战车上的探照灯的光束立即射进门洞，来回乱跑的人影轮廓可见。这是车臣的民警。他们是进攻的第一梯队。联邦人在他们的后面，就像是督战队。

车臣人应该向俄罗斯证明自己的忠心，哪怕甚至是需要去死。

我们已经在房子里，用枪托砸碎窗扇，对着人影轮廓开枪射击。探照灯过于眩目，影响瞄准。一个侦察兵很快地朝光束来源处开了一枪，探照灯就灭了。但是，立即，几声爆炸把屋子的墙炸塌了。步兵车上的大炮或是其他什么别的东西开火了，我还没反应过来。没有人下命令，我们就从屋子另一面墙上的窗户逃向菜园子。我们只有4个人了，两个人就留在了废墟里，最有可能的是，被打死了。

迎着我们的是冲锋枪的嗒嗒的排射。我们被包围了。但是没什么可想，只有冲出去。有几颗手榴弹爆炸，射击仍在持续，我们遁入了黑暗中。包围圈被冲破了。还有，我们的一个战士在菜园子里被西红柿树丛旁的木桩绊倒，上面缠着植物，紧紧刮在上面，动弹不得。

但我们3个人已经出了包围圈。敌人被甩在后面，我们一边跑，一边转身看，一边射击。他们仍追我们，朝我们射击。子弹在周围嗖嗖飞过。还有几百米，再走就是林下灌木丛，到那里我们就有救了。

我和铁木尔并肩在跑。

已经不足100米就到森林了。他绊了一跤。我感觉到，他跌倒了。

我和他一起跌坐在地上。看见他的肚子被子弹穿透了。他已经说话费劲了，都不能喊疼了。

但是，他还是说出来了。我透过机枪的嗒嗒射击声都听见了：

"快向我开枪，就像森林里那些人……"

"不，铁木尔，我拖你回去！"

"我太疼了……"

我抓住铁木尔的肩膀，试图拽着他，匍匐移动。我们的同伴看见我们在爬行，就隐蔽下来开始掩护射击。

"等一下……"

铁木尔做了一个动作，好像要整理一下影响爬行的枪支。我已经明白了，也许，他不是简单地要整理枪支。我放开了铁木尔，他侧身倒下了。

只听一声枪响，很近，就在耳旁。

枪管就在鬓角旁。他射穿了自己的脑袋。

民警越来越近了。我听到了夹杂在射击声中的喊声。他们包抄过来了，想截断我们进森林的路径。

我站起来就跑，一直弯着腰。我们这个小队还剩的最后一个人和我一起跑。

100米的距离。我从来没有跑得这么快！在体育课上也从没跑这么快。如果我在体育课上要是能跑这么快，那早就打破学校的记录了。也许，能打破区里的记录呢。

我们做到了。我们也没挨枪子。我们跑到了森林，在树丛中隐蔽起来，与追踪者拉开了距离。

我们迂回到营地，甚至在明白过来——我们身后并没有追兵的时候，也是曲线地行进。民警们不会深入到密林之中的。联邦人更不会搜索连绵的森林。甚至他们在参加进攻行动的时候，也就局限在火力支援上。

我们没有引来俄国人。但是，营地第二天就重新布防了。

等待我的是调查，为什么我们要在被围捕的农家留宿。对我来说没什么好事，作为一个被全歼的侦查班的班长，这种调查远未结束。

但是，来了一纸关于我"另有任用"的命令。我就去了俄罗斯，为抵抗活动筹集资金去了。

过了两个月，我所在的支队被消灭了。

利用邓尼耶夫的那个假履历、假证明、护照和有效的俄国户籍，我被派到大俄罗斯。

不，不是去炸地铁。真主保佑，不是的。我不会去炸地铁的。这所有人都懂。我被赋予另外的任务。几乎是和平的。几乎是像修道士一样。我去募集捐助。寻求资助。支持基金。预算。车臣地下组织的财政预算。

一位普鲁士修道士说，为了进行战争他需要3样东西：钱，钱，钱。马斯哈多夫就需要钱。伊奇凯利亚再没钱了。国家的钱没有了。从俄罗斯不能再获得养老金和补助了，就不能再挪来用于买装备了。积蓄无多——确切地说，是根本没有。剩下的唯一财政来源——就是穆斯林兄弟，来自中东的极端主义者们。就是说，是要经过哈塔布之手的。这完全要取决于阿拉伯志愿者们。

马斯哈多夫需要另外的、可供选择的补充财源。以便表明：他也有影响力。他也有自己的资源。车臣伊奇凯利亚共和国还存在，而他是总统。

车臣在俄罗斯和国外的流亡者的帮助，可以成为这样的来源。

在第一次车臣战争中，就是如此运作的。许多车臣商人用钱、交通，甚至自己给车臣军队买武器来帮助车臣。独立的伊奇凯利亚有一整套的部门运作此类事情。

据说，鲍里斯·别列佐夫斯基一个人协调来的这种财政拨款就超过了所有俄国的车臣同情者的援助。现在没有别列佐夫斯基了，别列佐夫斯基被撤职了。但是车臣人还在！他们应该同情为故土而战的勇士们。如果不能参加抵抗运动，那就物质上有所帮助吧。

我就带着这种募捐的理由和观点，来感召那些走运的老乡，为分离主义和恐怖主义基金捐款。

我还有一些人脉，此类的联系人，一些关系。也有把钱通过波罗的海沿岸的银行转出的路径。

2000年9月，我从车臣来到了印古什，和从那里逃出的难民一起去了克拉斯诺达尔，又乘火车离开克拉斯诺达尔——去了莫斯科。

我会说：我不是唯一一个在俄罗斯为寻找财政来源而工作的人。我也不是主要的成员。在这里，我不会给你们提供任何名字和名单，因为我知道——我联系过的这些人还都活着。我不想损害任何人。还有，就是许多人和许多事，我本人也不清楚。我是一个普通的专员。我从联系人那里接受自己要完成的任务，知道的信息量只是完成任务之必需而已。

我不知道，我的其他同事的情况，但我的工作成果实在微不足道。而且，我觉得，其他人也是大同小异。

我们在同乡的圈子里，任何帮助为自由而战的热情也没遇见过。没人相信，马斯哈多夫会胜利地重新执掌政权。很少有人相信，马斯哈多夫还能主导某些事的走向。我不得不倾听对独立的伊奇凯利亚当局的责难，我都能给这些责难配音：实际独立的这几年钱都花哪里去了？为什么就搞不好自己的经济？为什么总是跟着阿拉伯恐怖分子的笛声跳舞？为什么总是硬往达吉斯坦那里闯？

有人毕竟开了支票。只是不想我们再纠缠而已。有的是出于害怕，不给的话，我们可能伤害他或者他的亲戚，在俄罗斯或者车臣。甚至会哭着恳求我们忘掉找过他。都说了，他们是不会告密的，但是特务部门到处是眼线，不能完全相信，我们没被盯上，特别是，如果我们经常到处奔走联系的话。

我们即使没有暗示也懂了。我们比我们的赞助者更害怕。每一个人都能把我们完全出卖。暂时没出卖而已。但是相当坚决地表露出实际的危险的存在。

最初，我经常在城市之间往返。走遍了整个俄罗斯的西北部。彼得堡，诺夫哥罗德，普斯科夫，彼得罗扎沃斯克，摩尔曼斯克，阿尔汉格尔斯克……在阿尔汉格尔斯克，掌控一家贸易联合公司的一个车臣人，试图开导我。他建议我留在他所在的城市里，和他一起工作，像一个正常人一样生活，与所有这些武装分子、恐怖分子、分离主义者和其他反政府游击队员断绝关系。我微笑着，并差不多是引用电影《布鲁斯兄弟2000》[1]的台词来回答——我

1　美国电影。几位布鲁斯歌手为挽救孤儿院，通过演出来募集资金，并将行动命名为"On A Missiion From God"。

们是带着至高的神的使命……

我们友好地分别了。他没给为自由而战的经费。但是，也没有向联邦安全局出卖我。这就值得谢谢了。

2002年夏天，经上级领导允许，我定居在圣彼得堡。我更喜欢住在小城市，但是在小城市里会引人注目，而且，那里对车臣人会有更高的关注度。如果你想藏一棵树，那最好是藏到森林里去。况且，在小城市里商业不繁荣。而我开始经商了。用马斯哈多夫基金里的钱，我就这么称呼。一开始试着开办日光浴场和模特沙龙。但不成功——麻烦很多，好处不大。于是，我开始从事计算机行业。搞盗版光盘买卖。利润就有了。当然，我们挣来的钱大部分又回到了马斯哈多夫的基金里。但自己的生活开销也够了。

我说，我们——和我一起干的是两个车臣小伙子，也是转入地下的，我们3个人经手账目，其他人在公司里工作，都不知道我们公司的纯利润去哪了，是谁和为什么经办这些事。我觉得，对他们来说，无所谓。

这样的事，我干了3年。我不常去车臣，我一年都去不了一次——在这段时间里我一共去了3次。停留时间不长——不超过两个星期。我和地下组织的领导见面。汇报过了，接受了新的指示并重新动身去大俄罗斯奔走。

抵抗力量一年一年地瓦解分化了。而相反的是，俄罗斯管辖下的车臣政权则稳固下来，愈发根深蒂固了。我和地下组织的联系越来越秘密，越来越不稳定，越来越务虚，就像风中的蛛丝线。

过了几个月，在我去了俄罗斯之后，临近2001年，伊奇凯

利亚纵队在人数和战斗力方面就所剩无几了。马斯哈多夫军队的
余部要么在战斗中牺牲了，要么就投靠了联邦人。艾哈迈德·卡
德罗夫公开宣布了大赦的条件：只向那些调转枪口反对非法武装
人员、反对自己昔日同志的人赐以赦宥。不对某些队伍重新改组
和重新装备，可以全建制编入内务部并列入给养供给名单，以前
的游击战指挥官都可以被正式任命为新组建部队的首长。

而号称坚持信仰的战士们却要继续进行战争。

我一直不太喜欢瓦哈比分子、哈塔布的士官生和其他永久圣
战思想的拥护者。但我不得不承认：比起独立斗士、或多或少的
常规部队的战士以及马斯哈多夫的强力部门，他们的战斗训练水
平更高。

还有动机。民族独立战争输掉了，2000 年就已经输掉了，车
臣已经过上了自己的生活，好也罢，坏也罢，却都没有了伊奇凯
利亚当局，没有了马斯哈多夫，并且无论如何不想让它们回来的
时候，对伊奇凯利亚人来说，游击战争的意义就丧失了。

反政府武装人员没有自己的、另外的意义。他们不是为伊奇
凯利亚而战，他们要占领的是天堂。

2002 年 10 月，发生了"东北风"事件[1]。那些天里我在莫斯科，
正思考我们的"生意"问题。但是，我还什么都不知道！如果我
要是知道了准备中的行动，我会怎么做呢？不知道。也许，无论

1　2002 年 10 月 23—26 日，武装恐怖分子劫持了莫斯科轴承厂文化宫剧院的演职人员和观众。
当时剧院正在上演根据卡维林的小说《船长与大尉》改编的音乐剧《东北风》。

怎么做，都无济于事的。

但我不知道哇。

我联系的那些人也都不知道。

行动准备处于严格的保密之中。

有谣传说，会有大规模的扭转战局的作战行动。有关"扭转战局"的、时不时就会出现的"行动"的例行谣言众多。马斯哈多夫借此理由作了几次声明。结果，他指的是"东北风"事件?

大批携带武器的武装人员，通过某种秘密的途径渗透进了莫斯科，到了俄罗斯的心脏，进了首都。他们占领了正在上演音乐剧"东北风"的剧院，宣布将所有的观众和演员扣为人质。他们要求从车臣撤走军人和警察。

这一点没有生效。没有进行任何的谈判。不可能有用。布琼诺夫斯克时代过去了。俄罗斯特种部队发起了进攻。

几个缠有"烈士腰带"年轻的女死者占据了几张椅子。她们身上有炸药，只要引燃一个引信就能把剧院变成废墟，就能将所有人埋葬其中。

但是，她们没有炸死自己。

特种部队向通风系统施放了有毒气体。这就能解释：她们没来得及做什么，就晕了。但是并没有一种能瞬间扩散并使意识立刻丧失的这类气体。如果她们想搞爆炸，她们是来得及的。一秒钟就足够了。但是，她们没有这样做。就是说，根本没准备做。她们身上没有任何雷管。

是她们还相信会进行谈判吗?

抑或就是前来送死？

特种部队突击进入了礼堂。所有人都被打死了。没有一个恐怖分子被活捉，这并不复杂——吸入了有毒物质的武装分子已经萎靡，不可能真正反抗。可以抓几个恐怖分子或者哪怕是一个伤者，也好进行审讯，知道真相呀。

但是，他们打死了所有的人。他们接受的任务是：全部击毙，除此而外，不留活口。

可见，有人不需要真相。

大多数人质的死亡原因是死于毒气。特工没有泄密，没有告知医生，使用的是何种毒气，医生也不知道，该怎样治疗，该使用何种解毒剂。

而后来才有女肉弹真正炸死自己的事。先前是在图希诺，对摇摆舞会演现场的恐怖袭击。

在"东北风"事件之后，我想洗手不干了。我觉得，自己在其中也是有罪的。谁知道呢，也许，钱，是我募集来的呢，用于组织犯罪了。也许，恐怖行动的法定资本也有我那一份额呢。

我回到了圣彼得堡，但是，没有去自己经营的商号。我就酩酊大醉了两个星期。然后整个一星期都在祈祷，一天里做 5 次乃玛兹，严格遵循所有的诫令。后来，找了一个卖麻醉品的人，吸食了一个月的可卡因。流连在酒吧和俱乐部里，纠缠俄罗斯女孩。挑事打架。

那些和我一起在商行里工作的车臣小伙子们把我从纵饮无度中拖出来了。他们几乎没有和我说起过我堕落的原因。多半理解了我的感受。他们把我软禁了，整夜值守在我的房子里。强迫我祈祷，做饭，一起讲笑话。既不让我喝酒，也不让嗅毒品，撵走了给我送麻醉品的毒贩子。甚至把香烟也没收了。而现在，我重又吸烟了。是的，医生，我知道，这对身体有害，况且我的身体又是这副样子。我会戒烟，要开始新的生活。我已经决定了：只要到一个新地方安顿好——我就戒烟。

过了几个星期——我不记得准确的时间了，但已经是新年以后的事了，我清醒过来了。重新开始经营。一切都和以前一样。就又做了很久，超过一年。

2004年3月初，我去了古杰尔梅斯。我去是合法的，坐火车从莫斯科去的。自然，用的是阿尔图尔·邓尼耶夫的身份。整个这段时间里，我都以他的身份生活。尽管也随时都担心：阿尔图尔的亲戚一定在找他。从2000年，阿尔奇据说是去了俄罗斯后，就再也没有他的一点音信。他可以被宣布为失踪人员。

要是这样也就罢了。如果这事在别的地方，而不是在车臣，也可行。但是，车臣的联邦当局不急于推进失踪人员的寻找工作，因为失踪的线索会引向某个军事单位或者那些掩埋受尽折磨的战俘和非军人的秘密坟场。就是失踪人员家属也不会一直坚持：给他们的没完没了询问的回复，就是让他们自己找，在森林里的恐怖分子当中找。要是找到了，就要通知他们。联邦人负责失踪者亲属未来15年的交通和住宿费用。

因此，我这段时间居住，甚至去车臣，都用阿尔图尔·邓尼耶夫的护照。实际上能揭穿我的只有那些特别了解阿尔图尔的人，即我在他们面前以阿尔图尔的名字出现的时候。但阿尔奇交游不广。了解他的人的圈子很窄，我一次也没有遇到过他的熟人。

在古杰尔梅斯，一切都还行。很平静。就在新的车臣政权的鼻子底下。

2000 年 4 月，在不是所有车臣领土都在联邦的管控之下的时候，莫斯科支持附敌的车臣行政机关。6 月，艾哈迈德·卡德罗夫成了临时行政机关的首脑。卡德罗夫曾是车臣的穆夫提。在第一次车臣战争中，他宣布进行圣战——为信仰而进行神圣的战争——反对俄罗斯。那句话被认作是他说的，什么来着，说是既然相对于车臣人，俄罗斯人有百倍之多，那么，每一个车臣人就应该打死 100 个俄罗斯人，这样俄罗斯—车臣问题才会解决。

艾哈迈德·卡德罗夫在和巴萨耶夫的协商会议以及瓦哈比派闹矛盾的时候，支持过阿斯兰·马斯哈多夫。当马斯哈多夫同伊斯兰教法典拥护者们讲和妥协的时候，卡德罗夫站出来反对了。穆夫提无论如何不能、也不想与他们结盟。他支持伊斯兰教的苏菲学派。就是昆塔·基什耶夫所在的教派。

从战争在车臣领土上一开始，卡德罗夫就投向了俄罗斯当局一边。他和亚玛达耶夫兄弟把古杰尔梅斯城献给了特罗舍夫将军，实际上不战而降。

如果不算那些因无法自卫而被枪毙的哈塔布的反侦查学校士官生们为此所尽的力的话。

古杰尔梅斯第一时间建立了行政机关。首都格罗兹尼城的原当局机关对迁都不情不愿。格罗兹尼当时很危险。破坏活动甚至战斗远未停止。而在古杰尔梅斯则没有这些。古杰尔梅斯相对平静。

所以，我们把会面定在古杰尔梅斯。

任何高层的领导我也没见着。联络员在自己的远方亲戚家里接待了我。这位亲戚在亚玛达耶夫手下干过，所以，家里不会被搜查。我们坐在宽敞的大厅里，吃东西，喝茶。不紧不慢地聊天。我已经做了汇报。这一年还不是最糟糕的：我们的经营获利不菲，我已经将其列入秘密账户。除此而外，还有一些来自同情我们的同胞的捐款。卡德罗夫和亚玛达耶夫兄弟触犯了一些车臣人的利益，现在那些人开始支持他们的敌人了。当然，数目上还是很少的。抵抗活动的大部分资金还是继续来自中东，经过阿拉伯侨民之手。但是，我们的资金流入渠道对马斯哈多夫来说，原则上是很重要的。

我的联系人说，国家国防委员会的沙米尔哈立德·马斯哈多夫个人非常感谢我为圣战、为自由和信仰的斗争所做的一切努力。我觉得：嗯哼。我应该怎么回答呢？为伊奇凯利亚服务？为真主尽忠？

我什么也没说。沉默地点头。

不知道，可能，联系人把我的反应看成是不信任的苗头。好像是我不相信是马斯哈多夫本人向我转达谢意。还有我的联系人能够私下与埃米尔、总统交流。

于是，他给我讲了一些马斯哈多夫的事，军事委员会的事，这些事我的联系人都参与其中了。听完他说的话，俨然他不是一个普通的代表之一，而是地下共和国财政部的真正的部长。他讲述了，在哪里开会，有哪些野战指挥官参加等。

总之，给我讲了大量完全没有必要说出的信息。

这样，我就很偶然地得知，埃米尔目前在托尔斯泰—尤尔特，住在一个姓尤苏波夫的人家里，我的联系人很快就去那里，私下向总统汇报相关财政事宜。

过了两天，我离开了古杰尔梅斯。

我应该返回圣彼得堡。

但是，我坐上了另外一列火车。

我有去莫斯科的票。古杰尔梅斯至莫斯科的火车已于 2001 年开通。我总走这个线路。我的票是到莫斯科的。

动身那天，我坐上了去莫兹多克的火车。

为了不留下任何痕迹，我没用邓尼耶夫的名字买票。和列车员已经协商好了。

军官先生，我甚至不知道，为什么我决定亲自去莫兹多克。我准备做的事，其实在莫斯科也能做。在莫斯科，也许，更恰当。

但是，您知道吗，对我来说，选择火车——这很重要。就是说告诉自己，我已经决定了。我选了这条线路。这条铁路。

我一直在犹疑不定。在离莫兹多克不远的一个火车站，我下车了。这是一个偏僻的小站月台，满地吐的都是瓜子皮。一些拎手提包的大婶们忙乱不已。穿军装的人和民警们无事地闲来荡去。我甚至现在不记得，这个居民点叫什么名字了。但是，我走出车厢并走向了火车的反方向。

于是我立即被民警巡逻队注意到了。他们很明显是向我这个方向过来了。也许，就是想检查证件。但我立即转身。已经通知就要开车了，我立即跳上车厢踏板，火车已经启动了。

找一个中间人很容易。在莫兹多克总部机关，闲逛的数十位冒险家都在买卖情报，往往是假的，糊弄人的或者就是虚构的。我有一些关系。要知道，我从事地下金融已经3年多了。交往的人总是和钱纠缠在一起。他们为敌对双方工作。把我们的情报卖给联邦人，把联邦人的情报卖给我们。互相之间也买卖情报。我就知道一个车臣人，他靠赎买俘虏赚钱。如果有人知道，他的活计并不那么人道，他在与一个抢劫人质的团伙勾结，那么人们会饶不了他。

是的，最近一段时间我们越来越经常地使用公然的讹诈，就是为了得到同胞的财政支持。

我的谈判持续的时间不长。我要求提前付款。对方要求担保。最终达成协议，钱款放在中间人那里，我给出情报，对情报进行检查之后，我会拿到钱款。

理论上，中间人可以抛弃我。实际上，这么做不是他的利益所在。我会连他本人一起撤除。

从财政行动的技术角度看，我已经万事俱备了。原先的想法就只是为抵抗行动来筹款。但后来，我开了两个账户，也为自己开了财源。

这情报要卖多少钱呢？

俄国的报刊提到的数目是1000万美元。没有，当然没有。没有这么多。俄国报纸还说，为了两个美女连总统都出卖了呢。这也不是真的。

我拿到了钱款。

总计是 27 万欧元。我开的是欧元账户。可能，俄罗斯人核账的时候注销了 1000 万。甚至，一定是注销了。剩下的钱塞进了自己的口袋。中间人从联邦人那里拿了 30 万，百分之十自己留下——非常微薄的报酬，但是他在我这儿才能钓大鱼。

不用说，这是某种离奇的财富。但是，足够重新开始生活。好像这样说，可以吧？重新开始生活。

当你快 40 了的时候——一切都不那么简单了。但是，可以尝试，对吧？

看您现在看我的可怕样子，就像在看一只巨型的蟑螂。

这不是因为，我背叛了，出卖了自己的总统。而是因为，我讲述这一切是这样轻松，这样稀松平常，顺便一说。您，肯定在心里琢磨：这真是个怪物！

就让你们这么想吧。这样想我本人会轻松一点：我出卖了自己的总统，为了自己的生活，这里应当说——可怜的，为了自己可怜的生活，为了自由和钱。但是，我自己不觉得自己的生活可怜。还有自由。自由不可能是可怜的。为了自由可以献出一切。但是，自由，这不是写在旗帜的一个词，自由应该是真正的，而如果你突然在牢房中穿着条纹囚衣，那么，英雄，你争取到的自由是何种自由呢？如果有什么东西是可怜的，那就是钱了。钱确实给的不多，为了获知恐怖分子的头子、特别危险的罪犯阿斯兰·马斯哈多夫的所在地的情报而答应付的钱很可怜。

但是我出卖他不是为了钱。钱——不是主要的。您知道，加略人犹大在客希马尼园亲吻了拿撒勒人耶稣是没钱的，完全无偿的。我相信这一点。他拿了钱，这是为了更自然点。

我拿钱也是无心的。拿的是自己的该得的 1 万欧元的 30 倍。有趣，一个银币换成我们的钱是多少？汇率多少呢？我算的结果是，一个银币等于 1 万欧元。

这就意味着——通货膨胀了。2000 年之内涨了 1 万倍。

见鬼的数字。

就是这么回事儿。

说，我对斗争的目的和方法失望了，在抵抗活动中，——这可就意味着撒谎。要知道，我没沮丧。我从来就不是幻想家。总是对我们的事业报以健康的怀疑态度和批判态度。为什么我会继续从事地下工作这么多年？

解释这一切并不容易……第一，各种情况的推动。结果如此。我落入这个阵营违背了我自己的愿望和意志。您从我的讲述里可以理解这一点。第二，当你知道，你在整个体制中有一个位置的时候……如果您从来没有感觉到，您是不会明白的。最后，第三点。伊奇凯利亚不是一个完美的国家。伊奇凯利亚是奇怪的、怪诞的国家。但是，俄国来了，不是带着爱和理智。俄国是带着大炮和火箭来的。俄国来打仗了，来打仗了，来打仗了……在沙利突袭之后，我开始认为俄国是自己最血腥的敌人。我复仇了。为几百个就在我的眼前死去的、没有任何罪过和无端逝去的生命。为所有在 2000 年 1 月 9 日牺牲在沙利广场上的人们。为阿尔奇。为那些我带往学校的、掩护我们撤退的下属。为铁木尔和他的未婚妻，谢达。

究竟是什么改变了?

我知道的不准确。

也许,我只是累了。也许,我只是老了。

也许,我看见了新生活的希望在升腾。过了一年,我再去车臣,已经认不出城镇和乡村。崩溃的状态已经结束了。新的政权已经成功地把人民的生活转移到和平建设的轨道上来了。但是,事情不仅仅在于行政机构。我从来不认为,那些发生的事情是一个人的功劳。或者是他的罪过呢。个人在历史中的作用……您记得吗,有过这样的考试作文题目?我写的是托尔斯泰的作品中的个人在历史中的作用,那时,我在报考法律系。

当然,个人在历史中的作用,非常大。但是……如果回忆在客希马尼园的那段历史,犹大的作用就一点也不比耶稣的重要性小。

还有群众的作用。我感觉,一切重要的东西是来源于人民的:人们要生活,要和平,要建设自己生活的可能性,要有掌握自己命运的可能性,不害怕天空会飞来炸弹和火箭并且一切都会在那一瞬间结束。

而我们,我们做了什么?我们拖延这场战争。战争像蛇在进洞穴一样慢腾腾地爬行,而我们还抓住它的尾巴往回拽:不,我们不会就这么简单地放开你,你用你的毒牙再咬我们吧!为什么呀?

为了主义?为了何种主义?自由的车臣?因为我们的自由斗争,和我们没有关系的成百的年轻人消失在那些过滤营里。我们就是让他们争取的这种自由？信仰？谁又能妨碍我们信仰呢？谁能影响一个人——去信仰？为什么为了信仰就一定打死谁或者自己也去死呢？

我越来越经常地回忆起昆塔—哈吉·基什耶夫的布道。就像两个世纪以前一样，又同俄罗斯开战了，也是自杀式的和不必要的。过去的穆夫提，他是明白这一点的。追随自己神圣的导师，他号召人民停止战争。但是这样的穆夫提很少。

在这个历史中，有人缺席。

要是在客希马尼园里没有犹大就好了。

也好，我就准备承担责任。把最艰难和最无益的工作做完。昆塔—基什耶夫在遥远的北国承担了受尽了大苦大难的死亡。我就承担自己的死亡和子孙的诅咒吧。只要人民中还有这些真正的子孙就行，只要他们还能够诅咒谁就好。

在阿斯兰·马斯哈多夫还活着的时候，在独立的车臣共和国思想还活跃的时候，在为祖国而战的宣传仍甚嚣尘上的时候，除了马斯哈多夫，在抵抗运动领导层中，已经没人对此感兴趣了。

巴萨耶夫还在为要扩展到天涯海角的哈里发国家而战斗。他已经唾弃车臣本身。就像当年伊玛目沙米尔和沙伊赫·曼苏尔一样。

对基什耶夫来说，只有故乡这条路。对卡德罗夫是这样。对马斯哈多夫也是这样。

但是，马斯哈多夫是在战线的另一方。

所以，那些固守家乡之路的人们才会和自己的人民互相开枪。要是马斯哈多夫不在了，这个毫无道理的荒谬绝伦的事就会停止。

剩下的就是宗教狂而已，但这就是另外一出戏了。整个伊奇凯利亚就会结束，会随着马斯哈多夫而消亡。

我们听到太多的要战斗到最后一个车臣人的战争。我们经常被号召要战斗到最后一个车臣人。我明白的一天终于到了：阿斯兰·马斯哈多夫就是那个最后的车臣人。

我很清楚，极其清楚。事情就是这样——总统死了两年之后，抵抗组织彻底放弃了车臣共和国的思想，宣布了什么北高加索酋长国，即撒旦才知道是什么玩意儿。

为了停止战争，我应该出卖马斯哈多夫。为了结束毫无意义的流血屠杀。为了无辜的年轻人不再去"为祖国而死"，去完成恐怖行动，杀死和他们一样无辜的"为祖国而战"小伙子们。

我的背叛——这是我的心灵的丰功伟绩。是退位诏书！

而钱……钱我拿了。拿钱会轻松些。俄罗斯特工会少些怀疑。这样，他们也会轻松和平静一些。他们反正只要说，花钱买了情报就行了。如果我不拿他们允诺的酬金，他们就会自己揣进腰包的。

30 个银币，据说，是在绞刑的时候才找到它们的……有意思，而在辛涅德里昂的财政报告里支付给情报员犹大的酬劳会出现怎样的数字呢？大概，300。或者 600。

我可不准备上吊。

既然不想死，那么我就需要钱。不比那些埋怨行动预算不够的军官们需要得少。顺便说一句，医生，就拿你们对我的质询来说，审讯我的酬劳就不便宜。我应该为此支付多少钱？……现在您知道了吧。

我需要钱。过新生活的钱。我需要新的生活。生活。崭新的。

我曾用两个身份生活——一个是塔尔梅兰·马卡玛多夫，另一个是阿尔图尔·邓尼耶夫。知道吗，要是有第三个身份证，我也不会拒绝。有一个新名字更容易过新生活。

如果你认定，我从来都没想过这件事——我的眼前不会出现马斯哈多夫死亡场景……唉！

我好像从哪里听说过，阿斯兰童年时就受到噩梦的折磨。他梦见母亲把他锁在地窖里。为了一件早就忘了的过失来惩罚他。然后就去忙自己的事去了。可能，这事发生在阿斯兰还很小的时候。她傍晚才回来，那时阿斯兰已经不哭了，而是坐在地上，无声地翕动着干涩的双唇。母亲抱起她，搂在怀里，大声地哭诉起来，而他一点动静也没有，只是在煤油灯光下眯缝着双眼。

后来他就做梦了。老是梦见他在地下室，被锁着。黑暗。寒冷。潮湿。他会突然想到，他已经被埋起来了，他在坟墓里，他开始捶木制的顶盖，大声叫喊。这时候就会醒来。

他开始害怕封闭的空间。

所以，去当了坦克兵。不，不是坦克兵，他在炮兵服役。自行火炮炮兵。喏，这差不多是同一兵种！

他固执又骄傲。不想屈服于恐惧。

于是，他胜利了。夜间的噩梦停止了。在狭小的空间，在地下室他都感觉不到惊恐了。

只有一次他又做了童年的梦。在他死去的前夜。

一切都发生得很自然，就像应当发生的一样。

我希望，马斯哈多夫被打死，而不希望他被俘。希望他不会活着落入敌人之手。他做到了。3月8日，他被打死了。3月9日，他的尸体被展示给了全世界。这个画面充斥了所有的电视频道、报纸、杂志和互联网的资讯网站。一个头发花白的老头子，因气压伤而扭曲丑陋的尸体，两手摊开，衬衫撩起，躯干裸露。这是对尸身的嘲弄。

所有人都以此取乐。如果他要是活着落到他们手里，他们就会来愚弄活人了。愚弄活人要有趣得多。但是，他没有投降。

俄国媒体宣称，肃清阿斯兰·马斯哈多夫匪帮一次成功的行动已经收官。有人被授予勋章，有人被晋升军衔。但是，这只是一个坏游戏中好的说法而已。实际上行动是失败的。行动的目的是活捉伊奇凯利亚的总统。他们想让他精神上垮掉，贬损他为这样的可怜虫，让所有人来评头论足。只是想让他唤起人们的轻蔑和厌恶。他应向萨尔曼·拉杜耶夫一样，被塑造成丑角，打扮成穿着条纹囚衣的狂躁症病人，嘲弄他，拍摄有关他如何失去理智的电视秀，拍他变成了半动物的东西，拍他变成了一个白痴。然后再来安排他的死亡。由于自然原因。要知道，自然原因很多，所有人都会死呀。

但是，马斯哈多夫没让敌人的计划得逞。他没有投降。有人出卖了他。不仅只有我。那些和他一起待在地下室的人，他们也出卖了他。他们投降了。并试图帮俄罗斯人俘虏自己的埃米尔，自己的总统。但是伊奇凯利亚武装力量的总司令自卫到了最后。他没有解除武装，也不同意做俘虏。

有关马斯哈多夫的死亡，俄国媒体一直发布虚假的消息。其中有一条消息说，马斯哈多夫死于偶然，是由于持枪不小心走火造成的。另外一条消息则说，当时在地下室发生了内讧，就何种理由向俄罗斯人投降有了分歧，马斯哈多夫被自己匪帮中的弟兄枪杀。

托尔斯泰—尤尔特的居民也有自己的说法。他们不想沾上鲜血。所以，坚持说，马斯哈多夫早就在别的地方被打死了，就是移尸到他们那里而已。

这都不是真相。

在托尔斯泰—尤尔特村，总统那里建了一个总部。这是农家的地下室。总统在就在这个地下室里面工作和生活。显然，在车臣领土上，他有好几个这样的能够秘密商定事情的总部。他在各巢穴之间轮流住，在每个地方都会住上一段时间。

马斯哈多夫 3 月 8 号就住在托尔斯泰—尤尔特村。他在那里已经不是第一天了。多半是很快要离开这个地方了。但他没来得及。

更正确地说，是我及时通知了俄罗斯人。于是俄罗斯人及时地碰上了他。

尤苏波夫的家被包围了。主人被抓。逼迫他指出马斯哈多夫的藏匿处。当时觉得，突然冲进据点不会奏效，他们就派房屋的主人带着要求马斯哈多夫投降当俘虏的建议去据点。马斯哈多夫的随行者们投降并走出了据点。而总统则没有。总统准备防卫自己的总部。一直向外射击。直到死去。

包围者决定用聚能装药火箭弹炸开据点的大门。爆炸会使伊奇凯利亚总统昏迷。那样就刚好可以在他毫无知觉的情况下俘虏他。

但是，总是有考虑不到的细节。对火箭弹的威力估计不足。爆炸没有震昏他，而是炸死了阿斯兰·马斯哈多夫。气压伤（耳鼓及耳咽管），压力剧烈的变化，使人的体内无法承受，震伤致死。尸体的外部很明显，明显到非专业也看得出来。怎么能如此发布有关伊奇凯利亚总统死亡的假消息，并以尸体来佐证呢？

我们不仅早就不关心真实性了，也不关心是否近乎真实。

而我呢，我全都明白了。明白了所发生的一切。我很高兴，一切都准确无误，一切都应当如此。

我向俄国特工传达的马斯哈多夫藏匿地点的信息，在抵抗组织内部，未必有人知道。甚至如果联邦人想向武装人员告知此事，他们也未必知道，我是谁。中间人不会出卖我，这不符合他的利益。而且我决定洗手不干了。从地平线上消失。躲避车臣地下组织的侦探。

我通过电子邮箱给生意上的伙伴写信说，生意就留给他们来做了。我要结婚并且移民了。祝愿他们信仰坚定并一切均好。就是说，我的坚定性已经不够了。健康也不行了。所以，我洗手不干并退出圣战了。大概就这意思。

但是，我没有移民。当时根本没有。我甚至都没离开圣彼得堡。只不过换了房子。搬家到另一个区了。如果你想藏一棵树，就要把它藏到森林里去。这点我掌握得很熟练。对一个人来说，没有比大城市更好的藏匿和失踪的地点了。

而关于结婚嘛……喏，这几乎是真的。我开始是和一个俄罗斯姑娘结婚……而后来,又跟了另一个。这样会有很多方便之处。可以用女友的名字租房子。汽车也用她的名字买。如果城市是最好的能让人藏起来的地方,那么最好的掩护就是在本地姑娘中选的女朋友。

当一个女孩子爱上了你的时候,为了保护你,她会做好一切的。但是,她却完全不一定非得知道,为什么和因为什么你需要保护。

我不仅成功地保存了自己在经商时攒下的钱,以及让总统掉脑袋挣的钱,而且还使自己的资产增加了。在女朋友的帮助下,我从商业不动产中周转资金,买的时候不贵,在最高值的时候成功卖出,在经济危机之前。

我在俄罗斯又过了……好几年。甚至还往返去过车臣。但是我在做准备。准备移民。研究了各种方式、方法。取得难民身份?还是买不动产呢?……我学习了各国的移民法律。奥地利和澳大利亚,智利和捷克,英国和印度——哪里都有自己的美妙之处呀。

而现在,我一切都准备好了。一切都不错。有结果了。

我想住……

我想住在法国。在巴黎,在塞纳河畔。它的沿岸会令我想起花岗岩砌的涅瓦河两岸。而天空呢,明亮的巴黎天空,它就像在家里,在车臣一样。您知道吗,巴黎——这就像是非常漂亮的圣彼得堡,它要不是建在北方的沼泽地上,永远在云彩和雾霭的笼罩下,而是建在北高加索的山脚下就好了,那儿阳光明媚,那儿是我的故乡。如果圣彼得堡在沙利这地方,那就会是巴黎啦,我敢向您保证!

而可能,这是我在试图说服自己。

我想住在巴黎。住在蒙帕纳斯林荫道上，那里街头饭馆林立，每个店老板都让人相信，海明威曾在二楼足不出户，而现在则演奏爵士音乐，啤酒挺难闻，然而红酒则沁人心脾，也不贵，晚饭最好在烤串摊上吃，和皮肤黝黑的、法语不懂两句的巴黎人坐一堆。

我想住在蒙帕纳斯林荫道的一套小公寓里，一个房间，但有厨房和浴室；窗户对着公园和喷泉，那里还有莫斯科伯爵涅伊的纪念碑。早上，我就闲看往地铁入口走的大学生们，他们中间有特别漂亮的高个黑女人；有病的和年岁大的也有，我只不过闲看而已。从开着门的面包店里飘出来的羊角面包的味道很快会使我恶心，还有炒栗子店，自行车店，小的门店里有画，有书，有鲜花。

而为了不想起……不。要想。我会想起的。我会认真地回忆一切。一天天地，一小时一小时地。我将练习回忆。每天，我会回忆自己生活中的一年时光。而当所有的年头都回忆过了的时候，我会重新再开始回忆。

我不需要别的工作。这就是我的工作。记住。活着。

在法国，在巴黎，在蒙帕纳斯林荫道上。

我真想。

我想活着。

医生，还有最后一个故事了。

这是我不久前做的一个梦。

要知道，你们总是对听我的梦感兴趣。可能，你们在其中找某些关键的东西吧。心理创伤的痕迹吧。源自弗洛伊德或者是荣格的什么东西吧。但这是可笑的呀。我没有任何心理创伤。

这是一个梦。它只不过有点荒谬。

据说，梦到死人会发大财。如果真这样，那我很快就有很多钱了。许多，非常多的钱。它们会从天而降，正中我头。

就像那些死人。

在梦里。

在我的最后一个梦里，死人们从天而降。

这不是幻想出来的事。完全是现实的情节。

我坐在父亲家的院子里，在葡萄园旁。我坐在夏天的藤椅里，仰着头，望着天，寻思着某种不确定的东西。

当时发现了天空中有一个勉强可以辨认的很小的东西。

很小的东西越来越大，越来越近，我很快看清了，这是一个人。这个人在天上飞呢。他笨拙地、一言不发地往下掉。一言不发，是因为已经是死人了。或者是没知觉了。

可能，只不过是没有知觉了。尽管我认为他是个死人。

他掉落在隔壁的院子里。我听见了身体沉闷的撞击声。

我从椅子上跳起来，想跑到邻居家去。

但是，天空中又出现了新的星星点点的东西。

他们越来越近了。所有的都保持着荒谬的姿势，男人，女人，孩子，都无声地掉落下来。他们就像炸弹一样投向我们。一个人已经飞临我们，落到我们的家，一个人落至葡萄园里。我甚至看见了一个人的脸，在离地几米的地方——这个人的脸我好像熟悉，但我不能说一定认识，它因痛苦而扭曲了，后来同地面接触后，什么脸也都不成样子了。什么身体也都没形了。只有血腥的被骨头刺穿的一团污垢。

他们落下来，砸穿葡萄架时，发出来很大的声响。打开门，我就跑向门廊。姐姐往外走，我对她说：不要。你不需要看见这个。但是，她走出来了。并看见了。我害怕她歇斯底里，但是她只是轻轻地搂住了我的肩膀。

就这些。

就是这样，医生。

就像飞机在很高很高的天空解体的时候。比如说，在飞机发生爆炸的情况下。或者进入涡流带的时候。乘客们，特别是不系安全带的乘客，就会像豌豆从豆荚中掉落出来一样，甩出来。扣上安全带的人不会被甩出来。他们会和飞机残骸靠惯性一起落到别的地方。

那里，很高很高的天空，非常寒冷，几乎没有氧气。他们自由坠落的最初几分钟就会因窒息和气压的剧降而死去。就像聚能装药火箭弹爆炸时产生的气压伤。心脏也会停跳。在落地之前，飞行的尸体已经是冰冷的了。

但我没有遇到过这种事儿。

明天，我的班机就将飞往欧洲。飞往巴黎。一切准备就绪——机票和签证。我雇了律师，他们会帮我办好落户事宜。我将是一个难民。他们会证明，在这个国家我是如何受到压制。我不知道，因为什么。让他们去想吧，这是他们的工作，我就是为此付他们的钱的。我无所谓。

我的飞机就要抵达了。它会出什么事？谁会炸它呢？过去的兄弟们，会为背叛行为复仇吗？他们从哪里会知道呢？谁会给他们讲呢？没有人会知道任何事。只有您，医生。

特工，如果查出了我，如果他们为了发现线索，迫使中间人招供了……为了什么呢？我对谁也不具危险性。就为了我炸掉整个飞机，整个飞机的几十名乘客……不会吧。

一切都会顺利。

我会飞抵，一定得飞抵。

到了法国以后，我就给您写信。一定会写的。我给您讲我新的梦境。

就是说，我就此结束我的故事吧。

（载于《旗》2010 年第 1 期）

（京）新登字 083 号

图书在版编目（CIP）数据

一只燕子不成春：盖尔曼·萨都拉耶夫作品集／（俄罗斯）萨都拉耶夫著；富澜，冯玉芝译 .—北京：中国青年出版社，2015.7
ISBN 978-7-5153-3499-8

Ⅰ . ①一… Ⅱ . ①萨… ②富… ③冯… Ⅲ . ①中篇小说－俄罗斯－现代②长篇小说－俄罗斯－现代 Ⅳ . ① I512.45

中国版本图书馆 CIP 数据核字（2015）第 162713 号

北京市版权局著作权合同登记：01-2015-1695

《中俄文学互译出版项目·俄罗斯文库》由中国国家新闻出版广电总局和俄罗斯出版与大众传媒署批准，中国文字著作权协会和俄罗斯翻译学院负责组织实施。

责任编辑：王钦仁
书籍设计：瞿中华

出版发行：中国青年出版社
社址：北京东四 12 条 21 号
邮政编码：100708
网址：www.cyp.com.cn
编辑部电话：（010）57350507
门市部电话：（010）57350370
印刷：北京科信印刷有限公司
经销：新华书店
开本：870×1240 1/32
印张：11.75 插页：2
字数：293 千字
印数：1-5000 册
版次：2015 年 7 月北京第 1 版
印次：2015 年 7 月北京第 1 次印刷
定价：49.00 元

本图书如有印装质量问题，请凭购书发票与质检部联系调换
联系电话：（010）57350337